中国专业作家作品典藏文库

丁力卷

财经小说系列

苍 商

丁力 著

中国文史出版社

总　序

　　虽然我的深圳作协副主席要等换届才能免去，但我实实在在是一个已经办理退休手续的人。为准确核算我的退休工资，社保部门把我的档案翻了一个底朝天，结果发现我的初级、中级职称是助理工程师、工程师，但副高、正高职称却是文创二级、一级，它们准确无误地记载了我从一名专业工程技术人员向作家转变的过程。

　　我认为工程师和作家的本质一样，都是"创作"，只不过区别于侧重"工创"还是"文创"而已。科学家的任务是发现自然规律，工程师则利用这些规律创造发明出有利于人类健康与进步的新产品新技术，这和文学理论家与作家的分工一致。对于我1988年获得安徽省自然科学奖，我认为是当时没有严格区分"科学"与"技术"的结果，好比如今仍然有人认为作家就该是"文学家"一样。可我真的不是"文学家"，只是特别善写而已。1990年我原单位冶金部马鞍山钢铁设计研究院举办科技成果展，我一个人展出的论文和著作超过全院2000多名工程师的总和，这并不表明我的专业水平力盖群雄，而仅仅是因为我特别善写，这也可以解释2001年我卸任上市公司高管后，为什么能突然成为"高产作家"。

　　善写主要是遗传。我很小就记得父亲一天到晚在写，更记得当年父亲为如何藏匿小说书稿而流露出的焦虑与恐惧。尽管由于时代局限，父亲写了一辈子的书却没有出版一本，但他善写的基因却遗传给了我。自2003年正式成为"坐家"以来，我平均每年在省级以上纯文学期刊发表四个中短篇，正式出版三部长篇，至今为止，已

1

正式出版长篇小说和中短篇小说集五十部。但此情景到2020年似乎戛然而止，并非我失去了写作的兴趣与能力，而是如今的出版业遭遇了空前的窘境，我手上已经积压数本书稿了，还写吗？

正当我打算放弃长篇小说创作而只为杂志社写中短篇甚至只写散文随笔的时候，得知中国文史出版社打算精选我的七部小说再版，只是版税可能不如首版那么高，问我能不能接受。我不敢相信这样的好事正好砸到我头上。我打电话给周思明老师，他和我一样，特别善写，我们并称深圳的"二高"，我是高产小说家，他是高产评论家，"一天不写就难受"，所以我们虽然私下交往不多，但彼此视为同道人，并且我相信作家是常年埋头拉车，而评论家有时会抬头看路，所以这种类似天上掉馅饼的事，我首先向周思明求证。

"真的。"周思明非常笃定地说，"肯定是真的。"

"为什么？"我问，"你凭什么这么肯定？"

"因为我最近接到北京一家文学研究机构的电话，他们约我写一篇有关'创业文学'的综合评论，还特别提到了你，说你的小说无论以前叫老板文学、商情文学还是财经小说，现在都归类为'创业文学'，这说明，在中国改革开放四十余年之际，创新和创业被提到更高的位置，这时候他们不再版你的小说再版谁的？"

我信了，赶紧签订再版合同。

这次再版的七部小说《高位出局》、《透资》、《上市公司》、《职业经理人手记》、《生死华尔街》和《苍商》、《赢家》，其中前五部的初版均在清华大学出版社，《高位出局》、《透资》（《高位出局2》）和《上市公司》（《高位出局3》）都上了当年的畅销书排行榜，其中《高位出局》还获得中国书业2007年度"最佳商业图书·新人奖"。其实我2001年底发表小说处女作，2002年辞职专门当"坐家"，2003年开始出版长篇小说，因此到2007年也已经不能再算"新人"了，他们之所以颁此殊荣，大概是该书多次加印，累计发行量比较大的缘故吧。

清华大学出版社一般只做专业书，如电子计算机之类，能一下子出版我的五部长篇小说，是因为他们把我的小说归类为"财经小说"，如此，我的长篇小说又可被列为"财经类图书"，从而符合他们的出版范畴了。

从年龄上说，我的创作比较晚，来深圳之前是冶金部马鞍山钢铁设计院的工程师，但思想比一般的工程师活跃。1991年，随着中国市场经济的全面推进，我似乎看到了成为"大老板"的希望，于是辞职下海，投身中国改革开放的前沿阵地和中国市场经济最成熟的城市——深圳，先后拼搏十一年，其间还去过海南和武汉，一度也似乎已经成为"大老板"，先经营七家娱乐城，后出任金田华南投资公司董事长，在广州有二十三家连锁超市、一个灰狗巴士公司和两个地产项目。2000年上市公司新的财务制度落实后，金田集团退市，我的"事业"因之归零。此后也应聘民营投资公司总经理或证券机构操盘等，但终究不适应再"打工"的生活。为了延续自己的"老板"梦，我开始写小说，心里想，当不了大老板，还不能写大老板吗？于是，一口气创作出版了十几本书，内容都围绕着"老板"，所以我的小说起初被称为"老板文学"。后来《金潮》杂志发表文章，分析我的创作现象，称我是"中国最具爆发力的金融小说作家"，于是我的小说又成了"金融小说"。再后来，山东师范大学选择研究我的创作作为硕士研究生的论文专题，论文称我的小说为"商情文学"。最近，著名高产评论家周思明则告诉我，中国社会科学院下属的《中国文学批评》杂志将我的小说归类为"创业小说"。但我自己更认同清华大学出版社的"财经小说"定位。

这七本书中的故事都是虚构的，但其中的人和事都是有生活原型的，甚至有些就是我自己的经历，有些是我身边同事或朋友的经历。比如《高位出局》当中的王艳梅，原型是金田退市后我当"坐家"前为其打工的女老板。那段时期我是动荡的，也是迷茫的，除了给王艳梅这样的民营企业老板当总经理之外，也有过证券公司和机构操盘经历，这段时间虽然不长，但给我的冲击却是前所未有的——原来公司可以这样运作！原来他们是这样当老板的！原来股市的内幕是这个样子！我的内心受到了强烈的震撼，这种震撼激发了我用小说的形式披露这些内幕的冲动，于是直接把这种自己的经历与感受写在《高位出局》《透资》《上市公司》《职业经理人手记》等小说中，其中《高位出局》中最长的那个故事曾经以《股市内部消息》的题目，发表在《中国作家》杂志2004年第6期上。

虚构成分最多的是《生死华尔街》，因为彼时我还没有去过美国，更没到过华尔街，写华尔街只能靠虚构。创作这部小说的直接动因是想用小说的形式揭示2008年美国次贷危机的内幕。中国作协创研部主任牛玉秋老师评价说："在阅读《生死华尔街》之前，我始终没搞懂'次贷危机'到底是怎么回事。看了丁力的《生死华尔街》，我不但自己明白了，而且还能给别人讲解美国的'次贷危机'了。"

《苍商》写的是几个湖南人闯深圳的故事。这也是有生活原型的。我虽然是安徽人，但1977年恢复高考后，我从安徽考到了湖南，班上同学有一半是湖南人或毕业后留在了湖南，他们大都分在湖南各地的冶炼厂，所以，小说中刘劲龙来深圳之前于冶炼厂干的那些事以及他昂首挺胸走出冶炼厂大门南下闯深圳的场景，在我当时写的时候，脑海中呈现的就是我们班同学"刘劲龙"的形象，所以才让读者感觉这个人物很具体、很真实、很生动。

《赢家》写了打工青年麻近水的故事。一看这个"麻"姓，就知道是湘西少数民族人，也因我兼任吉首大学教授，经常去湘西首府吉首市，并且湘西人客气，每次去，作为湘西少数民族人的田茂军院长都带我领略当地风俗，所以在后来创作《赢家》时，不知不觉就把"麻近水"设计成了主人翁。

麻近水的故事令人心酸。不仅因为他得了尿毒症，更因为他为之打工的老板与他是同期的考生，考分不如麻近水，却因为是大城市的城市户口而被录取，考分更高的麻近水却名落孙山。好在麻近水不屈不挠，最终凭着自身的努力终于在深圳站稳脚，成为真正的"赢家"。

这七部小说中，主人翁与我本人真实经历最接近的是《职业经理人手记》，该书也被称为"中国第一部本土 MBA 教材"，我也因此被邀请到清华大学经济管理学院讲课。回想自己一辈子没能成为清华的学生，却当了一回清华的老师，也算是文学给我的莫大奖赏吧。

2018 年作家出版社出版我的长篇小说《图书馆长的儿子》，细心的读者又给我留言："原来这个才是真实的你啊！"其实都不是，小说源于生活，又不等同于生活，《职业经理人手记》和《图书馆长的儿子》中的主人翁确实都有我自己的影子，但又不完全是我自己经历的真实写照，否则，怎么会有两个"我"呢？

丁　力

2020 年 12 月 13 日

目　　录

楔　　子　/001

第 一 章　苍以情为首 /003

第 二 章　特区"三结义" /029

第 三 章　良师益友 /063

第 四 章　火中取栗 /088

第 五 章　做企业就是做人 /101

第 六 章　机会均等 /124

第 七 章　兄弟分家 /146

第 八 章　"商业间谍" /165

第 九 章　"卧底" /172

第 十 章　好人不一定是好商人 /182

1

第十一章　都是户籍惹的祸 /215

第十二章　爱人不能分享 /225

第十三章　无可奈何变法人 /233

第十四章　设套 /240

第十五章　锒铛入狱 /255

第十六章　苍天开眼 /266

第十七章　牛脾气对上狗脾气 /275

第十八章　义为商之先 /280

苍以情为首，义为商之先

楔　子

　　刘劲龙和丁怀谷不仅是合作伙伴，也是亲戚，由于丁怀谷无儿无女，所以，刘还是丁的实际继承人。但是，在是否收购湘沅有色金属冶炼厂的问题上，两个人却发生了严重的分歧，于是，围绕着是否收购，一场家族企业内部的大争斗拉开了序幕。

　　在深圳，刘劲龙或许算不上什么大老板，可是，在他的家乡湖南湘沅，他却是个举足轻重、家喻户晓的人物。

　　为什么？因为他最近荣归故里，要拯救濒临倒闭的有色金属冶炼厂啦！

　　曾几何时，湘沅冶炼厂不可一世，行政级别比湘沅县都高。改革开放初期，知青回城，为了解决知青就业问题，县长亲自登门，冶炼厂厂长居然不见，对厂办主任说："找我干什么？该哪个部门负责哪个部门接待嘛。"后来，随着政企分家、国企改革、自负盈亏以及国家部委压缩改制，冶金工业部撤销，湘沅的有色金属冶炼厂先是从冶金部划归中国有色金属总公司，后来划归地方，从最初的失去"行政级别"，到后来的丧失经济优势，工人发不出工资，离退休人员领不到退休金，职工医疗费无法报销，濒临破产，最后，终于混到请求私营企业来收购的份儿上。请谁收购？最终只能请湘沅走出去的老板刘劲龙。

　　其实，刘劲龙一开始并不是什么老板。他原本就是湘沅有色金

1

属冶炼厂的一名工人，因为帮朋友打架，被留厂察看，一赌气辞职，跑到深圳，怎么如今摇身一变成了冶炼厂的"救世主"了呢？

"老板"是老百姓的说法，并不标准，标准的称呼叫"商人"。

提起商人，人们自然想到"无商不奸"，意思是商人都狡诈，唯利是图，不讲诚信。但刘劲龙不是。相反，他很讲义气，并且正是因为刘劲龙讲义气，守诚信，才最终成为一个成功的商人，也就是所谓的"老板"。而当初和他一起出道的结拜兄弟赵一维，起点比刘劲龙高，也似乎比刘劲龙聪明，并且曾经名气比刘劲龙大，可是，正因为赵一维聪明，太聪明，结果，聪明反被聪明误，最终还要靠刘劲龙提供发展机会。

或许，这就是所谓的"物以稀为贵"？在物欲横流的今天，表面上人人追逐财富，骨子里却更加珍惜诚信看重情义？更加渴望公平与正义？

或许，正因为刘劲龙不"开窍"，自始至终都是性情中人，情字当头，义气当先，并不按照"商人"的常理出牌，结果反而出奇制胜？

刘劲龙靠讲义气起家，并且靠讲义气多次起死回生，这次，他再次讲义气，千里回乡，打算收购濒临破产的有色金属冶炼厂，并非看重了其中的商业利益，而主要是磨不开面子，想着家乡县改市，亟待发展，市长亲自出面，礼贤下士地跑到深圳来求他，关键时刻，自己要是不出手救一把，也太不仗义了，似乎对不起家乡父老，于是，头脑一热，满口答应。可是，公司不是他一个人的，尽管第二大股东丁怀谷在当初两个人合作的时候就承诺只占股份，不理公司日常事务，这么多年来，丁怀谷也一直把公司放手交给刘劲龙打理，但是，这次在公司是否收购湘沅冶炼厂的问题上，丁怀谷却搬出自己第二大股东的身份和公司章程，强烈反对。于是，两个人之间发生了激烈交锋，让夹在他们中间的周静怡十分为难。

争执和较劲还在继续，收购行动最终能否实施，尚难确定。而家乡那边，似乎已经等不及了。催促的电话不好意思直接打给刘劲龙，打到他的好兄弟王文轩那里。

第一章　苍以情为首

　　刘劲龙原本就不是老板。因为打抱不平，获得了进冶炼厂当工人的机会，又因为打抱不平，被留厂察看。他不忍心让朋友单独承受后果，遂昂首挺胸地离开单位，来到深圳。但是，深圳并非避风港，刘劲龙和王文轩一到深圳，就屡遭陷阱，几乎被算计得身无分文。

1

　　这是一个非常正式的董事局特别会议。会议是因丁怀谷的提议召开的。为了郑重其事，丁怀谷特别要求在董事局会议室举行。但是，由于涉及核心机密，参加会议的只有三个人，丁怀谷、刘劲龙、周静怡，并且周静怡负责记录，所以，严格地讲，会议只是在两个人之间进行。因此，与其说是"会议"，不如说是谈判。

　　偌大的会议室只坐着三个人，看上去多少有些滑稽，可他们讨论的内容却一点也不滑稽。相反，还非常严肃。因为，他们正在讨论深圳劲风科技发展公司是否收购湖南湘沅有色金属冶炼厂的事宜。

　　丁怀谷一脸严肃，非常认真并显得很有耐心地陈述自己的观点："深圳劲风科技有限公司是做现代通讯的，与有色金属冶炼行业没有任何关联，不熟不做是商业运作的基本原则，必须坚持。"

　　刘劲龙做出谦卑的微笑，看似礼貌，却针锋相对地回答："您老说得对，确实应该不熟不做，但是，我就是湘沅冶炼厂出来的，这一行我熟悉啊，可以说是非常熟悉。按照我们当初的合并协议，劲风科技由我打理，日常管理自然由我负责，我熟悉的行业怎么不可以涉足？"

2

刘劲龙说得没错，他确实是湘沅冶炼厂出来的。

那年参加高考，刘劲龙和王文轩都没达到录取分数线。刘劲龙差得多，王文轩差得少。刘劲龙没有考上大学一点都不懊恼，好像还蛮高兴，想着这下终于可以不上学了。但王文轩不是，王文轩感觉自己本应该考上的，因为他们班有比他成绩差的同学居然考上了，所以他不服，决定重考一次，参加了所谓的补习班，相当于留级一年，读"高四"。

刘劲龙没有上补习班，反正也考不上，没必要费那功夫。

刘劲龙一天到晚打探哪里有招工的消息。既然没希望上大学，那么就必须面对现实，找个工作，上班。可找工作上班不是一件容易的事。主要是湘沅地方太小，工厂不多，除了一个直属中央的有色金属冶炼厂之外，剩下的就是小化肥厂和小水泥厂，再有就是供销社和合作社下属的集体所有制的小企业，如糕点厂或糊火柴盒子这样的所谓工厂。这些小企业在湘沅当地被叫作"娘娘企业"，因为在那里面上班的，大都是"娘娘"，不是小姑娘，就是老婆娘，甚至还有老大娘。刘劲龙自认为是个男人，不是女人，所以不打算进这些小企业。但好企业不是那么好进的。冶炼厂就不用想了，好像是湘沅的一个独立王国，跟地方上根本就没有什么关系，别说他们根本就没有招工，就是有招工，也肥水不流外人田，专门招他们自己的职工子女，哪有位置留给刘劲龙？至于小化肥厂和小水泥厂，本来就屁股大的车间，装不了几个工人，早已被姐姐他们那一批从广

4

阔天地回来的知青占领了，根本就没有刘劲龙他们这批高考落榜生的份儿。那年月，上山下乡忽然成了一种资本，从农村回来的跟从前线回来的差不多，进工厂优先，而且工龄照算，刘劲龙生不逢时，自然没这个福气。

有那么一段时间，刘劲龙甚至羡慕起姐姐，因为姐姐当年高中毕业的时候，既不用参加该死的高考，也不用寻找发愁的工作，打锣敲鼓戴大红花，直接上山下乡当知青了，省事，光荣，跟参军差不多，没干上两年，又利利索索地回到县城，回来就进工厂，哪里像他们今天这样遭罪。

刘劲龙最讨厌这个现状，不死不活的。他甚至幻想战争，要么战死，要么当英雄，也比现在这种状况好。

如此无聊了两个月，刘劲龙就开始后悔，后悔没有跟王文轩一起上所谓的高考补习班。如果上了补习班，尽管十有八九还是考不上，但只要继续复习，起码在父母眼里他还是好儿子，还是争取上进的，还是有希望的，而只要有希望，母亲就不会看他不顺眼；只要肯上进，父亲就不会对他吹胡子瞪眼。刘劲龙现在这个样子，显然不是让父母相信他是有希望或想上进的人。

为了不让自己成为父母的眼中钉和出气筒，为了不惹父母生气，管他有事没事，刘劲龙一早起来就出门。名义上出门是为了找工作，其实就是躲个眼不见为净。

托有色金属冶炼厂的福，湘沅好歹也有一个公园。公园沿沅水入湘江的三角滩涂建设，湘沅人对它有一个特别的称呼，叫"裤裆"。该称呼虽然难听，但很形象，符合湘沅人幽默但不离谱的性格。事实上，沅水和湘江汇合之前，宽窄差不多，像裤衩的两条对称的裤腿，大小一般粗，而汇集到一起后，一下子粗了起来，像裤腰，所以，整体上看就像一个大裤衩，而湘沅公园正好建在这个"裤衩"的"裤裆"上，所以湘沅人就叫公园"裤裆"，大约是湘沅人对有色金属冶炼厂既羡慕又嫉妒的另一种表达吧。至于这个称呼后来被人们赋予种种联想，甚至把它描述成女性的器官，那就是另外一回事了。

虽然叫"裤裆"，但好歹也是一个公园，于是也就有一些柳树和石凳子，并且公园里的柳树与其他地方的柳树不一样，树梢和树叶不是朝上长的，而是向下垂着，像一串串悬挂的鞭炮，随时准备响的样子，江风一吹，左右摇摆，活了，春天一到，柳树泛绿，倒也令人想起"春风又绿江南岸"的典雅诗句，多少显示了小城的别致。

不用说，公园里面的这些石头凳子也是有色金属冶炼厂出资建造的。

"裤裆"的最大好处是没有围墙，当然也就不可能像长沙的烈士公园或岳麓山风景区那样收游人门票，如此，也就属于任老百姓自由出入的场所，渐渐成了湘沅最热闹的地方。早上晨练的，白天下象棋打扑克的，晚上谈情说爱的，也算是有了雅处。刘劲龙每天一大早出门，并没有真的去找工作，而是一头扎进了"裤裆"。"裤裆"里有凳子睡觉，还能看各种风景，怎么也比窝在家里舒心。

当然，刘劲龙来"裤裆"不是看垂柳，垂柳那点风景刘劲龙天天看，早腻了，刘劲龙看的主要是"人景"。

由于刘劲龙是白天出来的，所以他只能欣赏"裤裆"里白天的"人景"，至于晚上的"人景"，据说更丰富，但刘劲龙晚上出不来，晚上他必须待在家里，在父母面前装乖儿子。

"裤裆"里白天最扎眼的"人景"是经常有小青年骑着单车飞驰而过。其实骑单车算不上扎眼，那年月湘沅人虽然没有小轿车，但单车还是不稀罕的。扎眼的是骑车的人。这些人不是一个人，一个人成不了气候，自然也就算不上"人景"，事实上，他们是好几个人。六七个，七八个，少的时候也有四五个。这好几个骑单车的小青年经常聚在一起，成堆，自然就人多势众，寻机闹事，仿佛是故意招惹人眼。当然，主要是招惹年轻姑娘的眼。

小青年骑单车的方法也比较特别。两个人一辆车，前面的人骑车，后面的一个穿了一个喇叭裤，斜坐在单车的后座上，左腿收拢，右腿伸得老长，远远就能看见迎风招展的喇叭，像是故意扫人。几

6

个人当中有一个人更加特别，他坐在后面，怀里还抱着一个大收录机，收录机一共有四个喇叭，四个喇叭全部被开到音量最大，一路走一路放流行音乐，放得贼响，震耳欲聋，老远就能听见，路人想不看都不行。只要看了，不管你是用什么眼光看了，几个小青年就达到目的了，就很得意，前面蹬车的就左右摇摆，像是和着节拍跳单车舞，后面抱收录机的就摇头晃脑，像是他们非常懂音乐，此时正被流行歌曲所陶醉。如果公园里面恰巧有几个姑娘，更不得了，几个小青年恨不能把单车骑得比摩托车快，脑袋也几乎要摇掉下来。考虑到当时还没有听说过摇头丸，所以，他们能把脑袋摇成这个样子也实属不易。

几个小青年的如此做派，自然引起另一些人的不满，比如刘劲龙就不满。事实上，刘劲龙当时对什么都不满。没有考上大学他不满，没有找到工作他不满，母亲嫌他没出息父亲嫌他不上进家里没有他生存的空间他也不满，但那些不满他找不到别人的碴儿，都怪他自己。所以，那些不满他只能憋在心里，忍着，而"裤裆"里发生的情况不一样，"裤裆"里的不满是这几个小青年造成的，刘劲龙能找到具体的发泄对象。

这一天，又赶上这几个小青年在公园寻衅滋事。他们骑着单车在两个姑娘面前来回兜圈子，已经把其中的一个姑娘逼到垂柳树根了，还往里面逼，实在过分了。这时候，旁边早有人看不惯，开始谴责他们的做法。其中一个老同志就开始教训他们了。

"你少倚老卖老！"一个长头发的喇叭裤反过来威胁老人说。

喇叭裤这样一威胁，管闲事的人更多。那时候的社会风气跟现在不一样，那时候人好像还受着"你们要关心国家大事"的遗风影响，还比较关心与自己没有直接利益关系的事情，还比较有正义感，比较喜欢管闲事，于是，另外几个退休老同志也上来指责小青年。教他们学好，不要学油。"油"是湘沅土话，从冶炼厂流行出来的，因为冶炼厂里面有上海人，他们说"油"就是"油嘴滑舌"或"流里流气"的意思。

几个小青年自然不会把退休老人的话当回事。他们变本加厉，仿佛是示威，愣是把其中的一个姑娘吓唬哭了。

老同志发火了。但是没用，小青年们根本不听，甚至得意忘形，高声地吆喝，把单车变成了战马，仿佛他们一吆喝就能起到人欢马叫的效果。

"战马"形成的包围圈进一步缩小，围着两个姑娘直打旋儿，并且随时有连人带车倒在姑娘身上的危险，气得老同志直哆嗦，可惜没用，小青年们非但没有收敛，反而更加起劲，仿佛他们不但要调戏小姑娘，还要顺便气一气老同志。正在这个时候，从围观者当中冲出一个人，直接扑向领头的那个长头发，猛一推，连人带车加四个喇叭，全部倒下。但不是倒在两个姑娘的身上，而是倒在小路边的水坑里。

这下热闹了，不仅那个栽在水坑里的长头发和他后座上坐着的怀抱四个喇叭收录机的小伙子威风扫地，跟他一起的那几个小青年也被镇住了，傻了，没想到在湘沅还有人敢在他们头上动土。

是什么人吃了豹子胆呢？不是别人，正是刘劲龙。

那一刻，压在刘劲龙心里的新老怨气一下子全部发泄出来。那一刻，他感到自己是个英雄。

也确实是英雄，因为当即他就听见有人鼓掌和欢呼。那是发自内心的喝彩和欢呼，像正在看一出古装京剧，刚刚听了一段花脸唱段最后一句拔高，忍不住喝彩一样。但是很快，刘劲龙就不知东南西北晕头转向了，仿佛在矿井里经历了塌方，只感觉天上有无数个拳头朝下砸。

刘劲龙醒来的时候，已经在医院。旁边除了那位老同志之外，还有那两个姑娘。

两个姑娘是姐妹。姐姐叫陈小玫，妹妹叫陈小清，姐妹俩是有色金属冶炼厂职工子女。陈小玫和刘劲龙一样，高中毕业也没有考上大学，正在等着找工作，陈小清中学还没有毕业，还在继续读，这天姐妹俩一起来公园玩，没想到赶上这事。

不用说，刘劲龙吃了大亏。后来据王文轩说，那天刘劲龙已经变成了"大熊猫"，两眼乌黑，并且肿起来了，活像国家一级保护动物大熊猫。就这样，回去还挨了老爸一顿臭骂，要不是老同志亲自送他回去并且说了一大堆诸如见义勇为这样的表扬话，刘劲龙说不定还要挨父亲的打。

尽管没挨父亲的打，但刘劲龙已经挨那帮小青年的打了，所以，他确实是吃了大亏。但天下没有白吃的亏。没过多久，他就得到一个好消息：有色金属冶炼厂要招工了，而且是面向全社会招工！这个消息是陈小玫告诉他的，也算是对刘劲龙当"大熊猫"的回报吧。

刘劲龙不吃独食，立刻把好消息告诉王文轩。王文轩不以为然，说他知道了，补习班早传开了。

"那你为什么不告诉我？"刘劲龙生气地说。

"告诉你也没用。"王文轩说。

"怎么没用？"刘劲龙问。心里想，你要考大学，这个消息对你当然没有用，我不想考大学了，就等着招工呢，这个消息对我很有用。

"要考应知应会。"王文轩说。

"应知应会？"刘劲龙问。

刘劲龙显然不知道什么叫"应知应会"，新名词，没听说过。王文轩向他解释，说所谓的"应知应会"，其实是冶炼厂排斥社会青年的一种手段。说具体一点，就是这次招工要考，通过考试择优录取，一共考三场，第一场是数理化，第二场是语文政治，第三场是"应知应会"，每场一百分，总共三百分，但第三场的"应知应会"是冶炼厂自己出的题，考试范围是他们厂的生产工艺，社会青年怎么能知道冶炼厂的生产工艺呢？就是知道，怎么回答才算标准呢？所以，这门所谓的"应知应会"考试，社会青年几乎全考零分，而他们本厂的子女，几乎人人都可以考满分，因为考什么题以及这个题怎么样回答才算正确，完全是冶炼厂自己说了算，外面的人插不上手，如此，无形当中等于冶炼厂子女比外单位的人高出一百分。总共只有三百分，高出一百分了，其他人还有份儿吗？所以王文轩才对刘劲龙说：告诉你也没用。

刘劲龙听了自然是义愤填膺。

"这不是弄虚作假吗？这不是欺负人吗?!"刘劲龙吼起来。

然而，就在第二天，刘劲龙就成了弄虚作假和欺负人的受益者。因为就在第二天的晚上，陈小玫来到刘劲龙的家，像搞地下工作一样，偷偷地交给刘劲龙一份"应知应会"考题和标准答案，并且一再嘱咐：绝对不能外传！

刘劲龙自然是如获至宝，日夜苦背，硬背，不理解也背，像背天书一样死记硬背。不但自己背，而且还拉了王文轩一起背。尽管陈小玫反复叮嘱过"绝对不能外传"，但刘劲龙做不到，或许刘劲龙确实没有外传，但起码"内传"了，传给王文轩一个人，并且为了防止王文轩外传，刘劲龙不允许王文轩把卷子带走，只允许在他家跟他一起背。本来王文轩没有打算考招工的，现在突然发现天上掉下了一个大馅饼，想着既然如此，不如先参加考试，反正参加招工考试并不影响考大学，再说刘劲龙搞来的卷子是不是真的还不一定，换句话说，能不能考的上还不一定，即便是考上了，自动放弃也是可以的，何不试一试？

实践证明，刘劲龙搞到的"应知应会"卷子是真的，一开考就知道是真的。结果，王文轩和刘劲龙自然是双双考上，并且王文轩还考得特别好，主要是他数理化和语文政治考得特别好，所以总分就非常突出，比冶炼厂职工子弟考的分数还高，居然考上了冶炼厂的电工班。谁都知道，电工班是全厂最好的岗位，技术含量高，工作时间最自由，最受人尊敬，最令同龄人羡慕，本以为这样的岗位铁定是冶炼厂内部职工的一统天下，没想到让王文轩这个社会上的外来户捡到便宜了。

王文轩原本是考着玩的，就是考上也不一定来，比如如果像刘劲龙一样，考上了炉前工，那么他肯定放弃了，就会继续复习参加高考，但是，他没想到，一下子考上这么好的一个工种，搞得周围的人都很羡慕，热烈祝贺，给王文轩的感觉是考上有色金属冶炼厂的电工班比考上大学还光荣。如此，他就有点舍不得放弃了。最后，不知道是出于什么考虑，王文轩竟然从补习班退出来，和刘劲龙一起来冶炼厂报到上班了。但如果不是这样，而是继续上他的补习班，谁敢说王文轩不能考上大学？

塞翁失马，焉知非福啊。

3

刘劲龙和王文轩一进入工厂，立刻就显示出了差别。

王文轩考上了电工班，而刘劲龙只考上了炉前工。电工班是冶炼厂的"高干班"，不仅其中的工人基本上都是高干子弟，起码是本厂的"高干"子弟，而且他们自己也像"高干"。别的不说，就说找对象，电工班的小伙子找的对象不是化验室的化验员，就是幼儿园的幼儿教师，跟厂里技术科那些大学生享受同等待遇，不相当于"高干"吗？而炉前工则相反，累，烤，黑，脏，成天一身臭汗，在本厂内部基本上找不到对象，绝大多数只能找供销社或合作社下属的娘娘企业的女工，个别本身就条件实在不怎么样的，甚至还找附近农村的菜农做老婆。这样一比，不是显示出二者的巨大差别吗？但是，塞翁失马，祸福难料。炉前班虽然不如电工班好，并且差别不小，但刘劲龙却不见得比王文轩差。不但不比王文轩差，到后来，甚至产生"倒差别"了。也就是说，刘劲龙混得似乎比王文轩还好了。

找对象的事情就不说了，进冶炼厂之前，刘劲龙基本上就算是有对象了，进厂之后，自然明确了两人的关系。刘劲龙的对象就是陈小玫。本厂职工，具体地说，是本厂硫酸铜车间职工。比娘娘企业的女工好，更比附近郊区的菜农强。考虑到陈小玫本身就是冶炼厂子女，所以，刘劲龙的对象条件其实并不比王文轩谈的那个幼儿

11

教师差。至于工作上，或许刘劲龙天生就适合在炉前这样的环境混。具体地说，刘劲龙干活舍得出力气，做人不小气，为人豪爽，再加上当初在"裤裆"公园打架打出了点名气，在青工当中有威信，最后居然在炉前当了班长，还当了先进生产者，戴着大红花上了光荣榜。本来作为老炉前工的老陈头并没有打算把女儿嫁给一个跟他一样的炉前工，所以一开始坚决反对陈小玫跟刘劲龙搞对象，现在看刘劲龙这小子有点出息，是块料子，加上老陈头也不敢轻易惹刘劲龙，因此也就睁一只眼闭一只眼，任陈小玫跟刘劲龙把生米做成熟饭了。而本来春风得意的王文轩正好相反，在电工班不仅受气，而且已经谈好的对象也吹了。

　　王文轩的班长叫江用权，只是初中毕业，然后上山下乡，从广阔天地回到城里，进了冶炼厂。虽然文化不高，技术也不行，但是仗着厂长是他姐夫，所以照样当了电工班的班长。关键是江用权这个人有事业心，当了电工班班长还嫌不够，还想有技术职称。那时候鼓励工人考技术职称，但江用权肯定是考不上技术职称的，不过，当时还有一条规定，凡是获得过重大科技发明成果的，可以免考，直接申报"工人工程师"职称。江用权希望进一步滥用他姐夫的职权，走这个捷径。于是，就报了一个"重大科技成果"——电流等于电压除电阻。"成果"还没有上报到厂里，仅仅在车间公布后，就遭许多人摇头。虽然摇头，但是没人敢说话，而王文轩却说话了。因为江用权见王文轩是"外来户"，在本厂没根基，没少欺负他，比如单位发鱼，一人一条，最小的总是给王文轩，王文轩在乎的不是鱼大鱼小，但非常在意那种被人欺负的感觉，所以，王文轩对江用权有意见，平常找不到机会发泄，这次找到了，自然不肯放过。王文轩说：这个"成果"不是班长发明的，是外国人发现的，是外国一个叫欧姆的人发现的。这下坏了，把中国工人阶级的重大科技成果说成是外国人发现的，这还得了？！好在那时候已经不是"文革"，并且已经开始反对乱扣帽子和乱打棍子，所以，江用权并没有整着王文轩。相反，真理总归是真理，这项"成果"上报到厂里后，被悄悄地刷下来了，当然，江用权也没有成为"工人工程师"。

江用权把一切罪责都记在王文轩的头上，认为正是王文轩坏了他的大好前程，于是，处处跟王文轩为难。终于有一天，江用权把王文轩扭送到保卫科，罪名是盗窃，因为王文轩用废电缆芯做了两个衣架，他一个，刘劲龙一个，放在车间换衣室里面挂衣服。虽然扭送到保卫科之后很快就放了出来，因为谁都知道用废电缆芯做衣架不对，但谁也没有认为这就算"盗窃"，毕竟，没有拿出厂啊，所以，王文轩很快就被保卫科放了回来。但是，这件事情还是产生了一定的负面影响。主要是当时有种习惯认识，认为凡是进了保卫科的，基本上就算是坏人，加上江用权对此事的刻意宣传与渲染，终于，消息传到幼儿园，王文轩那个做幼儿教师的女朋友不干了，认为王文轩一定是做了什么大坏事，瞒着她，要不然怎么被抓到保卫科？王文轩解释半天，越描越黑，描到最后，幼儿教师认定厂长小舅子看不惯王文轩，而既然厂长的小舅子看不惯王文轩，就相当于厂长看不惯王文轩，考虑到厂长的小舅子是王文轩的顶头上司，将来王文轩有好吗？自己跟着这样的人，将来也不会有什么好结果，于是，幼儿教师当机立断，跟王文轩分了手。

刘劲龙也帮王文轩解释过，但是没有用。这不是幼儿教师一个人的事，而是她全家的事，幼儿教师是冶炼厂子女，全家都在冶炼厂上班，他们都不敢得罪厂长，也不敢得罪厂长的小舅子。幼儿教师的父母认为，王文轩要么就是一个窝囊废，要么就是太不会做人，别人对厂长的小舅子巴结还来不及，他还要有意跟厂长的亲戚过不去，嫁给这样的人，不仅幼儿教师倒霉，说不定全家人跟着吃亏。如此，王文轩就被幼儿教师甩了。

王文轩和刘劲龙一致认为这是江用权惹的祸。

刘劲龙咽不下这口气，找人说理，但说不通，因为厂长是江用权的姐夫。再说，拿公家电缆做衣架本来就是不对的，难道还要厂里向你赔礼道歉？还要厂里负责把王文轩的女朋友追回来？

王文轩也咽不下这口气，但是他不说，更没有去找什么人说理，而是整天唉声叹气，极度悲观。

王文轩虽然没有明说，但后悔是写在脸上的。后悔自己根本就不该来冶炼厂，而应该继续参加高考，如果继续参加高考，并且还考上了，那么还能成天跟江用权这样的人为伍吗？还能在江用权手下混吗？还能受江用权这样的人气吗？所以，王文轩那段时间非常沮丧，非常后悔。

虽然没有明说，但是刘劲龙还是看出王文轩的痛苦，看出王文轩的后悔。再想想自己又当班长又当先进，还早早地就结了婚生了儿子，而王文轩连个女朋友都黄了，刘劲龙就觉得自己对不起王文轩，就觉得自己有责任帮王文轩出这口气。想了，但是比较难做，主要是自己的职位太低，职权太小，只是班长，而且是全厂最差岗位的炉前班班长，实在没有多少权，根本没有"整"江用权的权力。考虑到江用权的姐夫是厂长，刘劲龙想"整"江用权几乎成了痴心妄想。

这下该刘劲龙后悔了，后悔当初根本就不该拉着王文轩一起背他妈的狗屁"应知应会"，不该把王文轩一起拉进冶炼厂。但是，刘劲龙毕竟是刘劲龙，他不是王文轩，他不愿意干受气。既不愿意自己干受气，也不愿意看着好朋友王文轩干受气。最后，经过苦思冥想，刘劲龙终于找到自己的解决方式——拦路把江用权打一顿。

刘劲龙明人不做暗事。他打江用权，根本不是从背后袭击，而是当面袭击；根本不是晚上趁天黑袭击，而是大白天袭击；根本不是找一个偏僻的地方袭击，而是专门挑选厂大门口并且是下午下班人流高峰的时机打他。刘劲龙公开地宣称：老子就是为王文轩出气。

刘劲龙那天在厂门口当众打江用权的时候，王文轩也在场，其实是刘劲龙特意选择王文轩也在场的时机动手的。在刘劲龙看来，只有他当面把江用权收拾了，让江用权当众出丑了，才能让王文轩出气，彻底地出气，他自己也才算是对得起王文轩了。

那天刘劲龙果然让江用权当众出丑了，因为这江用权平常仗着他姐夫是厂长，他嘴巴大，别人的嘴巴小，所以平常嘴巴是很管用

14

的，但是，一旦动起手来，他根本就不是刘劲龙的对手。事实上，当刘劲龙明确说明他是为好朋友王文轩报仇之后，还没有等江用权来得及反应，刘劲龙一个勾拳已经打在他嘴巴上。

"打人了！打人了！"

第一声可能是江用权自己喊的，后面是谁喊的就听不清楚了。那么多的人，一下子全部围上来，喊的叫的看热闹的和起哄的，连已经走出厂门准备上交通车的工人也赶紧掉头跑回来围观，谁分得清是哪个喊的。

刘劲龙打了一拳之后，并没有收手，也不好意思收手，主要是这江用权平常就蛮讨人嫌，所以这时候刘劲龙动手打他，不仅仅是为王文轩出气，也为其他人出气，如此，看热闹的人多，叫喊的人也多，但是真正上前拉架的人却没有。既然没有，那么刘劲龙就只好继续打。没有人拉架他怎么好意思自己收手？如果自己收手，那不是显得他没有胆量了吗？所以，刘劲龙只好继续打。最后，还是王文轩上去劝阻。

王文轩见刘劲龙帮他出气当然高兴，但是后来见刘劲龙打得不停手，而且也没有人拉开，他怕出事，所以就上前拉了。

王文轩明明是上前拉架了，并且还是拉刘劲龙，叫刘劲龙不要打了，但是，后来厂保卫科还是把他和刘劲龙一起抓起来了，因为江用权硬说是刘劲龙和王文轩两个人打他一个人。

事后人们很难判断江用权当时这样说到底是吃柿子拣软的捏，还是想维护自己的形象，说自己被两个人打倒在地比被一个人打倒在地要好听一些，或者说耻辱要减轻一些，甚至是他也明明知道王文轩并没有打他，而只是拉了刘劲龙，但是他认为刘劲龙打他完全是王文轩挑唆的结果。所以，不管怎么说，江用权一口咬定就是刘劲龙和王文轩一起打了他，并且他的这个讲法得到他姐姐和姐夫的一致相信。既然他姐姐姐夫都相信了，那么厂保卫科当然就彻底相信了。

这时候，刘劲龙出来帮王文轩证明，证明王文轩其实并没有动

15

手，而只是他一个人动手打了江用权，并说王文轩是出来拉架的。但他的话没有得到保卫科的认可。保卫科说："你们两个本来就是一伙的，你当然帮他说话。"

不仅如此，在厂里对这件事情做最后处理的时候，王文轩的处理居然比刘劲龙重。理由是王文轩的态度更差。当然，还有一个可能，就是考虑到刘劲龙一贯表现不错，还是炉前班班长，人缘又好，去年还刚刚被评上先进生产者，所以，对刘劲龙的处理就轻一些。

厂里的最后处理结果是：刘劲龙留厂察看，王文轩开除出厂。

刘劲龙觉得自己好心再次办了一件坏事情，又害了王文轩，于是，只好用仗义表达自己的歉意，他对王文轩说："察看个鸟。老子们去深圳。"

王文轩劝刘劲龙不要冲动。刘劲龙说老子早就不想干了，不是为你老子也要辞职去深圳。王文轩见劝阻无效，只能接受现实，跟随刘劲龙一起来到了深圳。

或许，在他们的想象中深圳遍地是黄金，就看你有没有胆量去捡了。

4

深圳确实遍地是黄金，并且他们刚一到深圳，差点就捡了一大堆黄金。至少他们自己认为差点捡了一大堆黄金。

他们是买硬座来深圳的。

火车进站，刘劲龙把王文轩推醒。

"到了?!"王文轩一惊。惊醒之后，本能地摸了摸腰。

"到了。"刘劲龙说。

王文轩不好意思地笑笑。

本来说好的，王文轩睡上半夜，刘劲龙睡下半夜，但是王文轩上半夜根本睡不着，下半夜却睡过了，害得刘劲龙一夜没合眼。

王文轩想说什么，比如想说"谢谢"或"对不起"或"不好意思"什么的，但是，刘劲龙已经等不及了。刘劲龙要上厕所。王文轩腰上绑着钱，王文轩睡觉的时候，刘劲龙不敢把他一个人丢下自己去上厕所，所以他一直忍着，忍到火车进站了，叫醒王文轩，他才可以去方便。

刘劲龙一走，王文轩也急了，也想方便，或许，睡了大半夜，确实需要方便了；或许，受刘劲龙的影响，本来不需要方便的现在也需要方便了。但是，王文轩必须等着，等到刘劲龙回来后，有人照看行李了，他才能去。

王文轩在等刘劲龙。不知道是内急的原因，还是等人本来就显得时间长的原因，给王文轩的感觉是等了很长时间，等到火车都停下了，刘劲龙还没有回来。最后，当刘劲龙终于回到座位旁边的时候，满脸通红，一头汗，丝毫没有轻松的样子。

"怎么了？"王文轩问。

刘劲龙抿着嘴，咬着牙，快速地摇摇头，从牙缝里挤出几个字："快下车！厕所门关了，没上成。"

王文轩想笑，可笑不出口。毕竟，刘劲龙是因为他才憋成这个样子的。

越是想快越是慢，给刘劲龙的感觉是出站的人像做遗体告别，行走得特别慢。一打听，才知道是要查边防证，一个一个地验证，当然慢。好不容易到了出口，刘劲龙以最快的速度放下行李，对王文轩说："千万别动，我马上就回来。"说完，像救火一样飞奔而去。

王文轩把几件行李拢到一起，占领一个墙角，像老母鸡护小鸡一样护着它们，同时，手臂时不时地蹭一下自己的腰。目的是感觉一下那里面的钱还在不在。他只能蹭，不能摸，怕摸了之后会引起别人的注意，特别是怕引起小偷的注意。然而，即使这样，他还是引起了别人的注意，并且注意他的人不是一个，而是两个。两个人相互使了一个眼神，迅速散开。

"先生，您是从湖北来的吗？"

王文轩长这么大还没有被人称过"先生"，所以不习惯，不相信是喊他的。可是朝左右看看，没有其他人，只有他自己，知道是跟他说话，于是，赶紧摇摇头，表示不是。

"您看见刚才一个先生在这里等人吗？"

这下王文轩不知道是该点头还是该摇头了，因为车站出口处人太多，按照王文轩的理解，是男性都能够称得上"先生"，比如他自己，比如刘劲龙，还有那些匆匆走过的芸芸众生，都是可以被称为"先生"的，对方到底说的是哪一个？

"麻烦了，"那个人说，"说好了在这里等我的，怎么不在呢？"

王文轩没有接话，但是已经注意这个说话的人了。说话的人也可以说是"先生"，而且是比较年轻的先生。这个比较年轻的先生穿着比较得体，一看就是个蛮有身份的人。这时候，这位先生在王文轩行李旁边蹲下来，蹲在地上清理包。一边清理，一边自言自语地说："这下麻烦了，我好不容易带过来，难道还要我带回去？"

"什么东西呀？"王文轩问。是忍不住地问，也像是对人家称呼他"先生"的回报。

比较年轻的先生站起来，手里拿了一个像工业二极管一样的电子产品，说："电视接收器，安装在电视机上，不用天线，什么台都能收到，还能收到美国台。"

此人最后一句话说得比较轻，像是怕旁边的人听见。说着，还特意把自己的嘴巴往王文轩的耳朵旁边凑了凑，仿佛已经把王文轩当成了自己人。

还有这个东西？王文轩是电工，但也没有听说过这东西。也许吧，王文轩想，现在高科技发展快，冒出一两个新产品也不是没有可能的，又想到在家看电视的时候，经常遭遇雪花点，每次遭遇雪花点，他都要爬上房顶，调整天线的方向，很麻烦的，要是真有这个产品，还确实不错呢。

"多少钱一个？"王文轩问。

18

"多少钱你也买不到呀。"比较年轻的先生说。

"为什么?"王文轩问。

年轻先生看看王文轩,仿佛是判断一下是不是值得把秘密告诉他,然后又看看周围,像是不想让其他人分享这个秘密。如此这般之后,或者是这样考虑了一下之后,把嘴巴进一步凑近王文轩,非常神秘地说:"怕老百姓看了外国电视之后搞自由化。"

王文轩信了,彻底信了。那年头,越是神秘的话人们越容易信。

"那你怎么买到的?"王文轩问。

年轻人左右看看,学着电影里搞地下工作的人的样子,凑到王文轩的耳朵边,压低嗓音说:"从那边带过来的。"

说完,年轻人还努努嘴,示意是从罗浮桥那边带过来的。

"带这么多干什么?"王文轩问。

年轻人像是非常犹豫,不想告诉王文轩,但是又似乎跟王文轩很有缘分,一见如故,不告诉说不过去,最后,终于下了决心,把天大的秘密告诉王文轩:"走私呢,在香港那边五十块一个,在这边要卖一百多。"

"能不能卖给我一个?"王文轩问。

"不行,"年轻人说,"我是给别人带的,一百个,正好一万块钱,整数,给了你一个,怎么交货?"

王文轩一想,也是。再说,反正自己刚来深圳,还没有用上电视机,不买也罢。

年轻人走了,好像是到前面找那个等他的"先生"去了。

年轻人刚走,这边就有一个中年人满头是汗地跑过来,找人,找得很急,但是仍然没有找到,于是,先问了一个刚出来的妇女,妇女自然是把头摇得像拨浪鼓,然后,中年人又过来问王文轩,问他刚才是不是有一个香港人在这里等人。

王文轩已经想到他问的是刚才那个卖电视接收器的年轻人,但是他没有说,不敢肯定。

"什么样的男人?"王文轩问。

"香港人，"中年人说，"穿红 T 恤，提了一个包。"

王文轩已经肯定他问的就是刚才那个年轻人。

"你找他干什么？"王文轩问。

中年人犹豫了一下，仿佛是不能确定是不是要告诉这个跟他并不认识的陌生人。这样犹豫了一下，大约是病急乱投医吧，终于还是说出来了。

"他给我带来一批货，"中年人说，"就是这个货，这边人等着要呢，我订金都收了人家的，你看急人不急人。"

中年人说着，还从身上掏出一个样品，王文轩到底是电工，一看就知道正是刚才那个年轻人给他看的那个东西。

"是不是电视接收器？"王文轩问。

"对呀，"中年人说，"你知道？"

王文轩不想被深圳人看得太没有见识，于是点点头，表示知道。

"你用过？"中年人问。

王文轩想了想，说："没有。但是我朋友用过。"

"你们那里也能买到？"中年人问。

王文轩又想了想，想着该不该说谎，或者是想着怎样说谎。

"也是深圳这边带过去的。"王文轩说。

"那边买多少钱一个？"中年人问。

"一百。"王文轩说。因为刚才那个年轻人已经告诉他了，香港那边每个五十，到了这边，每个一百多。

"不可能的，"中年人说，"我们进货就一百了，一分钱不赚？"

王文轩想想，也是，刚才那个年轻的先生已经说了，一百个正好一万块，那不就是每个一百块吗？既然批发是一百块一个，那么零售肯定是一百多。不过，话已经说出口了，只好把说谎进行到底。

"可能是进货渠道不一样吧。"王文轩说。

"你要是真的能搞到一百块钱一个，"中年人说，"给我，有多少就要多少。"

王文轩摇摇头，表示他搞不到。确实搞不到，他也不是香港人，上哪里搞？

"搞不到你说什么？"中年人说。说完，还表现出不高兴的样子，走了。

刘劲龙把王文轩留在出口处，自己快速向对面跑。按照刘劲龙的理解，所有的火车站都应该是一样的，出站就是一个广场，广场的对面就是厕所。刘劲龙快速穿过广场，却没有找到厕所，找到的只是中巴车，很多很多中巴车。刘劲龙从来没有见过这么多的中巴车停在一起，像中巴开会。

刘劲龙实在是太急了，但是再急，也不能对着中巴车小便呀。刘劲龙问中巴车边上的一个人，那个人以为他要坐车，热情地把他往中巴上请。刘劲龙或许是要坐车，但是不能现在就上车，现在他必须先小便，然后再回到出口处，带着行李和王文轩一起上车。

"好好好，"刘劲龙说，"谢谢，我还有一个朋友，马上我们一起来上你的车。但是，你先告诉我，厕所在哪里。"

那个人虽然有点不高兴，但还是勉强告诉他，厕所在候车室里面。于是，刘劲龙又掉过头往回跑。

中年男人走了不到一分钟，那个自称是香港人的年轻的先生又转回来了。

王文轩很想告诉他，刚才有一个人找他，想了，但是并没有真告诉他，而是问："找到没有？"

"没有啦。"年轻人说。说着，还明显露出非常焦急的样子。

"那怎么办？"王文轩问。

"我也不知道怎么办啦。"年轻人说。说的是带有香港口音的普通话，像舌头卷了伸不直一样。这种话王文轩知道，电视上听过。

"你再带回去吗？"王文轩问。

"不行啦，"年轻人说，"被查出来就惨啦。"

王文轩想了想，试探着问："那你打算把它们卖了？"

"能卖掉当然好啦，"年轻人说，"但是这里我人生地不熟，也不知道卖给谁啦，弄不好碰上你们大陆公安，惨啦。"

王文轩又想了想，继续试探："如果现在我找到人来买，你打算多少钱卖？"

"哎呀，现在我也不想赚钱了，只要保本了，我按原价卖了。"

王文轩眼珠子转了一转，想着刚才那个中年人说的话，一百块钱一个，给他多少要多少。

"是不是五十块钱一个？"王文轩问。问的目的是进一步确认。

"是啦是啦，就算我白跑一趟啦，好过被海关没收啦。"

王文轩心里一阵激动，早听人说深圳遍地是黄金，果不其然呀！他身上一共一百个，我花五千块钱买来，一转手一万块钱卖给刚才那个中年人，当场不就赚了五千块？

五千块钱王文轩身上还是有的。而且还不止五千，有一万。他们决定来深圳的时候，两个人把这几年的积蓄凑到一起，凑一万。他自己五千，刘劲龙五千。本来他们是每个人身上揣五千块的，但是临走之前，刘劲龙的老婆陈小玫不放心，怕刘劲龙的脾气不好，路上又打架，万一路上又打架了，身上装着五千块钱弄丢了怎么办？或者没有弄丢，但是因为打架被警察抓去了，一搜身，肯定以为他是偷来的，还不没收？所以，为了防止万一，还是把钱全部放在王文轩身上，准确地说是放在王文轩的腰上，并且陈小玫特意用针线缝死。现在如果拿出来五千块钱做生意，一眨眼就赚五千，不好吗？当然，如果这个香港人身上有两百个这种"电视接收转换器"就好了，如果有两百个，一下子就赚一万。一万呀！王文轩想到自己在冶炼厂干几年了，省吃俭用，才存了五千，难道在深圳一天赚的钱比在老家干几年攒的还多？

这么想着，王文轩就晕乎了，就感到深圳遍地是黄金了，感到满世界都是钱了。现在他所要做的，就是伸展双臂，把雪花一样的钞票往自己怀里捞就行。

正在这个时候，刘劲龙回来了。

刘劲龙回来的时候，发现王文轩正准备从腰上往外掏钱，但是还没有掏出来，因为陈小玫的针线活细，针脚密，缝得很结实，所以，这时候王文轩就是想掏钱做成这笔生意也没那么容易。

"你干什么？"刘劲龙问。

刘劲龙这样一问，那个年轻的先生就想走，但是王文轩不让他走。

"别走，"王文轩说，"这是我同学，别怕。"

年轻的先生冲着刘劲龙点点头，表示友好，同时，也有点难堪。

王文轩把情况跟刘劲龙大致一说，刘劲龙问那个年轻的先生："你真的五千块钱卖给我们？"

年轻的先生听了先是一愣，然后马上眼睛一亮，说："细啊，细啊，反正我也不敢带过关啦。"

"如果你卖给你要等的那个人，是不是一万？"刘劲龙问。

"细啊，细啊。"年轻的先生说。

"这样你不是吃亏五千块钱吗？"刘劲龙继续问。

"细啊，细啊，没有什么办法的啦，好过被海关没收的啦。"年轻的先生说。

"好办，"刘劲龙说，"我们帮你把你要找的那个人找到，找到之后，你就可以按一万块钱卖给他了。"

年轻的先生不说话，好像没有反应过来。

"但是，你必须给我们提成，不多，只提成一千块，行不行？"刘劲龙说。

刘劲龙这样一说，年轻的先生更没有反应了，像是突然之间听不懂中国话了。

年轻的先生虽然反应不过来，王文轩却反应过来了。王文轩想，对呀，我还不知道能不能找到那个中年人，如果找不到，我花五千块钱买这么多东西干什么？疯了？如果能找到，赚一千也好呀，白捡的呀。

"算啦，算啦，很麻烦的啦。"年轻的先生说。说着，就走了，而且走得很快，一眨眼就消失在茫茫的人海中。

"哎，你别走呀，我们帮你找呀，我们能找到呀！保证找到呀！"王文轩喊。

"别喊了，"刘劲龙说，"差点上当。"

王文轩愣了半天，使劲晃了一下头，清醒过来，脸红，后怕半天。不好意思地对刘劲龙说："幸亏你回来得及时。"

刘劲龙没有说话，他有一种不祥的预感：这一万块钱早晚要出事。出什么事呢？

5

"先找个招待所吧。"王文轩说。王文轩这样说，当然是从刘劲龙的角度考虑，考虑到刘劲龙其实是一夜没睡，现在需要休息。

"不行，"刘劲龙说，"先去银行。"

刘劲龙说得很坚决。既然他已经预感到这一万块钱要出事，当然还是先把它存到银行里放心。

王文轩见刘劲龙态度这么坚决，又想到自己刚才差点坏事，这时候只好听从刘劲龙的意见，先去银行，只是心里内疚，觉得是自己闹得刘劲龙没有办法休息了。

从火车站到银行并不远，站在候车室门口的台阶上，他们就远远看见南洋商业银行的巨大招牌。

南洋商业银行？刘劲龙只知道工商银行、农业银行、建设银行和中国银行，怎么深圳还有一个南洋商业银行？深圳是南洋？管他呢，反正是银行就行。

两个人携着行李，沿建设路向北走，或者说向远远看得见的南洋商业银行走。

刘劲龙的旅行包下面有小轮子，是去年当上先进生产者，厂里奖励的。当时厂里奖励给他这个旅行包的时候，他还不高兴，骂牢骚话，说老子们是工人，反正也没有出差的机会，要这个鸟包干什么？还不如直接发钱算了。还说是不是那些狗干部们自己想要包，就给老子们也发包？说得当时几个当了先进生产者的工人都点头。没想到这才半年，这带轮子的包就发挥作用了，仿佛厂里当时主张发这种包的那个干部有特异功能，知道这些先进生产者当中有人要被留厂察看，并且察看之后就会下海，下海了，这包就派上用途了。

这时候刘劲龙拖着这种带轮子的旅行包，充分享受了去年当先进生产者带来的好处，不累，一边走一边还有心情欣赏建设路两边的风景。王文轩则没有这个福气，他不是先进生产者，所以厂里没有奖励给他这种带轮子的旅行包，现在他比较费劲，肩上斜挎一个背带式旅行包，手上提着一个编织袋，编织袋的提手比较细，所以勒得他手都红了。

"先生要住宿吗？"一个小姐热情地招呼着刘劲龙。刘劲龙摇摇头，继续前进。

"先生吃饭吧。"一个大姐客气地招呼着刘劲龙。刘劲龙礼貌地摆摆手，表示"不吃，谢谢"。

"先生，要不要按摩？好漂亮的小姐哟，今天刚从北方来。"一个看不出是小姐还是大姐的女人扭动着身腰和屁股对刘劲龙说。所谓看不出是小姐还是大姐，是因为这个女人看上去像大姐，至少从脖子上的赘肉看是大姐，但是穿的衣服化的妆以及说话的语气和扭动的身体又像小姐。

刘劲龙自然不会跟她去按摩，而是继续往前走。但是，这毕竟是一件新鲜事，所以刘劲龙虽然没有跟她去按摩，还是回头对王文轩笑了一笑，是那种只有男人才能意会的笑。这回头一笑，就发现了问题，刘劲龙发现王文轩已经龇牙咧嘴满脸是汗地落在了后面。

"来，"刘劲龙说，"你拖这个。"

"不不不，我能行。"王文轩说。

刘劲龙不跟他讨论他能行还是不行的问题，把带小轮子的旅行拖包交给王文轩，自己伸手取过王文轩手上的编织袋。

"他妈的，还不轻呢。"刘劲龙说。说着，也不提了，干脆右手一使劲，左手一托，把编织袋悠到自己的左肩上，大步向前。

说来也怪，自从刘劲龙扛上王文轩的编织袋后，他走路安实了，喊吃饭的，留住宿的，还有扭着身子请他按摩的，一个也不找他了。以前他只知道以貌取人，没想到这里居然还以行李取人。

路上是安实了，但是到了南洋商业银行门口却麻烦了，刚一进门，就被一位穿着讲究的先生拦住，说这里不让休息。

王文轩怕刘劲龙发火，赶紧抢在前面说话，说："我们不是休息，是存钱。"

"存钱？"那个穿着讲究的白白净净的先生问。

"存钱。"王文轩说。

王文轩在说话的时候，刘劲龙一直瞪着眼看着那个白白净净的先生，像狮子扑食之前先要做准备一样。

"请问是人民币还是外币？"白白净净的先生问。问的口气明显客气一些。

外币？刘劲龙心里想，老子们也不是华侨，哪里有什么外币？

"人民币。"王文轩说。说得也比较客气，脸上还堆着笑。

那位先生不说话，跨出去一步，走到门口的台阶上，用手一指，说："那边。"

王文轩已经跟着他退回到门口，顺着这个先生的手看过去，果然看到工商银行那熟悉的标志，跟家乡的工商银行标志一模一样，像是在异地他乡碰到了熟人，顿时感到一阵亲切。

钱存进了银行，刘劲龙心里踏实不少，这才感到眼睛睁不开，要睡觉。两个人赶快找旅馆。一看门面漂亮的、富丽堂皇的，当然是敬而远之，但周围也实在找不到门面不漂亮的旅店。想问人，问附近有没有便宜一点的招待所，但是深圳人仿佛是外国人，根本听不懂他们说的普通话，还没有等他们说完，马上不是摆手就是摇头，表示他们听不懂，或者表示他们不知道。这还算是礼貌的，如果遇上不礼貌的，没有等他们张口，马上就绕开走，躲着他们，把他们当作麻风病人一样，根本就不给他们说话的机会。

刘劲龙想了想，觉得这样不行，必须想点办法。于是，他打起精神，让王文轩照料行李，他自己把衣服整理利索一点，头发也向后理清爽，瞅准一个看上去有点教养，但是年龄和经济状况跟他们差不多的男人，迎上去，学着深圳人喊"先生"（而不是像他们在家乡那样称"师傅"）上前问路。

"先生您好！"刘劲龙说，说着，还别出心裁地亮出自己带在身上的湘沅有色金属冶炼厂工作证，"我们是刚从湖南来的，能帮个忙吗？"

被问的这个"先生"刚才还心不在焉，低头走路，现在猛然发现面前一个红本子，根本不会想到在深圳的大街上谁还会拿内地一个小地方的工厂工作证来显示身份，以为一定是碰上便衣警察了，或者是碰上了国家安全部的什么人，吓得一激灵，马上停下，惊恐地问："干什么？"

"问路。"刘劲龙说。一边说，一边收起工作证，知道它的历史使命已经基本完成。

"问什么路？"对方问。

"是这样，"刘劲龙说，"我们想找一个便宜一点的旅社，不知道哪里有，想打听一下。"

对方的表情已经由惊恐变为疑惑。

"便宜到什么程度？"对方问。

"越便宜越好。"刘劲龙说。

对方更加疑惑，但显然已经不惊恐了，思维也趋于正常。

"几个人？"

"两个。"刘劲龙说。说着，还指了指等在街边的王文轩。对方顺着刘劲龙的手臂看过去，看见王文轩正远远地对这边点头哈腰，像是打招呼，也像是电影里汉奸见到日本鬼子。

"你们规定报销多少？"对方问。

"报销?"刘劲龙不明白。

"你们出差不报销住宿费吗?"

"出差?"刘劲龙说,"不,我们是来找工作的。"

"你们也要找工作?"

"我们怎么就不能出来找工作?"这下该刘劲龙糊涂了。

"我还以为你们是执行任务呢。"对方说。

刘劲龙这才反应过来,哈哈大笑,重新掏出工作证,递给那个人,那个人看了也哈哈大笑。

"这样吧,"对方说,"我也是来找工作的,如果不嫌弃,跟我走,我住的那个地方就很便宜,招待所,二十块钱一天。"

"好,越便宜越好。"刘劲龙高兴地叫起来。

路上,对方告诉刘劲龙,他叫赵一维,大学毕业后被分配到新疆克拉玛依油田,实在不适应,把档案丢在人才交流中心,来深圳碰运气,没想到运气没碰到,霉气倒沾上了,钱包丢了。

"是丢了还是被人偷了?"刘劲龙问。

"不知道。"赵一维说。

"没关系,"刘劲龙说,"有我们吃的就有你吃的。"

王文轩听了没说话,想提醒刘劲龙对陌生人不要太热情,但是当着赵一维的面,也不好说,只能干咳嗽一声,算是提醒。

第二章　特区"三结义"

关键时刻，刘劲龙资助了落难的大学生赵一维，也结识了这个新朋友。赵对刘劲龙和王文轩讲解期货，可刘和王听了半天，就记得"赌"和"买空卖空"这些"坏词"。刘和王原本不赞成赵一维做期货，可不知不觉充当了赵的道具。并且，他们最终能找到工作，也是在赵一维"适当的吹牛"启发下如愿的。

1

"会议"还在继续。周静怡微微感到一丝的不安。她担心刘劲龙的言辞过于激烈，刺激了丁怀谷，反而不利于决议的形成。事实上，在来会议室之前，周静怡已经提醒过刘劲龙，要他有话好好说，刘劲龙也应承了要好好说，并且刚开始也确实是好好说的，可是，没想到一涉及核心问题，语气立刻就变了，变得针锋相对据理力争了。周静怡轻轻咳嗽了一声，算是提醒。刘劲龙接受提醒，暂时保持沉默，听丁怀谷说。

丁怀谷显然有些不快，这时候他略微皱皱眉头，不知是对刘劲龙的言语不满意，还是对周静怡的提醒不高兴。好在这种表达不快的时间非常短。在周静怡轻轻咳嗽之后，丁怀谷大度地笑了笑，说：

"我是承诺过不过问公司的日常事务，但涉及重大投资和跨行业经营，以及兼并重组这样带有全局性和战略性的决策问题，我还是有权过问甚至可以行使否决权的。据我了解，湘沅有色金属冶炼厂欠银行许多钱，其实早已经资不抵债了，收购这样的烂摊子，等于花钱买负资产，不是自找包袱吗？"

刘劲龙咧了一下嘴，下意识地看了一眼周静怡，刻意使用更加温和的语调，说："您当然有权过问此事，所以我才与您商量，并打算征得您的支持。您说得对，湘沅冶炼厂确实拖欠银行许多贷款，眼下也确实是资不抵债，所以苟市长才礼贤下士地跑到深圳来求我，所以才答应给我'零收购'并配合'债转股'以及减免税等优惠政策。特别是'债转股'，就是把银行的债权改成股权，不仅一辈子不用偿还本金和利息，而且还让我们与银行成了'亲戚'，将来无论是获得资金支持或争取上市，都有了可靠的'同盟军'，从公司长远的战略发展考虑，我觉得这件事情值得考虑。"

刘劲龙本来是要说"值得做"的，因注意到周静怡提醒的眼神，临时改成"值得考虑"。他觉得"值得考虑"比"值得做"更委婉一些，也让丁怀谷好接受一点。

刘劲龙不仅注意措辞，而且故意放慢"会议"节奏，尽量让丁怀谷充分发表自己的意见，所以，说完"值得考虑"之后，刘劲龙并没继续陈述自己的观点，甚至也没有催促丁怀谷回答的意思，而是端起茶杯，耐心地揭开盖子，仔细地把茶水表面的茶叶吹向一边，一边吹一边用茶杯盖子往外拨，仿佛他现在的主要任务不是开会，而是喝茶。

刘劲龙是个急性子，闲不住，这时候被迫静下来，思想却闲不住，想着眼下这里是三个人，当初刚来深圳的时候，也是三个人，可那时候的"三个人"是一个篱笆三个桩，一个好汉三人帮，三个人一条心啊，而现在同样是"三个人"，怎么各有各的打算，各怀各的心计呢？是不是人不能有钱，人身上的钱多了，心计也就多了？那么，人拼命赚钱的目的到底何在呢？

看着眼前的丁怀谷和周静怡，望着三个人各怀心计的局面，刘劲龙不禁想起当初与王文轩、赵一维的"三结义"。

2

赵一维把刘劲龙和王文轩带到了一个叫"粮食招待所"的地方。听上去这个地方不是招待人的，而是专门招待"粮食"的，难道深圳人称客人为"粮食"？刘劲龙想，那不是要吃人吗？一问，才知道，这个地方原来属于粮食局的，但改革开放之后，中国已经逐步取消了粮食限量供应制度，特别是深圳，作为中国改革开放的前沿阵地，已经完全没有粮店了，深圳人要买粮食，直接在商店里面买就可以，不管是超市还是小卖部，凡是买日用品的地方基本上就有粮食买。想想也是，粮食不就是最常用的日用品吗？如此，按照计划经济体制设立的粮食系统基本上就没有存在的价值了。虽然没有存在的价值，但是粮食系统还存在，原来属于粮食系统的国家职工还存在，这些人还要活，怎么办？于是，八仙过海，各显神通，把原来的粮站改成招待所就是"神通"之一，这种由粮站改成的招待所叫作"粮食招待所"，可见，人们一方面讨厌旧体制，一方面还是非常怀念那种体制的。

不知道是位置偏僻的缘故，还是原来粮站的职工根本就不会经营招待所的缘故，总之，粮食招待所的生意并不好。赵一维住的是一个三人房间，有三个床位，但是在刘劲龙和王文轩他们到来之前，一直是赵一维一个人住，另两个床位空着。浪费。

"我们三个人住，能不能只收五十块钱一天？"刘劲龙问。

"不行，"女职工说，"我们这是国营单位，也不是私人旅店，怎么能跟你讨价还价？"

女职工说得理直气壮，特别是说到"国营单位"这几个字的时候，眉毛还特意向上扬了一扬，显得非常自豪和有底气。

王文轩示意刘劲龙算了，也不在乎十块钱，跟她废话那么多干什么。但刘劲龙不甘心，想了想，又掏出刚才吓唬赵一维的红本子，递给女职工，说："我们也是国营单位的，都是给国家省钱，为国家节约。怎么样？商量商量。"

女职工认真地看了红本子，并且把红本子上盖着半截钢印的照片与眼前这个人进行对照，最后，像是凭着《国际歌》那熟悉的旋律找到了自己的同志，态度大有好转，至少没有刚才那么傲慢了，耐心解释："不行，不好开票。"

刘劲龙朝两边看看，小声说："按两个人开票，开四十，但是我按五十给你。"

女职工脸上紧张了一下，也朝周围看看。

"没关系的，"刘劲龙说，"万一遇上检查什么的，我们就说只有两个人，另外一个人是朋友，来看我们的，不在这里睡觉。"

女职工还有点犹豫，刘劲龙又鼓励了一番，并且王文轩和赵一维也加入鼓动者队伍。一个中年女人显然经不住三个年轻男人的劝，最后，女职工说："我是看大家都是国营单位职工，照顾你们了，但是，你们千万不要跟任何人说，实在顶不过了，就说他是刚来的，还没有来得及补办。"

女职工说的那个"他"，当然就是王文轩，仿佛王文轩好欺负，可以当黑户。这时候，"黑户"王文轩把头点得像鸡啄米，一口一个没问题，终于让女职工接受了刘劲龙的建议。

住下之后，趁王文轩上厕所去，赵一维向刘劲龙开口，问能不能借十块钱给他。

不就十块钱嘛，刘劲龙想，就算是被骗了，也无所谓，再说赵一维这个样子也实在不像骗子。

刘劲龙掏出二十块钱，给赵一维，问够不够。

"够了，"赵一维说，"打个长途电话足够了。"

"打长途？给谁？"刘劲龙问。

赵一维脸上难堪了一下，说："给我妈妈，让她赶快给我寄钱来。"

"你身上一分钱都没有了?"刘劲龙问。

赵一维叹一口气,没有说话。

刘劲龙又拿出五十,给赵一维。赵一维不要。

"算借给你的。"刘劲龙说。

赵一维满脸通红,不知道是激动的还是感动的,搓搓手,双手接过五十块钱,说:"放心,等我妈妈寄来的钱一到,我马上就还你。"

正在这个时候,王文轩进来。王文轩正好看见赵一维伸手接钱的动作。

王文轩皱皱眉头,没有说话。

在以后的几天里,赵一维的主要工作就是天天盼望着妈妈能赶快寄钱来,粮食招待所的那个女职工已经被他问得不耐烦了,说:"放心,我们要你的汇款单没有用,必须拿你的身份证才能把钱取出来。"

赵一维自然是解释他不是这个意思,只是身上没有钱实在受罪,连招待所的门都不敢出,天天躲在房间里吃方便面。

赵一维确实是天天吃方便面,其间刘劲龙和王文轩出去吃饭的时候,还特意喊他两次,但是赵一维一方面说谢谢,不去,另一方面诅咒发誓,说他最喜欢吃方便面,不喜欢吃饭。

这一天刘劲龙和王文轩又从外面回来,赵一维像久别的亲人一样立刻迎上来,热情地请他们出去吃饭。

"你不是只喜欢吃方便面吗?"王文轩问。

"我妈寄钱来了!"赵一维说。听起来好像是所答非所问,但刘劲龙和王文轩都明白是什么意思。

说实话,赵一维真不小气,那天他请刘劲龙和王文轩吃的饭是刘劲龙他们来深圳这些天吃得最好的一顿饭,不仅菜饭够量,而且还要了酒,搞得王文轩非常不好意思。三人喝着酒,赵一维掏出一百块钱，还刘劲龙，刘劲龙还没有来得及说话，王文轩已经代表他表态了，说大家朋友一场，谁还没有一个难处，区区几十块钱，算了。

"亲兄弟明算账，借的钱是一定要还的。"赵一维说。

刘劲龙想了一想，接过来，然后又从自己的口袋里找出三十块钱还给赵一维，赵一维自然是不要。

"那不行，"刘劲龙说，"既然是明算账，那么就要算清楚。"

赵一维拗不过，只好收了。

赵一维问刘劲龙他们这些天忙什么。刘劲龙说，想看看有什么事情可以做。赵一维又问，不是说去找工作的吗？刘劲龙停顿了一下，看看王文轩，然后对赵一维实话实说。

"我们跟你不一样，"刘劲龙说，"我们没有文凭，找不到好工作，但是又不甘心像农民一样去打工，所以想看看有没有合适的生意做。"

赵一维听了之后，想了一下，说："能自己当老板当然好，但是最好能先打工。"

"为什么？"王文轩问。

刘劲龙虽然没有说话，但是从眼神看也是这个意思，问赵一维为什么这么说。

"人生地不熟，"赵一维说，"一边打工可以一边熟悉这里的环境和风俗习惯，这样风险小一些。"

刘劲龙不说话，他在想，想着赵一维讲的或许有道理。

"不过也不一定，"赵一维说，"如果确实有好生意，当然不要放弃机会。其实深圳是个移民城市，基本上没有排外现象，边干边摸索也可以。"

听赵一维这样说，刘劲龙的眉头舒展了一些，举起杯子，说："借你吉言，干！"

"干！"赵一维说。

"干！"王文轩说。

三个人搞得像桃园三结义。

8

这几天赵一维躲在粮食招待所里面吃方便面的时候，刘劲龙和王文轩一直在湘妹子餐馆吃饭。当然，吃得比较简单，简单到一人一份快餐。

湘妹子是一个非常小的餐馆，不正规，用的是临时性建筑，具体地说，就是在一个建设工地围墙上开了一个口子，把本来作为工棚的临时性建筑简单地改造了一下，就成了一个小饭店。这个建筑工地不知道什么原因停工了，而且从外表上看好像永远没有开工的样子，里面杂草丛生，开挖的那个大坑里面已经积了不少水，俨然成了一个鱼塘，时不时地还能看见一两个小朋友拎着鱼竿在周围晃荡。工程停工对开发商和施工单位无疑是坏事情，但是对于这个湘妹子餐馆说不定还是好事情，因为这样，它就可以继续开下去。

刘劲龙和王文轩选择湘妹子餐馆吃饭，首先是因为它离粮食招待所近，还有一个原因就是这个"湘妹子"的名称对他们有一定的吸引力，一看就是老乡开的。在家乡的时候，刘劲龙和王文轩都没有意识到湖南人是自己的老乡，但是，来深圳后，这种意识产生了，特别是这个小饭店的老板娘知道照顾自己的老乡，每次刘劲龙和王文轩来吃饭，老板娘多少都要给一点照顾，比如悄悄地免费端上一碟泡辣椒，或盛一碗汤给他们，虽然一小碟辣椒或一碗汤值不了几个钱，但让刘劲龙和王文轩亲切不少。时间一长，大家竟然相处得像朋友。

这一天刘劲龙和王文轩回来得比较早，店里面还没有什么生意，于是，二位在吃饭的时候，老板娘主动凑上来聊天。问他们原来在老家是做什么的，现在住在哪里，来深圳有什么打算等等。刘劲龙和王文轩当然是如实相告。

35

"可惜了。"老板娘说。

"可惜了?"刘劲龙问。他不知道老板娘为什么要说可惜了,谁可惜了。

"可惜了,"老板娘说,"你们俩好歹还是国营大厂的工人,高中毕业,如果去打工,跟那些没有文化的乡里人一样,不是可惜了?"

老板娘这样一说,刘劲龙和王文轩还真觉得自己可惜了,不仅可惜了,而且吃亏了,仿佛自己是一件好东西却差点被贱卖了一样。

"有什么办法呢?"刘劲龙说,"高不成,低不就。要是应聘管理岗位,至少要求大专毕业,如果是普通岗位,还真有点不甘心,所以到现在也没有找到一个合适的工作。"

"你们没有想着自己做老板?"老板娘问。

老板娘这样一问,算是问到刘劲龙和王文轩的心里。两个人眼睛一亮,相互看了一眼,又一起看着老板娘,仿佛老板娘脸上就写着答案。

老板娘虽然给自己的小饭店起了一个叫"湘妹子"的好名称,但是她自己显然已经过了"妹子"的年龄,怎么看也是三十开外的人了,好在三十开外正当年,比二十几岁的女人更具有生育能力,按照弗洛伊德的理论,既然更有生育能力,那么就是更能引起异性与之交配的欲望,也就是更性感。这时候,老板娘见刘劲龙和王文轩眼睛发亮,她的脸上也跟着活泛起来。

老板娘说:"你们在国营大厂干了这么多年,多少也会有点积蓄吧?不如我帮你们跟工程队说说,在我旁边再给你们隔出一间,也开一个小饭馆,保证比打工好。"

刘劲龙和王文轩自然像见到了天上掉下来的馅饼,两个人互相看看,眼睛里是禁不住的喜悦。

"再开一个饭店不影响你这里生意?"王文轩问。

"不会,"老板娘说,"饭店这生意很怪的,单独一家生意还不如几家连在一起好。"

刘劲龙和王文轩想了想，好像确实是这样，以前不做这一行，没有注意，现在经老板娘一提醒，还真是这么回事，买东西的人都喜欢往店多的地方跑，吃饭的人也喜欢往人多的地方钻。

"行吗？"刘劲龙问。

"不是老乡吗？"老板娘说，"行不行我帮你问问看。"

老板娘还告诉他们，这个工程是湖南三建承建的，都是老乡，好说话。

"要花多少钱？"王文轩问。

"花不了多少钱，"老板娘说，"关键是要打点一下工程队的人，另外就是把现成的工棚隔一下，对外开一个口子，再买点家什，简陋一点，合在一起差不多一万多块吧。"

王文轩看看刘劲龙，刘劲龙脸上露出难堪，说："我们……我们没有带那么多钱。"

"差多少？"老板娘说，"要是差得不多，我就先帮你们垫上。"

"那怎么好意思。"刘劲龙说。

"嘿，"老板娘说，"不是老乡嘛，再说反正你的店开在这里，我还怕你跑了？"

王文轩已经激动得脸通红，刘劲龙则想，有这样的好事情？难道老板娘看上我们了？看上我不行，我有老婆，那么是看上王文轩了？可她比王文轩大那么多啊。

"我们有一万。"王文轩实话实说。

"差不多了，"老板娘说，"剩下的我帮你们垫上。"

"这个……这个……"王文轩感动得结巴了。

"那就太谢谢了！"刘劲龙说。

"先不要谢，"老板娘说，"还不一定行，我先帮你们问一下。"

虽然这个事情还没有定下来，刘劲龙和王文轩已经提前进入兴奋状态，想着如果真的能在深圳开一个饭店，哪怕是一个很小很小的小饭店，也不管赚钱多还是赚钱少，起码听起来爽多了。他妈的，不是开除吗？不是留厂察看吗？老子们不鸟你，到深圳来了，到深圳当老板了！

在以后的几天里，刘劲龙和王文轩干脆不去找工作了，而是光顾于各种各样跟湘妹子餐馆差不多大的小饭店，光顾的目的不是吃饭，而是考察。一想到当初只有干部才能用的"考察"这个词，俩人就多少有点激动，感觉自己也是个人物了。

他们只考察小饭馆，不敢考察大饭馆，因为大饭馆离他们太遥远。考察的结果证明老板娘的建议非常可行。在深圳开饭店，特别是在湘妹子餐馆附近开湘妹子这样的小饭店，生意非常好，单就是卖快餐，一份快餐五块至八块，一天下来营业额也有千把块，一个月三万块，对半的毛利，做得好，当月就能收回投资。但是，正因为如此，餐馆的转让费也相当的惊人。如果不是自己开口子隔工棚，而是要转让现成的餐馆，哪怕是像湘妹子这样的一个不像样子的小饭馆，转让费都在三四万。两个人盘算了一下，如果老板娘真的能说服施工单位让他们俩在湘妹子旁边再建一个"湘伢子"餐馆，让他们一万块钱就能开一个小饭馆，那么这位老乡真是帮了他们的大忙了，或者说，对他们来说也真是奇迹了。

但是，奇迹并没有发生，过了两天，老板娘非常抱歉地告诉他们：不行，要价太高。

两人不明白"要价"是什么意思。

"就是要给三建这些人的好处。"老板娘说。

老板娘这样一说，他们马上就明白了，明白要价就是打点费用。

"多少?"刘劲龙问。

老板娘没有说话，而是伸出两根手指，就像电视上阿拉法特表示"胜利"的那个手势，但是，老板娘做这样的手势并不是表示"胜利"，而是表示"两万"。

"两万?!"王文轩问。

老板娘点点头。

王文轩看看刘劲龙，刘劲龙脸上没有表情，似乎这个结果是他预料之中的，两万加上原来说的一万多，正好三四万，与市面行情基本吻合。

老板娘一个劲儿地表示抱歉，说是她没有办好事情，白白耽误刘劲龙和王文轩的时间了。

"怎么能这么讲呢，"刘劲龙说，"我们谢谢你还来不及呢。说实话，这两天我们也没有闲着，摸了一下行情，是这个价，就是给人家两万块钱，也还是算便宜的，像这样的市口，怎么样也要三四万块。所以，不怪你，怪我们，怪我们没有钱。"

老板娘听了这话当然高兴，顿时觉得刘劲龙是个知好歹的人，于是，激情之下，说："要不然这样，我把这个店先给你们做，然后我再找他们，我重开一个口子，我看他们敢向我要两万！"

老板娘这个义举也深深地感动了王文轩，王文轩一个劲儿地说："那怎么好意思，那怎么好意思。"

"转让费多少?"刘劲龙问。刘劲龙知道天下没有免费的午餐。

刘劲龙这样一问，王文轩也清醒不少，回到现实当中。

"不瞒两个大兄弟，"老板娘说，"如果是别人，至少四万，但既然是你们，是老乡，又这么熟悉了，将来还要做邻居，两个大兄弟又是这么实在人，如果你们想要，三万。"

刘劲龙知道这确实是优惠价。

"但我们手上只有一万呀。"刘劲龙说。

"是少了点，"老板娘说，"帮人帮到底，店你们先接过去，差的两万块打一张条子，从你们的营业额当中还给我，每天提三百，两个月就差不多了。但是，一万实在是太少了，你们想办法多少再凑一点。"

刘劲龙和王文轩的中心工作一下子转移到筹钱上。俩人挖空心思，该想的主意差不多都想了，还想不起来从哪里能筹集到钱。

王文轩一共就这么多钱，全部带来了，除了他们俩合起来的那一万块钱之外，还有就是身上这七八百块钱，但是这七八百块钱经过这些天乘火车住旅馆还有吃饭，剩下的差不多不到一半了，无论如何达不到老板娘说的那个"一点"的标准。想找父母要，实在开不了口。王文轩的父母都是小学教师，很要脸的，本来王文轩没有考上大学，已经让父母丢脸了，后来又被冶炼厂开除，弄得父母几乎不想认这个儿子，现在怎么可以再开口要钱？再说，做小学教师的父母本来就生活拮据，还要负担一个上大学的弟弟，这时候即便有心帮他，估计也实在无力。

刘劲龙家里其实还有一点钱，刘劲龙是炉前工，炉前工学徒期短，当年定级，一定级就是二级工，所以刘劲龙的工资比王文轩高，加上炉前工补助高，灰尘补助、高温补助、夜班补助加在一起差不多就是半个月工资，奖金也高，所以当初在冶炼厂的时候，刘劲龙的收入比王文轩高，而且刘劲龙毕竟是双职工，所以家庭实际存款不止五千，当时看着王文轩带五千，他也就带了五千，如果当初王文轩带了六千或者是七千，刘劲龙也能拿出这么多。但是，这只是可能性，不代表现实性，现实情况是他老婆陈小玫根本就不同意他辞职下海，为了这个事情，两口子还吵了一架，要不是刘劲龙自知理亏，差点就动手打起来，所以，就是这五千块钱，陈小玫也是不同意的，如果现在还要小玫把家里最后的老底子全部兜出来，她能干吗？

刘劲龙往家里打电话。那时候他们家根本就没有电话，所以，所谓的"家"只能是厂里，厂里转到车间，车间办公室的人不愿意跑到下面喊，于是刘劲龙在电话里面骂，刘劲龙一骂，对方软了，不敢说话，车间主任把电话要过去，一听是刘劲龙的，热情得很，一面批评小伙子不该对老师傅不尊敬，并让他赶快下去叫陈小玫，一面跟刘劲龙聊天，说刚才这个小伙子是才分配来的大学生，不知道天高地厚，还问刘劲龙在深圳干得怎么样。刘劲龙跟车间主任认识，主任姓吴，叫吴昌业，比刘劲龙大一拨，"文革"之前最后一批大学生，正儿八经地上了一年大学之后，就参与串联，其实并没有上到学，但是在当时的冶炼厂，也算是承前启后的一代知识分子，关键是去年他还当上了先进工作者，与刘劲龙的先进生产者差不多，一起上了光荣榜，又一起开了一天的表彰大会，一起吃饭，自然就认识了。这时候刘劲龙听主任这样热情，当然就没有什么火气了。不但没有火气，而且也表现出一定的热情，不过，他没有敢说自己在深圳并没有找到工作，现在想开一个小饭店，而是说很好，深圳很好，他自己干得很好，比在冶炼厂干得好多了。吴昌业听他这么说，更加客气，说深圳是好，小平同志已经发表南方谈话了，深圳马上就要迎来新一轮的大发展，并且说将来有一天刘劲龙在深圳发了大财了，不要忘记哥们儿等等。刘劲龙虽然人在深圳，但是并不像主任那样天天看报纸，所以还真不知道什么小平同志发表南方谈话这码事，正在想着怎么应付吴昌业说的话，陈小玫已经来了。陈小玫一来，就等于帮刘劲龙解了围，因为主任马上就把电话交给陈小玫了。

刘劲龙在电话里面把情况跟老婆简单地说了，说自己打算跟王文轩一起开一个饭店，钱不够，让她多少再从家里寄一点过来。

陈小玫不说话，脸涨得通红，这时候看看主任，欲言又止。主任到底是主任，善解人意，这时候主动出去，并且把那个新分配来的大学生也叫出去。

吴昌业他们一走，陈小玫就说话了。陈小玫说："不行。我真不知道你跟那个王文轩是什么交情，为了他打架，又为了他挨处分，现在还为了他下海，就是要合伙开饭店，两个人二一添作五，他出多少，你出多少，凭什么要你多拿？"

"说这个话没有用，"刘劲龙耐着性子说，"他实在没有，我就是把他杀了他也没有，你说怎么办？"

"他没有，你有？"陈小玫说，"你不要以为家里这几千块钱是你的。我告诉你，这钱应该是我的了，你那一份你已经拿走了。"

"什么你的我的？"刘劲龙说，"我们俩离婚了？"

"离婚就离婚，你吓唬谁呀？"

"我没有说离婚。"

"你刚才还说了，怎么转眼就不敢承认？"

"我没有说。"

41

"你说了，"陈小玫说，"你就是说了！离婚！不离婚你就不是人！"

说着，陈小玫哭起来。陈小玫哭着说："以前是两个人拿工资三个人过，现在是我一个人拿工资两个人过，你不说寄钱回来养儿子，还要从家里往深圳拿钱，还让不让我们娘俩过日子？"

刘劲龙知道要钱是不可能的了，只好说："不给算了。"说完，把电话撂了。

4

由于实在筹不到钱，刘劲龙和王文轩搞得都不好意思去湘妹子吃饭。换句话说，就是不好意思去见老板娘。刘劲龙甚至理解当初赵一维为什么说他差点都想到去偷了。看来，人被逼急了，确实容易产生一些稀奇古怪的想法，这几天刘劲龙见着那些开着高级轿车把钱根本就不当钱的大款，真想上去抢一把。当然，这些念头只是在头脑中偶然闪一下，闪的目的也就是自己为自己解气，并不是真的想这么做。

刘劲龙和王文轩不敢去见老板娘，老板娘却找来了。老板娘知道他们住粮食招待所，想找总是可以找到的。

"哎呀，我可把你们找到了。"老板娘说。

刘劲龙不好意思地干笑，王文轩则慌忙倒水。

"我已经对工程队说好了，"老板娘说，"说既然他们要恢复开工，人就会来很多，我一个小饭店肯定忙不过来，所以，我要把这个小饭馆给我表弟做，我自己在旁边再搞一个大的，他们同意了。"

"是嘛！"王文轩高兴地叫起来，几天的烦恼似乎一扫而光。

"记着，"老板娘说，"如果别人问起来，你们就说是我的表弟。"

"那是，那是。"王文轩说。

"可是，"刘劲龙说，"我们实在没有筹到钱。"

刘劲龙这样一说，王文轩的热情也就被一瓢凉水从头浇到脚。

"什么钱不钱的？"老板娘说，"你们不是有一万块吗？先给我，剩下的钱以后再说。不过我有话在先，你们千万不要跟我抢工程队的生意，我就是怕别的人来接手之后跟我抢生意，所以才给你们的。"

"一定，一定。"王文轩说。说得像表决心。

"我们听大姐的，"刘劲龙说，"大姐让我们怎么做，我们就怎么做。"

"这样，"老板娘说，"工程队经常有一些吃请和被吃请的事情，原来这个地方太小，没有场面，做不成，所以我要搞大点的，这个生意你们不要跟我抢。外面快餐的生意归你们做，我不跟你们争，大家说好，行不行？"

"行！"刘劲龙和王文轩异口同声回答。

"什么时候开始？"刘劲龙问。

"你们今天把一万块钱先给我，明天湘妹子的收入就算你们的，我明天一大早就请人来重新开口子，动工。"

说着，三个人一起去银行。

在去银行的路上，刘劲龙和王文轩果然看见本来死气沉沉的工地上已经开始有活的气象，各种大型机械已经往里面开进，确实像老板娘说的，马上就要开工了。联想到电话里面车间主任吴昌业说到的邓小平南方谈话，深圳又要迎来新的发展，刘劲龙顿时感到自己的春天提前到来了。

拿到钱之后，老板娘把一串钥匙交给刘劲龙，说："从现在开始，湘妹子就是你们的了，我还要去落实明天开工的人。"

说完，老板娘风风火火地走了。

老板娘一走，刘劲龙和王文轩突然就安静下来，刚才他们三个人在一起的时候，很热闹，热闹的根源在于老板娘不断地说话，他们两个当听众，思路不知不觉地跟着老板娘的话走，现在老板娘一走，他们俩角色还没有调整过来，还在继续当听众，但是已经没有人说话了，所以场面一下子就冷了。

突然，刘劲龙有点不对劲的感觉，至少，老板娘应该跟我们到湘妹子去当面移交吧？

"我们快去看看！"刘劲龙说。

王文轩不理解刘劲龙为什么走得这么急。本来他以为只有他自己心急，急着想看到已经属于他们自己的餐馆，没有想到刘劲龙比他还着急，走得这么快，搞得王文轩都有点跟不上脚步。

本来并不远的路程，现在也觉得特别的长。

刘劲龙和王文轩赶到湘妹子餐馆，门根本就没有上锁，是开的，小餐馆里乱七八糟，像是刚刚被人抄家一样，原来里面唯一值钱的一个冰柜也已经搬走了，留下的空地比其他地方更脏，尘土、废纸还有塑料袋。

"哎，"王文轩说，"老板娘怎么把冰柜搬走了？三万块转让费当中应当包括冰柜吧？"

刘劲龙则不说话，眉头紧锁，脸上比王文轩严峻。

这时候，门口来了两个人，两个戴着安全帽的人。虽然戴了安全帽，但并不像出苦力的，因为身上的衬衫洁白平整，还是名牌金利来。其中一个严厉地说："怎么还没有搬走？我再说一遍，不管你们搬走不搬走，明天早上我们肯定是要封墙！"

"怎么回事？"刘劲龙问。

"什么怎么回事?!"那人说，"我讲了多少遍了？不是我们为难你们，这是我们复工的条件之一，要是这个围墙还不封上，就不允许我们重新开工。谁收了你们好处你们找谁，不关我们的事情。你们看看清楚，我们是中建三局的，不是原来的湖南三建。"

"我们……"王文轩忘了自己要说什么。

"我们刚刚接手这个餐馆，还没有营业呢，怎么就要封门？"刘劲龙说。

"刚刚接手？上当了！又一个上当了！头先一个还捞走一个冰

柜，你们恐怕是什么也捞不到了！"

王文轩当时就感觉头"嗡"地一响，刘劲龙则眼睛里面充血，拳头攥得咯咯响。

王文轩哭了。当初他无缘无故被厂保卫科抓起来，闹得那个幼儿教师跟他分手，他没有哭，后来刘劲龙为他打了江用权，他只是拉架，却弄得厂里给那么大的处分，除名了，他也没有哭，不但没有哭，而且当场就跟刘劲龙一起昂首挺胸地走出冶炼厂，但是，今天，他哭了。哭他自己是扫把星，不但克自己，也让刘劲龙跟着倒霉。

"哭个鸟！"刘劲龙说，"先找老板娘，找到老板娘把她皮扒了！"

王文轩不哭了，跟着刘劲龙一起去找老板娘，找老板娘的目的不是为了扒她的皮，而是为了要回自己的钱，即使不能全部要回来，要回一半也行。

刘劲龙比王文轩清醒，头脑还没有乱，他还知道从这两个戴安全帽穿白衬衫人这里打听湖南三建的下落。这两个人似乎也比较同情他们的遭遇，给了他们一个电话号码。刘劲龙和王文轩千恩万谢，找到一个公用电话，打过去，没有说是找湘妹子餐馆的老板娘，而是说有一个小工程，请他们做，对方果然高兴，并且很快就被刘劲龙套出他们的地址。两个人破天荒地打了的士，赶到湖南三建在深圳的另一处工地，找到负责人，说明来意。那个负责人听了也蛮同情他们，但是实在没有办法帮忙，因为刘劲龙他们说的那个工地早就停工了，现在重新开工的时候又换了一个施工单位，所以他们确实不知道一个什么湘妹子餐馆，更不知道这个餐馆的老板娘是什么人。

"难找，"那个负责人说，"没名没姓怎么找？"

"原来那个工地的负责人呢？"刘劲龙问。

"原来那个工地也就是挂了我们湖南三建的一个名，"负责人说，"其实并不是我们在做，是'游击队'，这些人现在又到什么地方做了实在不知道。再说你找到他们有什么用？他们跟你们也没有发生任何关系。"

"我们不是找他们麻烦，"刘劲龙说，"就是想通过他们打听老板娘的下落。"

"那也没有用，"负责人说，"深圳这个地方流动性很大，人也很现实，如果他们跟老板娘没有什么亲戚关系，肯定不会知道老板娘的下落；如果是亲戚，知道老板娘的下落，他能告诉你们吗？"

刘劲龙和王文轩一听，知道这事没戏了。

"你们可以到派出所报案，"负责人建议，"碰碰运气，说不定通过其他案子，能够把这个案子带出来。你们不是说她还骗了其他人吗？"

刘劲龙和王文轩自然又是千恩万谢，回头往派出所报案。

赵一维平常单溜，今天好不容易找到了一份工作，本打算晚上请刘劲龙和王文轩一起吃饭的，没想到等了半天，也不见两个人回来，只好自己去吃了。吃完之后，回到粮食招待所，仍然没有见两个人回来，一直等到差不多半夜十二点了，才见到他们两个像鬼打了一样地回来了。

"怎么了？"赵一维问。

刘劲龙不说话，准确地讲是说不了话了，这时候只能摆摆手，算是没有失礼。

王文轩更绝，已经忘了什么叫礼貌，坐在床沿上，根本就没有看赵一维，自己发呆。

"我请你们吃夜宵吧？"赵一维说。

赵一维这样一说，刘劲龙和王文轩果然就有反应了，而且是发自内心的反应，因为他们俩到现在连晚饭都没有吃，忘了，现在经赵一维一提醒，想起来了，既然想起来了，就有一种饿得支撑不住的感觉，于是，几乎是相互搀扶着跟着赵一维去吃夜宵。

不用说，夜宵吃得比正餐还要多。

吃着，刘劲龙把情况简单对赵一维说了。

赵一维自然也非常气愤，并且同样说了逮着老板娘一定把她皮扒了一类的话，但是，只是说说而已，他们根本就找不到老板娘，当然也就不存在扒皮的事情。

"还好，"刘劲龙自己安慰自己说，"天还没有塌下来。"

"就是，"赵一维说，"破财免灾，就算是买个教训，交了学费，我不也是来了就把钱包丢了吗?"

听着二位这样一说，王文轩的心情确实好了一些，至少没有那种天塌下来的感觉了。

"幸亏我们没有筹到钱，"王文轩说，"如果筹到了，损失更大。"

这样一说，心情更好一些，仿佛当初没有筹集到钱就等于今天捡了便宜。

赵一维见二位心情好一点，就把自己已经找到工作的事情说了，并且劝他们也要面对现实，先找一份工作做着，骑驴找马。

"再说，"赵一维说，"只有先做着，心态才能安定，才能慢慢适应这个城市。深圳机会多，因此陷阱也就多，对称的。我们要慢慢学会识别什么是陷阱，什么是真正的机会，才能躲避陷阱，抓住机会。"

刘劲龙和王文轩相互看看，想，大学生就是大学生，知道的东西比我们多，看问题也比我们透。但是，他们没有想到，赵一维在这样说的时候，自己的一只脚已经踏到了一个大大的陷阱里面。

5

赵一维找到的工作是做期货。刘劲龙和王文轩并不知道什么是期货。赵一维把他们当成了客户，耐心讲解。讲期货是回避风险的一种方式。刘劲龙摇摇头，表示不懂。王文轩也摇摇头，也表示不懂。

"股票你们知道吗?"赵一维问。

刘劲龙和王文轩马上就点点头,表示知道,在家乡的时候就听说过,来到深圳之后更像是一头栽到股票堆里,想不知道都不行。

"股票是你有多少钱就能买多少股,"赵一维说,"但是期货不是,期货交易能放大很多倍,比如你只要投入一万块钱,却可以做成几十万的交易,这就叫四两拨千斤。"

刘劲龙和王文轩这次没有摇头,但是也没有点头,还是比较茫然。

"这么说吧,"赵一维说,"你们厂是生产什么的?"

"电解铜。"王文轩说。

"好,"赵一维说,"就说电解铜。你们厂生产的电解铜卖多少钱一吨?"

王文轩答不上来了。虽然他们厂生产电解铜,并且他也参与生产,但是,他们厂生产出来的电解铜到底卖多少钱一吨他还真不知道。

不知道,但是王文轩不想直接承认不知道,至少要为自己的不知道找一个理由。

王文轩说:"我们厂是国营单位,生产出来的铜是交给国家的,不卖。"

"是不卖,"赵一维说,"但是至少要有一个调拨价吧?"

"好像是每吨两万七千块。"刘劲龙说。刘劲龙不是瞎说,他确实有这个印象,至于他是怎么获得这个印象的,记不得了。

"好,"赵一维说,"我们假设每吨就是两万七千块。但是,你们知道三个月之后是什么价钱吗?不知道了吧?不知道我们可以赌,我赌三个月之后价钱是两万八千块,你赌三个月之后是两万六千块。既然我赌三个月之后会涨价,那么我现在就先买一百吨放在这里,到时候如果真的涨价了,我就赚了;假如要是跌价了,我就赔了。而你正好相反,你既然赌三个月之后会跌价,那么你现在就'卖',

按照现在的价格'卖'一百吨，如果到时候果然跌价了，你就赚了。所以，期货比股票的第二个好处是，不管是涨价了还是跌价了，不管你是买空了还是卖空了，只要看得准，你都能赚钱。"

赵一维以为他深入浅出，说得非常明白了，但是给刘劲龙和王文轩留下的印象只有两个关键词，"赌"和"买空卖空"，都是坏词。

"这不是赌博吗?"刘劲龙问。

"是赌博，"赵一维说，"买卖股票也是赌博。任何人买进股票，其实都是在赌，赌它一定会涨，如果不赌它肯定会涨，谁还会买呢?"

刘劲龙点点头，王文轩也点点头。

"任何人卖股票的时候，都赌它会跌，"赵一维继续说，"如果不考虑它会跌，谁会卖股票呢?"

这次是王文轩一个人点头，而刘劲龙没有点头。刘劲龙没有点头的原因是他在想，想着既然是赌博，国家为什么不管呢? 另外，就是想着自己要不要劝赵一维不要做什么期货了，既然是赌博，干吗还要做呢? 难道我们来深圳的目的就是参加赌博?

刘劲龙虽然这样想了，但是并没有真的劝赵一维，没有劝的原因是他不理解国家为什么允许这样做，既然国家都允许这么做，肯定有一定的道理，在这个道理没有弄清楚之前，他不敢乱劝，毕竟，赵一维是大学毕业;毕竟，刘劲龙跟赵一维关系还比较浅，不好随便劝。

刘劲龙和王文轩虽然没有劝赵一维不要做期货，但是他们自己还是接受了赵一维的劝，决定先去人才市场找工作。其实就是赵一维不劝他们也会这么做。现在身上一分钱都没有了，当老板的指望也就没有了，不去人才市场怎么办?

第一天下来并不顺利，主要是几乎所有的岗位都要求大专以上学历，因为"人才"是有标准的，这个标准就是学历，而且是大专以上的学历。

晚上回来，他们想跟赵一维商量一下，因为是赵一维让他们去的，所以他们应该懂得规矩，再说赵一维是大学生，懂的比他们多，问他没有错。但是，赵一维却不在粮食招待所。刘劲龙想起来了，赵一维昨天就说了，说他们做期货的是夜里上班，当时刘劲龙还问他，为什么要夜里上班，赵一维说是为了跟美国芝加哥期货市场联网，我们这里夜里上班，就等于美国那边是白天上班。

反正晚上也没有什么事情，刘劲龙和王文轩决定去找赵一维，也顺便看看期货市场到底是什么样的市场。不管是什么样的市场，看看总没有坏处。

赵一维说过，他们期货市场在国贸大厦十九层，如此，还可以顺便上国贸大厦看看。好在从粮食招待所就能看见国贸大厦，走走就到。

二人在向国贸大厦行走的时候，还比较心虚，主要是想象着上国贸是一件非常难的事情，比如人家不让上，或者让上，但是要收钱，就像他们去人才大市场进门需要收钱一样。人才市场是一个大仓库改的，一些人就像货物一样堆在里面，供另外一些人挑选，当然，挑选的方式是比较文明的，绝对不会像旧社会挑选牲口那样看牙口，而是要看各种证件，比如看学历证书等等。即便如此，进人才市场都要收费，那些堆在里面准备让别人挑选的人要缴纳一定的费用，那些来这个市场挑选自己认为合适的人才的人也要缴纳一些费用，并且是更多的费用。缴纳费用是应该的，不然有关方面凭什么要建这样一个大市场？既然由仓库改造成的人才市场都要双向收费，那么建在国贸大厦的期货市场能不收费吗？按照刘劲龙和王文轩的理解，不但要收费，而且收费的标准更高，假如人才市场每人每次进去要收费一元的话，那么期货市场每人每次至少应该收费五元。五元是刘劲龙和王文轩的预期值，如果超过这个值，他们就打算不上去了，直接往回走，就当是散步一趟。

两个人一路担心着走到国贸大厦，结果比他们想象的好，或者说比他们预期的要好。不是好一点，而是好很多，多到他们不敢想象的程度。事实上，当他们对保安说是来看看怎么做期货的之后，保安非常热情，热情地把他们送到电梯口。不仅如此，而且马上就用对讲机跟上面联络，所以，一到十九层，刚出电梯，马上就有两个十分漂亮的小姐迎上来，简单问明情况之后，其中一个把他们往里面领，一边领还一边说着热情的话，问他们是不是第一次来，问是谁介绍他们来的，等等。当他们告诉小姐是赵一维介绍他们来的之后，小姐直接把他们俩带到赵一维的面前。

"哎呀，刘老板、王老板，你们终于来了！欢迎欢迎！我来介绍一下，这是我的两个朋友，刘劲龙刘老板，王文轩王老板。这位是我的客户，赖先生赖老板。"

赵一维的一番话让刘劲龙和王文轩莫名其妙，本来天天住在一个房间的人，用得着这么热情吗？再说，两人刚刚被骗了钱，如今穷得是鸟打蛋响，如果再不尽快找一份工作，可能连吃饭都困难了，怎么能被称作"老板"呢？

两人虽然疑惑，但到底是高中毕业，又是国营大厂出来的，特别是这些天在深圳的一些经历，对场面上的事情多少有些理解。这时候刘劲龙似乎反应比王文轩快，在王文轩还在半疑惑半清醒的时候，刘劲龙已经反应过来，反应过来之后，就配合着赵一维打哈哈。一边跟赵一维握手，跟那个被赵一维介绍为赖先生赖老板的干瘪的老头握手，一边说："是啊，早就想过来看看，但生意上的事情一直忙着脱不开身，所以才拖到今天。"

刘劲龙这么说着，胸脯自然往前挺了一挺，感觉自己真的是做生意的了，或者说，感觉自己真的是老板了。

刘劲龙这番表现，赵一维当然高兴，握住的手不但没有松开，而且还特别加重了分量，可能是想表达感谢，也可能是一种夸奖。

带他们来的那个小姐见此情景，高兴地跟赵一维做了个眼神和手势，然后低头在一张卡片上做了一个什么记号，并且指挥一个服务人员用一次性杯子为他们倒了矿泉水，她自己则分别对干瘪老头、刘劲龙和王文轩打了招呼，然后款款而去。

刘劲龙注意到一个细节，小姐在对赵一维打招呼的时候，用了"经理"这个词。赵一维当经理了？刘劲龙想。怎么才来上班第一天就当经理了？再一想，既然我们都是"老板"了，赵一维当经理有什么不可以？

刘劲龙和王文轩这时候已经充分地感悟到了期货市场比人才市场高档，不仅地点本身高档，里面的装饰更高档。每一个人都有一个自己的空间，每个空间都有一台电脑，就是看上去像电视机但又不是电视机的那种东西。这东西刘劲龙见过，他们厂有，但是他们厂那一台电脑像宝贝，有专人管理，专门的房间，房间还专门安装了空调，说这东西冷不得也热不得。那时候厂长的办公室还只有电风扇，而电脑房却专门安了空调。可见，在他们厂，电脑比厂长都金贵。刘劲龙没有想到深圳有这么多电脑，而且跟他住在一个房间的赵一维居然也有单独的一台电脑，真了不起。

其实不光是装修和设备让刘劲龙他们开眼，就是这里面的人，也使刘劲龙和王文轩大开眼界。他们没有想到这里面还有外国人，具体地说是一个黑人，这个黑人当然不是非洲黑人，而是美国黑人，因为只有美国黑人才能这么精神饱满神采奕奕趾高气扬。这时候，这个神采奕奕精神饱满趾高气扬的美国黑人在如同白昼的大厅里来回穿梭，不断地用"哈啰"和"喔凯"跟远处或近处的男男女女们神采飞扬地打招呼，这一切让刘劲龙和王文轩产生了某种幻觉，恍惚之间感觉这里不是中国深圳，而是美国芝加哥的期货市场，至少是跟美国芝加哥期货市场有联系的场所。

刘劲龙和王文轩的心情好起来。看着这超出他们想象的豪华装修和这么多电脑，看着不时地有美国人在自己面前晃动，看着这些明显比他们厂任何一个女人都漂亮都阳光都洋气都热情的小姐在其中来回地穿梭与服务，看着这些个个都被人称作老板的男人脸上露出已经发财或即将发财的喜色，刘劲龙和王文轩已经忘掉了由于积蓄被骗和还没有找到工作带来的烦恼，仿佛自己也跟这个环境一样，活起来了，莫名其妙地进入一种未曾体验过的兴奋状态。

"二位老板来得正好，"赵一维说，"我正好在跟赖老板说呢。中国的事情就是这样，要想发财，就一定要赶上第一拨，只要赶上第一拨，肯定赚钱。比如做股票，你们都是在股票上赚了大把钱的老板，但是，你们想想，是现在容易赚钱还是当初一开始做股票的时候赚钱？当然是一开始的时候比现在赚钱。其实，如果再做下去，股票上能不能赚钱就很难说了。"

刘劲龙和王文轩刚刚清醒过来一点，现在又被赵一维说糊涂了，因为他们虽然知道股票，但是，知道股票和自己做过股票相差比较远，至于知道股票和在股票上真的赚过钱，更是两个完全不相干的事情。好比听说过一个美女与这个美女是你老婆一样，差得远呢。

刘劲龙和王文轩糊涂了，但是那个赖先生赖老板没有糊涂。赖先生是本地人，当初村里面动员他们买股票的时候，被他们认定是乱摊派，差点去政府静坐，后来，老头因为看黄色录像正好赶上"严打"，被送去坐牢，在他坐牢期间，这些当初被乱摊派来的东西变成了钱，大把的钱，先是一股被拆成十股，然后又十股送十股，最后每股涨到百元以上，等老头从牢里放出来，稀里糊涂地成了千万富翁了，而那些没有坐牢的村民，早在股票从一块变成十块之前就卖掉了，所以，村里人都说老头运气好，幸亏坐牢了，于是，当初发誓要告状的老头态度来了一百八十度的大转变，反过来给当初抓他的派出所送去了锦旗，表示感谢，感谢他们在关键时刻把他抓了起来，逼着他发了大财，因此，赖老先生现在充分理解了赵一维关于做什么事情都要赶上第一拨的理论。

"细啊，细啊，"赖先生说，"现在差多了，上个月还塞底啦。"

"还是呀，"赵一维说，"中国的事情就是这样，肯定是一部分人先富起来，等他们先富起来之后，其他人再来跟着搞，肯定就赔钱了。就好比大家挤公共汽车，先挤上去的人肯定就不顾后面的人了，就希望公共汽车赶快关门，开走。"

这个例子刘劲龙和王文轩懂，不但懂，而且他们在内地的时候就有切身体会。

"是的。"刘劲龙说。边说还边点头，仿佛他确实懂了，至少懂得已经上了公共汽车的人都希望汽车早点关门早点开走的事情了。

刘劲龙说完之后，赵一维好像并没有满意，还拿眼睛看着他。

刘劲龙明白了。

"这样，"刘劲龙说，"赶早不赶迟，明天我先打三百万进来，做着玩玩。"

刘劲龙说完，看着王文轩。王文轩虽然反应不如刘劲龙快，但是智商不比刘劲龙低，这时候，听他们这样说，再看刘劲龙这样看着他，也终于明白过来，马上说："过几天吧，过几天我把股票卖掉，全部来买电解铜。"

说完，马上就后悔，后悔自己把期货说成了电解铜，仿佛他的思维还停留在昨天，昨天他们谈论期货的时候就说到他们厂生产的电解铜，当时赵一维只是拿电解铜做一个例子，王文轩现在并不知道期货当中是不是真的有电解铜，如果没有，那不是闹笑话？

"好眼力，"赵一维说，"王老板真的好眼力，现在到处都在建发电厂，电厂建好之后，不可能用汽车把电拉走，怎么办？肯定要架电线。电线是什么做的？是电解铜。所以，买电解铜肯定没有错。"

王文轩刚才还为自己的失误担心，现在听赵一维这样顺水推舟，像是自己真的有眼力了，顿时满面红光。后来，赵一维请他们吃饭，告诉他们，正因为有刘劲龙和王文轩的积极配合，才使赖老板下定了决心，成了他的第一个客户，让赵一维从投资顾问一步荣升为投资经理。

6

赵一维通过争取到大客户可以从投资顾问一步荣升为投资经理，

但刘劲龙和王文轩却没有因为打边鼓而真的成为"刘老板"和"王老板"，他们还必须继续去人才市场应聘。一连几天，毫无收获。从这个礼拜开始，赵一维已经悄悄地把每天五十块钱的房租交了，此举非但没有减轻刘劲龙和王文轩的压力，反而让他们找工作的心情更加迫切。

这一天赵一维请刘劲龙和王文轩吃饭。最近赵一维经常请他们俩吃饭。赵一维现在是经理了，有钱，并且已经从当初"最喜欢吃方便面"变成"最喜欢吃粤菜"了。

其实吃饭也是赵一维的工作。

赵一维当上投资经理后，按照总经理的指示，主要抓两件事情，第一是争取客户，特别是暴发户，这些暴发户一夜暴富之后，发现世界上最容易做的事情就是赚钱，而赚钱的最大诀窍就是胆大，赵一维现在就需要这种有钱而且胆子大的人来加盟做期货的队伍。第二是做成交量，就是鼓动投资人不断地买进卖出，因为他们每次买进卖出都要向期货公司交纳一定比例的费用，投资顾问和投资经理吃的就是这些交易费。为了完成这两件工作，赵一维如今经常请人吃饭。但是赵一维今天没有请客户吃饭，而是请他的两个朋友吃饭，这两个朋友就是刘劲龙和王文轩。

赵一维现在不仅喜欢吃饭，而且也喜欢说话，其实吃饭的过程往往也就是赵一维说话的过程。赵一维虽然上大学的时候并没有学过多少关于期货交易的理论，但是毕竟是学金融的，悟性好，触类旁通，居然很快就理解了期货操作的精髓，于是，在吃饭的时候，往往能说出各种神话。这些话不但为吃饭添了气氛与兴致，而且也有利于工作的顺利开展。

习惯成自然，今天赵一维请刘劲龙和王文轩吃饭，本来根本就没有想着拉他们做期货，但是吃着说着，也自然就说到了美丽的神话。

赵一维说，有一个小姐，本来是专门坐台的，但是随着年龄的增长，坐台的生意也大不如以前，于是为自己的前途发愁，一个偶然的机会，认识了他们这里一个投资顾问，在这个顾问的鼓动下，小姐把前些年坐台积攒的五万块钱投入进来，不到一个月，就赚了三百万，现在已经去了美国，前途和"钱途"都不愁了。

刘劲龙和王文轩听了大眼瞪小眼，不知道是真是假。本来刘劲龙还想刨根问底的，但是一想到赵一维说的人家已经去了美国，自然是没有办法问到底了，只好赵一维怎么说，他们就怎么听。

赵一维见二位听得入神，不忍心让他们失望，于是就说一个近的，近在眼前的。

赵一维说，就在我们住的那个粮食招待所旁边，有一个老太婆，老伴死后为她留下了几千块钱，说是为她养老的，几年前老伴去世的时候，几千块钱还是钱，但是现在已经不是钱了，至少已经不是能够养老的钱了，于是，也是上个月，经过我们一个投资顾问鼓励，抱着试试看的态度，投入到期货上，没想到三个月下来，已经变成了几十万，真的可以养老了。

刘劲龙和王文轩的眼睛瞪得更大，大到成了嘴巴，并且是会说话的嘴巴，差点就说出来：老太太在哪里？我们能不能见见？当然，眼睛毕竟是眼睛，并不能真的说话，所以，刘劲龙和王文轩虽然这么想了，但并没有真的说出来，或者是还没有来得及说出来，赵一维又说话了。赵一维一说话，刘劲龙和王文轩自然就只有听的份儿。

"可惜了，"赵一维说，"都怪我入这一行晚了，要是早几天，你们把钱交给我，说不定现在已经是百万富翁了。"

赵一维这样一说，就转移了刘劲龙和王文轩的注意力，就忘了本来的念头了。

这时候王文轩长吁短叹，感叹如果真是这样，早点把钱投给赵一维，而不是给湘妹子的老板娘，现在即便不成为百万富翁，至少也不至于成为穷光蛋。

吃过饭，赵一维去上班了。因为赵一维现在过着颠倒黑白的生活，白天睡觉，晚上上班，明明生活在中国，却要按美国人的作息时间工作。

赵一维走后，刘劲龙问王文轩："你觉得赵一维说的这些都是真的吗?"

王文轩刚才脸上还挂着兴奋的笑容，像是做梦梦见了娶媳妇，现在被刘劲龙这样一问，笑容消失了，仿佛是梦醒了。

王文轩不好意思地笑了笑，仿佛吹牛的不是赵一维，而是他自己。

刘劲龙说："但是，毕竟他挣到钱了呀。毕竟是他请我们吃饭了呀。"

王文轩听了不笑了，更加发蒙。

"所以，"刘劲龙接着说，"适当的吹牛还是必要的。"

王文轩彻底不说话了，看着刘劲龙，没有明白什么是"适当的吹牛"。

"我是说我们应聘，"刘劲龙说，"不能完全讲实话。要像赵一维这样，虚虚实实真真假假，虚实结合，真假结合，不然一辈子都找不到工作。"

"你是说撒谎?"王文轩小心地问。

刘劲龙笑了一下，说也不是，要看具体情况。

王文轩问："怎么看具体情况? 看什么具体情况?"

刘劲龙就说："好比那天我们去期货公司，赵一维在那个赖老板面前称呼我们是'刘老板''王老板'，我还说明天就打三百万过来炒期货，你说过几天卖了股票去买电解铜，这不就是'适当的吹牛'嘛。"

"如果不适当地吹牛，"刘劲龙接着说，"那个赖老板能给赵一维投资吗? 而如果赖老板不给赵一维投资，他能当上经理吗? 他不当经理，能请我们吃饭吗? 估计我们连房租都没有了。"

王文轩不说话，他想到了"湘妹子"，想到"湘妹子"因为"适当的吹牛"，害得他们分文没有。

"那不一样，"刘劲龙说，"湘妹子是骗人钱财了，不属于'适当的吹牛'。我说的'适当的吹牛'，就是像赵一维那样，做适当的夸张，虚虚实实真真假假，不完全讲实话，但也不是为了骗人而完全说假话。"

王文轩这时候反应比较慢，思考了半天，也想不出来湘妹子和赵一维之间的本质区别到底在哪里。不过，凭感觉，他也知道赵一维和湘妹子不完全是一回事情。为了能找到工作，或者说是为了生存，王文轩觉得也只能学些赵一维，明天应聘的时候，做些"适当的吹牛"，不是为了骗人，只是为了找个工作，先混口饭吃再说。

第二天，按照约定，刘劲龙和王文轩兵分两路，各自发挥，进行"适当的吹牛"，果然都找到了工作。

当然，除了有"适当的吹牛"之外，还有一定的偶然因素。对于王文轩来说，他能顺利地找到工作，与他当初被厂保卫科抓了去有关。当初王文轩被厂保卫科抓进去之后，并没有受到什么虐待，都是一个厂的，低头不见抬头见，谁虐待谁呀？事实上，王文轩天天跟保卫科的人聊天，聊着聊着，他就知道他们厂已经成立了一个新的组织，叫经济民警，而这些看守他的人，就是经济民警，如此，今天当他看见一家商场在招聘保安之后，王文轩马上就想到了"经济民警"，仿佛是在茫茫人海中看到了自己的熟人，于是，上去报名，说自己以前在内地是国营单位的经济民警，说着，还把工作证递上去。招聘单位的那个人大约也第一次听说"经济民警"这个词，或者他听说过，但是知道这是一个新名词，不是一般的人能够了解的，现在王文轩既然能说出这个词，至少说明他还是有见识的，于是，自然对王文轩比较感兴趣。接过工作证一看，职务一栏是电工，不是经济民警，问怎么回事，王文轩解释，他原来是电工，后来厂里新成立经济民警，他就被调过去，所以工作证并没有换。招聘人员认真地看了工作证，又仔细打量了王文轩，最后居然把他录取了。

对于刘劲龙，则过程比王文轩复杂一些。"适当吹牛"的过程也要曲折一些。

刘劲龙应聘的是一家台资厂的业务员。本来像这个职务刘劲龙是问也不会问的，因为在来深圳之前，他是炉前工，根本就没有做过"业务"，所以想不起来去应聘什么"业务员"，但是，今天这个招聘摊位有点特别，引起了刘劲龙的注意，也给了刘劲龙胆量。特别之一是工厂的名称，居然叫"丁氏企业"，刘劲龙在现实生活中还从来没有听过这样名字的工厂，这样的名字只是在老电影或旧书当中见过，现在看到活生生的"丁氏企业"，仿佛又回到了中华人民共和国成立前，仿佛看到旧社会的米铺和古董商店甚至典当行，新鲜。特别之二是摊位招聘主管是一个女的，并且是一个跟他老婆陈小玫差不多大的女的。刘劲龙离开家已经有一些日子了，对女人自然有了一些本能上的敏感，对跟自己老婆陈小玫差不多大的女人敏感尤其明显，于是，刘劲龙不由得多看了几眼。这一看刘劲龙就发现，这是一个经过包装的女人，而且包装得非常精致也非常年轻，但刘劲龙火眼金睛，还是一眼就看出来她的年龄跟陈小玫差不多大，二十七八岁。这一发现让刘劲龙相信，女人无论怎么包装，都掩盖不了真实年龄。可是，刘劲龙承认，这个女人身上有一种非常特殊的气质，是那种让男人肃然起敬的气质，至少是让刘劲龙这样的男人肃然起敬的气质。这种气质他老婆陈小玫身上没有，他们厂长老婆江若权身上好像有一点，但是还远远赶不上眼前这个女的。刘劲龙又认真想了想，恍惚之间好像初中的时候他们英语老师身上有一点这种气质，可惜那个英语老师只在他们学校工作了很短一段时间，然后就不知道去哪里了，所以，留给刘劲龙的印象并不十分清晰，至少没有眼前这个女的清晰。趁着这种清晰，或者是为了更加清晰，刘劲龙苦中作乐，鼓起勇气排队上前，递上自己的高中毕业证、工作证还有去年当选先进生产者的荣誉证书。

本来刘劲龙没有打算带这个荣誉证书来的，带上没用，不但不光荣，反而还蛮丑的，但是昨天显然是被赵一维灌晕了，觉得再不找到工作就要撞墙了，所以，一念之间，决定加点"适当的吹牛"，多带一些道具没坏处，病急乱投医，居然把并不能说明荣誉的荣誉证书给带上了。既然带上了，不如一起递上，强于滥竽充数吧。

"这是什么?"女主管问。

"荣誉证书。"刘劲龙说。

女人笑了一下，严格地说是摆了一个笑的姿势，但并没有真的笑出来。

"是什么用的？"女人问。

刘劲龙愣了一下，感觉这个女人说话的语法有问题，像日本人，把"的"放在最后。再说问话的目的也很奇怪，不是问"这是什么"，而是问"什么用的"，刘劲龙怎么知道是什么用的。不过，既然人家这么问，刘劲龙就不能不回答。

是啊，是什么用的呢？刘劲龙想。这么一想，刘劲龙还真的不知道荣誉证书是干什么用的。没有用？不对，应该说有用，非常有用。正因为有了它，才发了一个带轮子的旅行包；正因为有了它，才没有被厂里开除，而得到一个留厂察看的处分，但是，留厂察看跟开除有区别吗？要不是留厂察看，带轮子的旅行包有用吗？

刘劲龙回答不了，于是就有点难堪，就后悔把荣誉证书带来应聘，更后悔把它递上来，甚至后悔不该来应聘什么业务员，最后，竟然想找一个地洞，钻进去算了。当然，地上并没有地洞，深圳人才大市场从成立的那一天起就是水泥地，不要说是刘劲龙了，就是老鼠，也没有办法在上面打洞，所以，刘劲龙没有地方可以钻，既然如此，那么就只好豁出去。既然打算豁出去了，那么也就无所畏惧了。想到了"适当的吹牛"，刘劲龙突然有一种天不怕地不怕的英勇气概了，这种英勇气概在一个气质特别的女人的面前，又得到充分的放大，放大到真的成为英雄的程度，一如当年在湘沅公园奋不顾身冲向那几个小油子一样。刘劲龙的大脑中突然冒出许多画面来，有他跟王文轩刚一下火车就差点被"电视接收转换器"骗了的画面，有"湘妹子"老板娘把一万块钱接过去然后立刻消失的画面，还有赵一维喊他"刘老板"的画面，甚至有赵一维对赖老板说电不能用汽车拉的画面，最后，居然冒出他们厂电解铜一车一车被拉出去的画面。

"我们厂是生产电解铜的。"刘劲龙说。

女主管点点头，不知道是表示听明白了，还是表示鼓励刘劲龙继续说。

"电解铜是用来做电缆的。"刘劲龙说。

女主管继续点头。

"但是发电厂现在还没有建设好。"刘劲龙说。

女主管愣了一下，但还是点头。

"所以我们厂电缆卖不掉。"刘劲龙说。

女主管又愣了一下，然后继续点头，并且点头的幅度明显加大。

"他们卖不掉，我能卖掉，所以，厂里就发给我这个荣誉证书。"刘劲龙说。说着，刘劲龙还伸手指着已经被女主管捧在手上的荣誉证书。

"您是怎么卖掉的?"女主管问。

这下该刘劲龙发愣了，因为他并没有卖过电解铜，事实上他们厂生产的电解铜也根本就不用卖，直接装上车皮拉到国库去了，所以，刘劲龙根本就不知道是怎么卖掉的。但想到"适当的吹牛"，这时候他肯定不能实话实说，而是要虚虚实实真真假假，就像赵一维对付赖老板那样。

"电解铜要涨价，"刘劲龙说，"我告诉他们电解铜要涨价，因为发电厂马上就要建设好了，发电厂建设好了之后，发出的电不可能用汽车拉走，也不能用火车拉走，怎么办? 只能靠电缆传送。电缆是用什么做的? 用电解铜做的。所以，电解铜肯定要涨价。既然电解铜要涨价，你们还不赶快买? 所以，我这样一说，他们就买我的电解铜了。于是，厂里就发给我这个荣誉证书了。"

后来，当刘劲龙真的被这个丁氏企业录用，成为一名正式的业务员之后，赵一维和王文轩问刘劲龙他是怎么应聘上的，他把这段历史说出来，搞得王文轩和赵一维两个人差点笑岔气。但是，笑过之后，赵一维说，那个女人肯定不是内地人，要么是台湾的，要么是香港的，对内地的荣誉证书并不了解，否则刘劲龙就没有表现机会了。

赵一维分析得没有错，这个女的确实不是内地人，而是台湾人，准确地说是台湾老板丁先生的外甥女，叫周静怡。

　　再后来，当刘劲龙和周静怡已经成为同事，并且非常熟悉之后，他们说起这段经历，周静怡说，其实刘劲龙当初说什么并不重要，重要的是在那个场合，他能够滔滔不绝地讲那么一大套听上去似乎还符合逻辑的话，这就足以说明他天生是个做业务的料子。

　　周静怡说得很对，刘劲龙后来果然展示了自己做业务的天赋。

　　这些，自然是后话。

第三章　良师益友

刘劲龙不当"孙子"的性格，反而赢得了大客户庄经理的尊重与信任，两人成了朋友。竞争对手李德厚想把产品打入庄经理的深海电子大厦，求刘劲龙帮忙，刘考虑到两家产品并无冲突，遂出面找庄经理，庄觉得刘劲龙很讲义气，答应给出一个柜台，李深受感动。庄、李二人成了刘劲龙生意场上的良师益友。

1

丁怀谷不是思想保守，而是有教训。有一年经深圳市台办引荐，他参加了一个内地城市在深圳召开的招商引资会，会上他并没有承诺投资，只是碍于情面点了一下头答应考虑考虑，结果，第二天就被媒体报道成"意向投资"，搞得他骑虎难下，所以，丁怀谷对大陆少数官员热衷于走形式的做派非常反感。这时候，听刘劲龙说到了"零收购""债转股"等优惠政策，丁怀谷很不以为然，但又不好立刻反驳，所以他也耐心等待了一会儿，仿佛深思熟虑了，才表达了自己的不同看法。

丁怀谷说："原本就是负资产，当然只能'零收购'，难道要我们掏真金白银去购买负资产不成？再说'债转股'，我不是很懂，但我知道大陆的银行和企业一直是'岸上水中两条线'，银行是不能直接参与企业经营的，所以，我对'债转股'的说法表示怀疑。"

刘劲龙先是瞟了一眼周静怡，然后向丁怀谷解释："为解决坏账问题，银行成立了专门的资产管理公司。'债转股'之后，公司的股权不是直接掌握在银行手上，而是掌握在银行下属的资产管理公司手上，从而绕过'银行不参与企业经营'的政策。"

丁怀谷笑了笑，说："那么这个'亲戚'就要打折扣了？"

刘劲龙不好意思地点点头，承认是。

丁怀谷获得了初步胜利，心情好了一些，紧绷的脸有所松动，但他仍然不同意收购行动。丁怀谷说："做生意最忌讳感情用事。大陆有些官员，在招商引资的时候他们礼贤下士三顾茅庐，等你真的投资之后，他们的脸立刻就变了。将来万一经营不好，你确实遇到困难了，找他们，他们很可能翻脸不认人，搬出'尊重市场规律'等冠冕堂皇的理由，把责任推卸得一干二净。这样的事情我虽然没有亲身经历过，但圈子里朋友传说不少，所以，我们不得不做最坏打算啊。"

听丁怀谷这样说，本来从心里支持丈夫刘劲龙的周静怡又觉得舅舅丁怀谷的话似乎非常有道理。周静怡这时候看着刘劲龙，忽然感叹人生充满着不确定，眼前的这个男人，当初是自己从人才市场上招聘来的，而且差一点就不予录用，怎么一晃，就成了自己的夫君，并且成了公司第一大股东呢？而当初的一切，仿佛就发生在昨天。

2

与王文轩不一样，刘劲龙并不是被当场录用的。事实上，在是否录用刘劲龙的问题上，周静怡当时非常犹豫，举棋不定。

"是不是学历问题？"韩雪纯问。

韩雪纯是周静怡的助理，或者说是周静怡的秘书，通俗地讲就是周静怡的跟班，但她们相处得像姐妹，所以韩雪纯能这样问。

周静怡听了一愣，好像是没有听懂。过了一会儿，才摇摇头，说不是。

确实不是。周静怡是台湾人，对学历这个概念反而没有当时的大陆人这么敏感。不仅如此，在周静怡看来，作为一个业务员，高中文凭加上一个荣誉证书，丝毫不比一个大学文凭差，所以，周静怡犹豫的原因与刘劲龙的学历无关。

"那是为什么？"韩雪纯又问。这是韩雪纯的特点，弄不懂的问题就问，而且打破砂锅问到底。至少，在周静怡面前她是这样。

韩雪纯比周静怡小，刚刚大学毕业，而且就是深圳大学毕业的。深圳改革开放早，深圳大学的改革开放也比内地的大学早，那时候内地的大学生毕业还包分配，深圳大学已经实现两条腿走路了，毕业生可以参与国家统一分配，也可以自己找工作，韩雪纯父母就在深圳，当然不愿意被"统一分配"到内地，于是，就自己找工作，并且找到了台资厂秘书这份工作。韩雪纯大学学的是企业管理专业，当初应聘的职务是总经理秘书，但现在事实上是"总经理秘书的秘书"，因为她实际上跟周静怡共事，相当于周静怡的秘书或助理，而周静怡本身的职务是丁氏企业总经理丁怀谷的助理，当然，也可以理解为是丁怀谷的秘书，如此，韩雪纯不就相当于是"总经理秘书的秘书"了吗？好在丁氏企业是私人企业，没那么多讲究，周静怡可以理解为是丁怀谷的助理，也可以理解为是丁氏企业的总经理，都一样，就像丁怀谷可以理解为是丁氏企业的董事长，也可以理解为是总经理一样，所以，韩雪纯对于自己到底是总经理的助理还是总经理助理的助理并不在意。

周静怡这时候听韩雪纯这样问，真的不好回答，但是又不能不回答，于是，所答非所问地说："那就先录用再说吧。"仿佛刘劲龙是韩雪纯的熟人，周静怡是看着韩雪纯的面子才勉强录用刘劲龙的。

周静怡到底年长韩雪纯几岁，心里能装得住东西，她不想告诉韩雪纯的，韩雪纯是问不出来的。

周静怡对男人的认同一直是矛盾的。一方面，她认为男人必须聪明，必须胸有大志，说实话，她佩服这样的男人，也欣赏这样的男人，当然，也可以理解为她喜欢这样的男人。但是，另一方面，周静怡又认为这样的男人往往不可靠，不但对女人不可靠，而且对企业来说也不可靠，所以，每当她面对这样的男人的时候，她就表现为矛盾，就表现为犹豫不定。这种心理，她是不会对韩雪纯说的。

周静怡这一辈子最佩服的男人就是她舅舅丁怀谷。当初从辅仁大学毕业的时候，周静怡是可以跟男朋友一起去美国的，但是没有，她选择跟随舅舅来大陆。

周静怡的父亲和舅舅都是那种聪明而且有事业心的男人，并且他们都通过自己的努力成就了一番自己的事业，但是，父亲与舅舅不同，父亲当初为了成就自己的事业，竟然抛弃了周静怡和她的母亲，攀上了一个有势力的家族，所以周静怡恨父亲，也恨天下所有像父亲那样把事业成功看得比亲情更重要的人。而舅舅则正好相反，舅母生产的时候难产，那时候他们家在台南乡下，当时台南乡下条件差，当乡村医生问舅舅是要保大人还是保小孩的时候，舅舅的回答是两个都要保，两个他都要，结果，是两个都没有保住，两个都没有要成。从此之后，舅舅再也没有婚娶，而是带着对舅母和未出世的儿子的眷念，艰苦创业，成就了丁氏企业今天的事业。在周静怡看来，舅舅丁怀谷才是天底下真正的男人，既追求事业的成功，也追求情感的真挚，但是，这样的男人现在还有几个呢？周静怡大学毕业的时候，为了跟随舅舅，也为了测试自己的男朋友是不是像舅舅一样是个把感情看得重于泰山的人，毅然选择了跟随舅舅来大陆，并且天真地认为，如果男朋友真心爱她，那么就肯定放弃去美国，而跟她一起来大陆，来辅佐舅舅的事业。如果那样，或许周静怡在最后的关头可能还是能从男朋友的前途考虑，跟随他去美国。但是，她失望了。就像她义无反顾地跟随舅舅来大陆一样，男朋友也义无反顾地去了美国。从此，周静怡对聪明而胸有大志的男人格外当心。

"另外，"周静怡说，"这个刘劲龙来了之后，先跟着你。首先学习收账，拓展业务的事情暂时不用他插手。"

韩雪纯问："是不是他当我的助理？"

周静怡点头，说："就算是吧。"

于是，韩雪纯就差点笑出来，想着刘劲龙是助理的助理的助理了。

说话算话。韩雪纯果然就"带"起刘劲龙来。带刘劲龙熟悉工厂环境，带刘劲龙安排员工宿舍，带刘劲龙去业务单位收账。

韩雪纯带刘劲龙熟悉工厂环境的时候，刘劲龙觉得非常好玩，主要是丁氏企业的各部门不叫"科"，也不叫"处"，甚至还不叫"部"，而是叫"课"，上课的"课"，刘劲龙就觉得很新鲜。刘劲龙问韩雪纯是不是写错了，韩雪纯说没有写错，就是这么叫。刘劲龙问为什么要这么叫，韩雪纯回答不上来，就耍小姐脾气，反问刘劲龙为什么不能这么叫，并问刘劲龙为什么叫刘劲龙，而不叫"刘劲虎"。韩雪纯这样一问，就把刘劲龙问住了。

韩雪纯带刘劲龙安排员工宿舍的时候，同样遇到了问题，因为刘劲龙问能不能单独给他一个房间，韩雪纯眼珠子一转，说可以，只要你能当上经理就可以。刘劲龙同样没有话说了，因为他不是经理，而且经理不是他自己说要当就能当的。韩雪纯见刘劲龙不说话了，好像还没有达到目的，仿佛一出戏，刚刚演了一个序幕，然后就收场了一般，于是，只好重新挑起话题，问刘劲龙："你一个人要一个房间干什么？"

刘劲龙磕巴了，答不上来。

韩雪纯见刘劲龙答不上来，更要问，而且大有一定要问个水落石出才罢休的意思。

"我还有两个朋友，"刘劲龙说，"现在还住招待所。"

刘劲龙说得比较小心，仿佛是说一件见不得人的事情。

"住招待所怎么行呀，"韩雪纯说，"贵不用说，还不能开火做

67

饭，再说招待所人来人往，杂得很，也不安全。"

刘劲龙不说话，使劲点头，眼睛盯着韩雪纯，竟然发现韩雪纯其实比周静怡还要漂亮，鼻梁虽然有点塌鼻，不像周静怡那样因为鼻梁笔直而显得高贵，但正因为鼻梁有点塌，所以才使鼻尖向上翘，翘得像是故意挑逗他，顽皮、活泼、天真、可爱就写在脸上了。

"算了算了，"韩雪纯说，"还是我帮你吧。正好，有几个朋友要去东莞发展，房子空出来，过几天我帮你联系一下，看能不能帮你租下来。"

刘劲龙于是就发现，韩雪纯表面上虽然有点脾气，但由于顽皮，因此也就比较热心，骨子里其实还是个通情达理助人为乐的女孩。

韩雪纯带着刘劲龙去收账的时候，遇到了一些麻烦。

这天韩雪纯带刘劲龙去深海电子大厦收账，按照"带"的原则，韩雪纯一路上给刘劲龙讲着收账应当注意的事项。

"收账最关键，"韩雪纯说，"企业的一切经营活动，最终都要落实在经济效益上，而收账就是直接兑现经济效益。"

刘劲龙点头，承认韩雪纯说得对，并且想着自己也应该买一些经济管理方面的书来看看，否则，老是被一个比自己小的小女孩教育，不像话。

"我们今天要去的这个商场最难缠，"韩雪纯说，"店大欺客，收账好像是拉赞助，付账好像是施舍一样。"

刘劲龙没有说话，在认真听，生怕漏掉一个字。

"但是我们还没有办法，"韩雪纯说，"它是我们在深圳一个最大的销售点。不仅数量大，而且还起到风向标的作用，如果深海电子大厦都不摆我们的货，那么那些小商家怎么会摆？"

刘劲龙再次点头，诚心实意地点头，就像当年孟获对诸葛亮的点头一样。

说着，二人就到了深海电子大厦的一楼。

按照刘劲龙的理解，既然已经到了深海电子大厦，那么直接进去就是。其实不然。韩雪纯并没有直接进深海电子大厦，而是绕到后面。刘劲龙这才发现，电子大厦的后面与前面完全是两个世界。后面不仅不像正面那样富丽堂皇，而且简直就不像商场，乱糟糟的，地面都不平整，像工厂一样，是一个一米多高的平台，就像火车站站台那样的平台，差不多正好有货车车厢那么高，几个货车停靠在那里，正往下卸东西。

刘劲龙觉得好奇，他没有想到商场的背后跟工厂的仓库一样，所以，一边跟着韩雪纯往电梯门口走，一边朝这边张望。突然，他看到了一个熟悉的身影。

刘劲龙紧张了一下，准确地说是犹豫了一下，最后还是对韩雪纯说："韩助理，我、我想去厕所。"

韩雪纯笑笑，算是同意。

"快点，"韩雪纯说，"我在五楼经理办公室等你。"

然而，直到韩雪纯从经理室出来，也没有等到刘劲龙。

怎么了？韩雪纯想。是临时怯场了？不对呀，有我在呢，他只是跟着熟悉情况，相当于"助理的助理的助理"，不用承担什么责任的，怯什么场？是走丢了？也不对呀，一个大男人，还是做业务的，如果到一个商场就走丢了，那么将来怎么开展业务？

又等了一会儿，并且又到楼上楼下找了一圈，还是没有找到，韩雪纯才不得不自己一个人先回公司。一路上忐忑不安，仿佛是她自己做错了什么事。仔细一想，还真是自己做错了事情。第一次当师父，就把徒弟弄丢了，还不是做错事情吗？

韩雪纯祈祷着刘劲龙这时候已经回到了公司，否则，周静怡问起来，她该怎么说？

回到公司，韩雪纯第一件事情就是问门卫："刘先生回来没有？"

门卫发愣，显然他还没有搞清楚哪个是"刘先生"。韩雪纯正想做进一步说明，只见刘劲龙慌张地从一辆出租车上下来，一路跑着来到她面前。

韩雪纯喜怒交加，不知道是喜大于怒还是怒大于喜，深深地而且是夸张地叹一口气，气愤地但又忍不住想笑地狠狠地瞪了刘劲龙一眼。

刘劲龙看出，这个"师父"对他还算是友好的。

3

刘劲龙刚才看见了王文轩。这不是问题的关键，如果仅仅是他看见了王文轩，那么刘劲龙招招手，打一个招呼就可以。如果那样，那么刘劲龙他就不会被"弄丢"了。问题是，他看见王文轩在搬箱子。这下，刘劲龙就不得不过去了。

王文轩怎么会在搬箱子呢？刘劲龙想。他不是保安吗？难道他没有应聘上保安，而是聘上了搬运工，然后打肿脸充胖子？还是他确实是应聘上了保安，但商场欺负他，让他这个保安来当搬运工？或者那人根本就不是王文轩，是我看错了？总之，刘劲龙看见王文轩在当搬运工之后，就不得不跟韩雪纯请一会儿假，跑过去看个究竟，问个明白。

没有看错，确实是王文轩。

"你……"刘劲龙没有往下说。

王文轩直起腰，擦了一下额头上的汗，笑笑，说："你来得正好，先帮我一把。"

刘劲龙帮他一把。

两人一边搬着箱子，一边说话。

"没办法，"王文轩说，"要想做保安，就必须先做三个月的搬运工。"

"哪有这个狗屁规定，"刘劲龙说，"你昨天怎么没说呢？"

"说了有什么用？"王文轩说，"好不容易找到一个工作，难道不做？"

刘劲龙不说话，好像很内疚，仿佛王文轩当搬运工全是他的错，又好像是他自己把好工作抢走了，给王文轩留下了这个出苦力的

70

工作。

"你不要看着这活重，"王文轩倒安慰起刘劲龙来，"其实并不累。大部分时间是歇着的，你正好赶上了。"

这话刘劲龙信，就像当初他在冶炼厂干炉前工，也是看上去累，其实每天真正累的时候也就是那么一阵子，大部分时间是歇着的。

"就你一个人？"刘劲龙问。

王文轩愣了一下，准确地说是停顿了一下，然后朝那边嘟嘟嘴。

刘劲龙顺着王文轩噘嘴的方向看过去，看见几个人正在聊天。

"这不是欺负你嘛！"刘劲龙叫起来。

"嘘——！"王文轩做了个别嚷的手势，说，"千万别这么讲，哪里都一样，哪里都有欺生的，好在就这么点活，也用不着那么多人。"

"不行！"刘劲龙说，"老子教训教训他们。"说着，就要过去。

王文轩一把拉住他，不客气地说："别再让我开除了，好不好？！"

刘劲龙沉默。他承认，这里不是老家。他承认，好心往往办坏事。

"哎，"王文轩说，"你怎么到这里来了？你来这里干什么？"

"哎呀！坏了！"刘劲龙拔腿就跑。

将功折罪。第二天再去深海电子大厦的时候，刘劲龙坚决要求自己一个人去。本来韩雪纯是不放心他一个人去的，但经不起他磨，想想自己正好忙着制订新的营销方案，勉强同意。

"不要再丢了呀！"韩雪纯说。

刘劲龙笑笑，笑韩雪纯是小鬼装大人。

其实昨天韩雪纯并没有收到账。不但没有收到账，而且连电子大厦经理的面都没有见到。

电子大厦的经理办公室分里外间，外间坐着秘书，里间才是经理自己的办公室。昨天韩雪纯来到经理办公室的时候，还没有等她开口，秘书马上就告诉她：经理不在。其实经理到底在还是不在韩雪纯根本就不知道，因为里间的经理办公室是关着的，韩雪纯的眼睛没有透视功能，看不见里面。但是，不管经理在还是不在里面，既然秘书这么说了，那么韩雪纯就只能回去。如果韩雪纯不回去，难道还要赖在那里不走？如果赖在那里不走，专门等着经理，等着经理从外面回来，或者等着经理从里面出来，那么轻则暴露了自己的小家子气，重则会把经理得罪了。试想一下，如果当时韩雪纯赖在那里不走，等着，等到经理从外面回来了还好，如果是等到经理从里面出来了，那么不是让经理十分难堪吗？让经理难堪了还不是把经理得罪了？韩雪纯没有这么傻。韩雪纯虽然大学刚刚毕业，工作的时间并不长，但毕竟是学企业管理的，毕业之前就在企业实习过，毕业之后又跟周静怡学习了半年，关键是她从小就生活在深圳这个地方，像是泡在生意的酱缸里，生意的头脑已经深入到骨子里，不用学，就懂得与客户打交道的基本规矩，这个规矩就是"孙子兵法"，具体地说，就是在客户面前当"孙子"。想想也是，既然强调客户是上帝，那么我们自己不就是奴仆吗？奴仆就是孙子。所以，当时韩雪纯只有选择回来。

韩雪纯懂得"孙子兵法"，刘劲龙不懂。或者刘劲龙懂，但是理解的角度不一样。没办法，刘劲龙从小就这性格。小时候，父母给他钱到澡堂洗澡，刘劲龙总是想办法混进冶炼厂澡堂洗澡，而把洗澡的钱用来看小人书或买花生米吃。而王文轩他们想进冶炼厂洗澡，每次都围着厂里的门卫，叔叔伯伯地叫个不停，求了半天，或者说当了半天孙子，至少是当了半天侄子，也不一定允许进，而刘劲龙不是，刘劲龙每次都大摇大摆地进，连看都不看门卫一眼，仿佛这冶炼厂就是他们家的，或者说冶炼厂厂长就是他爸爸，即使不是他爸爸，起码也是他舅舅，他来冶炼厂洗不花钱的澡是天经地义的事情。别说，每次刘劲龙还真就这么进去了，既没有喊门卫叔叔，也没有喊门卫伯伯，更没有给门卫当孙子，甚至连侄子也没有当，每次就这么大摇大摆地进去了。这就是性格，刘劲龙的性格。今天，他要单独来深海电子大厦收账，本性难改，仍然是这个性格，当不了孙子。

刘劲龙来到电子大厦之后，没有直接上楼，而是先找到王文轩。

王文轩今天不忙，在闲着。

刘劲龙问王文轩："你们经理在吗？"

"还没来。"王文轩说。

既然还没有来，刘劲龙就不着急，就跟王文轩聊天。聊他的上司韩雪纯已经说好了，给他们找了一个出租屋，过两天就搬。聊赵一维这几天没有请他们吃饭，好像情绪不如前几天了，不知道为什么。还聊他最近买了几本关于经济管理方面的书，每天都抽时间看看，深圳竞争这么激烈，不学习不行。

"来了！"王文轩说。

顺着王文轩的目光看过去，刘劲龙看见一个穿西装的中年男人拎着一个大哥大包从一辆黑色的小汽车上下来，正朝电梯这边走来。

"庄经理。"王文轩说。

刘劲龙没有说话，赶紧先把烟灭了，然后按了一下王文轩的肩膀，表示感谢，也表示"知道了"，便迅速朝电梯口走去。

王文轩躲在暗处，默默地看着刘劲龙一步一步逼近庄经理。按照王文轩的理解，这个时候刘劲龙应该热情地上去与庄经理打招呼，握手，寒暄，像个老熟人，然后一起乘电梯上楼，在电梯上，再自我介绍自己是丁氏企业的业务员，新来的，请多关照等等。但是，刘劲龙并没有这样。刘劲龙像根本就不认识庄经理一样，看都没有看他，就跟当年对待冶炼厂的门卫一样，视而不见，自顾自地往电梯里面走。

这个刘劲龙！这个时候还摆什么鸟谱！

王文轩心里骂。骂着，还狠狠地摇摇头。

刘劲龙和庄经理是从两个方向走向电梯的。刘劲龙比庄经理走得快，先进了电梯，进去之后，并没有马上关电梯门，而是用手挡住电梯门，等着庄经理进来。等庄经理进了电梯之后，刘劲龙微微地向庄经理点了一下头。所谓"微微地点头"，就是点得很有分寸，丝毫没有讨好的意思，更没有巴结的迹象，或者说，丝毫没有"孙子"的味道。

庄经理进来后，见一个陌生人替他挡着电梯门，并且还微微向他点了头，马上就回报一个微笑，并且说谢谢。

刘劲龙再次点头，并且点头的幅度比刚才大一点，而且在点头的同时也报以微笑。

"办事？"刘劲龙先发制人，反客为主故意这样问。

庄经理微微愣了一下，马上说："是，办事。"

"跟电子大厦打交道好，"刘劲龙说，"舒服。"

刘劲龙显然是跟庄经理说的，因为整个电梯里就他们两个人。

"啊，是，怎么说？"庄经理打着哈哈。

"同样是商场，"刘劲龙说，"您发现没有，整个深圳就这个电子大厦生意最火。"

"哦，是吗？"庄经理应付着。

"您知道是为什么吗？"刘劲龙问。

"为什么？"庄经理反问。

"经理得力。"刘劲龙说。

"是吗？"庄经理问。

"是，"刘劲龙说，"凡是企业做得好的，不用问，肯定是企业负责人有水平。您能跟这样的企业打交道，不但能赚到钱，而且肯定能学到很多东西。"

他们乘的是电子大厦后面的电梯，后面的电梯是货运电梯，比前面的顾客电梯大，但是速度慢。尽管速度慢，但这时候也已经上了五楼。

出电梯的时候，刘劲龙仍然在庄经理的前面，但是他没有急着出去，而是像刚才进电梯的时候一样，用手挡着电梯门，等庄经理先出去。

庄经理礼让了一下，出来，同样微笑，并且是幅度更大的微笑，同样说谢谢，并且是声音更大的谢谢。

后面的事情就不用说了。刘劲龙和庄经理竟然一起往经理办公室走，并且在进去之后，刘劲龙才"发现"原来这个跟他一起上楼的人竟然就是电子大厦的经理。于是，二人自然是哈哈大笑，刘劲龙笑自己是有眼不识泰山，庄经理笑这就是缘分，这样说着笑着，两个人顷刻之间就成了朋友。既然是朋友，那么后面的事情自然就好说了，甚至根本就不用说了。

1

赵一维这几天不说话也不请刘劲龙和王文轩吃饭确实是他遇到了麻烦。简单地说，他的期货生意做得相当不顺利。除了第一笔电解铜为赖老板小赚了一笔之后，就再也没有开和，好像他买什么什么就跌，而且是大买大跌，小买小跌，不买不跌。虽然赖老板并没有责怪他的意思，但赵一维自己都已经不好意思了。本来赖老板跟他说好的，如果赚了钱，除了按规定缴纳交易费之外，赖老板自己还另外给赵一维百分之二十的收益提成，并且赖老板说话算话，在赵一维第一笔做电解铜小赚了一笔之后，当场就将利润的百分之二十给了赵一维，所以赵一维那段时间才有钱替刘劲龙和王文轩交房租，才能经常请刘劲龙和王文轩吃饭，但是现在，不要说提成了，赵一维恨不能把以前的提成都吐出来还给赖老板。

赵一维的这些情况没有对刘劲龙和王文轩说，主要是不好说。当初在刘劲龙和王文轩面前那么神气，把做期货说成是弯腰在地上捡钱，现在又反过来说做期货不好，老是赔钱，能说得出口吗？所以，他就没有对刘劲龙他们说，而是自己闷在心里。

赵一维虽然没有说，但刘劲龙和王文轩还是多少看出一点问题来，至于到底是什么问题，他们不知道。

刘劲龙为丁氏企业从深海电子大厦讨回一大笔货款之后，令他的上司韩雪纯刮目相看，其实不仅韩雪纯对他刮目相看，就是周小姐也多少对他增添了好感，并且将这种好感传染给了丁怀谷。丁怀谷是个赏罚分明的人，马上就指示周静怡按规定给予刘劲龙一定的奖励，奖励的方式是为刘劲龙配备了传呼机外加两千块奖金。如此，刘劲龙就张罗着要请客，先是请韩雪纯和他们这个部门的几个难兄难弟难姐难妹的客，然后是请王文轩和赵一维的客。

刘劲龙在请赵一维和王文轩吃饭的时候，赵一维一反以前每次吃饭都要说许多话的习惯，而是不说话，喝酒，喝闷酒。

"怎么了赵一维？"王文轩问。

赵一维不说话，继续喝酒，喝闷酒。

王文轩还要问，被刘劲龙拦住，说不要问了，喝酒。于是，三个人喝酒，喝闷酒。

这样喝了一会儿，赵一维就开始说话了。说着说着，赵一维居然哭了起来。

刘劲龙和王文轩没想到赵一维作为一个大学毕业生，作为"经理"，居然还能哭。一时间不知道怎样安慰他，只能舍命陪君子，陪他继续喝酒。

继续喝酒，赵一维继续说。说他放弃了铁饭碗，现在后悔也晚了，路被自己堵死了，还能怎么办。

刘劲龙和王文轩显然有点同情赵一维，但并不能告诉赵一维怎么办。

"只有赚钱！"赵一维突然大着嗓门说，"赚很多很多的钱！不是不能吃公家饭了吗？老子不做了。中国现在已经搞市场经济，将来吃公家饭的不一定最吃香，谁有钱谁才最吃香！所以，我们现在唯一能做的就是赚钱，不择手段地赚钱。你们说是不是？"

刘劲龙和王文轩一起点头，表示是。确实是。如今，他们已经从机关或国营工厂里出来了，除了赚钱，还能有什么出路呢？所以，他们都承认赵一维说得对，现在关键是赚钱。但是，他们并不同意"不择手段"这个说法，不过，都没有说。刘劲龙没有说，王文轩也没有说。因为他们是湘沅人。湘沅人有个规矩，叫作"喝酒不抬杠"，意思是，朋友们在喝酒的时候，说些醉话，不必太认真，不能硬抬杠。

"可赚钱是那么容易的吗？"赵一维又说。

这下，刘劲龙和王文轩都不知道该点头还是该摇头了，只能听赵一维自问自答。

赵一维果然自问自答。他就这么自问自答地把他最近在期货上一败涂地的事情对刘劲龙和王文轩说了。

赵一维说完之后，王文轩马上就说："我说不能搞吧。做期货简直就是赌博。赚钱不能靠赌博啊。"

刘劲龙则想了想，然后说："不对呀，赌博相当于赌大小点，输赢的概率是一样的呀，不可能总输不赢呀。"

刘劲龙已经开始学习经济管理，第一章现代经济学发展回顾就专门讲了博弈理论，关于赌博的基本规律刘劲龙还是能说出个一二的。

赵一维听刘劲龙这样说，眼睛里马上就闪烁了一下，仿佛是刘劲龙证实了他这几天的怀疑。

"除非他们做鬼。"刘劲龙继续说。

刘劲龙这样一说，王文轩就感到了问题的严重性，明显紧张起来，看看刘劲龙，又看看赵一维，仿佛能从他们的脸上看出问题的答案来。

"比如他们能看到底牌。"刘劲龙再说。

王文轩更加紧张，仿佛是看见有人在作案，而赵一维则继续眼光闪烁。

赵一维又喝了一大口酒，说："岂止是看到底牌，我怀疑他们能随时更换底牌！"

"他们？"王文轩问，"谁？"

"我们总经理，"赵一维说，"他们说是跟美国芝加哥联网了，到底是不是联网了，怎么联网了，鬼知道？电脑控制间是总经理直接掌管的，我们根本就进不去！"

"那你还跟他们做？"王文轩说。

刘劲龙的脸侧向一边，不看赵一维，也不看王文轩，眼睛向上翻。

"做！"刘劲龙说，"反过来做。"

"对！"赵一维说，"我也是这么考虑的。每次总经理都会给我们'透露'一些消息，昨天说大豆要涨，今天说棕榈油要涨，只要我们一买，肯定跌。我准备明天跟他反着来。"

王文轩也翻翻眼睛，终于明白过来了，说："对，狠狠做他一大笔，把赔进去的钱全部赚回来。"

"不行，"刘劲龙说，"不能做太大，这些人是流氓，你真要跟单子下大了，他们有可能说是线路出了故障，结果作废。"

赵一维不说话，眼睛盯在一个地方不动，但脸色已经好多了，并且还有点兴奋的样子。

第二天，王文轩继续做他的搬运工，刘劲龙则有幸参加了公司的课长例会，参与讨论公司准备进军东北市场的部署，而赵一维则盼望着夜晚早点来临。

晚上，总经理果然"透露"重大消息：玉米要涨。

其实不仅是老板在透露这个重大消息，而且老板身边的一些人也跟着吆喝，吆喝的核心是鼓动大家买玉米，买玉米就等于弯腰从地上捡钱。

不知道是不是这段时期总经理的消息老是不准的缘故，所以尽管总经理及其身边的人一再鼓动，但大家的反应并不热烈。既然并不热烈，那么总经理就要采取进一步的行动，行动的内容有两项，第一，是请那个现在已经说不清是美国的还是非洲的黑人出面吆喝，因为黑人的力气比黄种人大，估计吆喝的力度也会更大；第二，就是进一步"透露"内幕，说玉米要涨的原因是美国今年要发大水，估计玉米会大量减产，所以玉米要涨。大约是这两招起了作用，至少起了一定的作用，一些经纪人和投资人开始商量，说不会总经理的消息总是出错吧，说不定今天的消息是准确的。万一这次是准确的呢？于是，有人开始下单。既然有人开始下单，那么赵一维当然也就下单，而且是下大单，并且一边下还一边说："不就是赌吗，老子不相信总是押不上！"

赵一维的这番表现，无疑起到了推波助澜的作用，整个交易大厅顿时活跃起来，纷纷下大笔的玉米买单。但是，就在即将开盘的前几秒钟，赵一维迅速对自己的单进行了反向调整，由买单变成卖单。

不用说，赵一维卖对了，当天的玉米行情又跟老板的预测正好相反，赵一维成了当天唯一的赢家。但赵一维非常谦虚，不承认自己操作成功，而只是说自己一时慌乱，按错了键，把买进按成卖出了。大家纷纷祝贺他歪打正着，只有他们总经理，眼角露出一丝不易察觉的疑问。

5

既然刘劲龙跟庄经理已经成了朋友，那么深海电子大厦的业务就由刘劲龙包了。

刘劲龙做人做事都有自己的原则，比如对庄经理，他就既不当孙子，也不当老子，而是当朋友。既然是朋友，那么有事的时候走动走动，没有事的时候也要走动走动。好在电子大厦是丁氏企业在深圳的最大客户，所以不管是有事还是没事，刘劲龙想去走动韩雪纯都不会说什么的。不但韩雪纯不会说什么，就是周小姐也不会说什么。

这一天刘劲龙又去电子大厦走动，恰好庄经理不在。当然，是秘书说他不在的。不过，既然秘书对刘劲龙说庄经理不在，那么就真的是不在，因为秘书知道刘劲龙和庄经理的关系，不会骗刘劲龙。

不在没关系，反正也没有什么事情，就是转转看看。

"肯定在！"一个人小声但是明显是非常气愤地对刘劲龙说。

这时候，刘劲龙已经走到走廊上，并且正在向电梯口走去。

刘劲龙看看这个对他说话的人，觉得有点面熟，但又不是非常熟，或许就是在这里见过几次吧。

"我认识你，"这个人说，"你是丁氏企业的业务员，新来的，是不是？"

刘劲龙停下脚步，点点头，说："是的，我是丁氏企业的业务员，不过庄经理确实不在。"

"不在？"这个人问。

"不在。"刘劲龙说。

"你怎么知道不在？"这个人又问。

"秘书说不在。"刘劲龙说。

"秘书？"这个人说，"秘书的话你也能听？"

刘劲龙不知道该说什么了。说什么呢？难道说自己是庄经理的朋友，并且秘书知道他们是朋友，所以不会骗他？肯定不能这么说。庄经理跟他是朋友是他们俩之间的事情，没有必要跟一个陌生人说，再说，即使刘劲龙这么说了，陌生人能相信吗？不但不相信，可能还以为刘劲龙吹牛。

"这位老伯您是……"刘劲龙岔开话题。

"李德厚。"对方说。说着，还给刘劲龙递上名片。名片上写着"深圳万德电器有限公司董事长李德厚"的字样。

"久仰久仰！"刘劲龙说。说着，当然也呈上自己的名片。

确实是久仰，刘劲龙不是客套。事实上，刘劲龙这些天在公司里面对万德公司和李德厚这个名字确实是听说过，说李德厚的万德公司在深圳的历史并不比丁氏企业短，早几年两个企业的业务甚至不相上下，但是近几年万德不行了，明显地不如丁氏企业了。

"下去坐坐？"刘劲龙建议。

"行，下去坐坐。"李德厚说。

所谓"下去"，就是从五楼到三楼，因为深海电子大厦的三楼正好有一个可供顾客坐坐的地方。

　　二人坐下后，李德厚问："听说你跟庄经理是朋友？"

　　刘劲龙不置可否。因为他不知道该怎样回答李德厚的这个问题。刘劲龙感觉，李德厚说的这个"朋友"跟他与庄经理之间的实际关系可能不是一回事。

　　李德厚诡秘地笑笑，进一步问："是不是因为你跟庄经理是朋友，丁怀谷这个老东西才把你挖过来的？"

　　这下，刘劲龙更不知道该怎样回答了。如果回答是，不符合事实；如果回答不是，肯定驳了李德厚的面子。

　　"您跟我们丁老板很熟？"刘劲龙继续把话岔开。

　　"岂止熟……算了算了，丁怀谷这个老东西资本比我厚，人也比我精明，不说了，不说了。"

　　"您找庄经理有事？"刘劲龙不想在背后谈论自己的老板，只好仍然岔开话题。

　　"啊，对了，"李德厚说，"其实我就想要两个柜台，没有更多的要求。"

　　刘劲龙不说话，他发觉这个话题并不比刚才那个话题轻松。

　　"放心，"李德厚说，"万德的产品进电子大厦不会对你们丁氏企业形成竞争，我们不在一个档次。"

　　刘劲龙看着李德厚，不明白。

　　李德厚不好意思地笑笑，向他解释："万德要出售的是不带来电显示的电话机，丁氏企业是带来电显示的电话机，不是一个档次，不会造成直接竞争。"

　　"我是实在没有能力开发新产品了，"李德厚说，"但是，积压在仓库里面的东西总该处理呀。拜托你能不能跟庄经理说说，通融一下。不同的产品可以满足不同客户的需要，价格不一样，用途也不一样嘛，并不是每部电话都需要来电显示的。"

　　刘劲龙心里承认李德厚说得对，确实不是每部电话都需要来电

81

显示，但是，他仍然不敢答应李德厚的要求。说到底，他与庄经理的关系也很浅啊，与李德厚的关系更浅，不足以让他出这么大的力。再说，他也不敢肯定李德厚说的情况是不是真的。

"没关系，"李德厚说，"你不用立刻答应，先了解一下情况，看我说的是不是真的，然后再答复我。"

刘劲龙心里一惊，没想到李德厚居然能看透他的心。佩服。看来，任何老板都有他过人的一面。

这么想着，刘劲龙的态度就更加谦和，说："行，我回去了解一下情况，如果确实不会与我们公司的产品产生竞争，我可以试着跟庄经理说说。"

刘劲龙没有敷衍李德厚。回来之后，还真的了解了一下情况，并且了解到的情况与李德厚说的情况基本一致，万德公司的那种电话机确实是丁氏企业淘汰的产品，但这种产品并没有完全过时，还拥有一部分消费群体。

再次见到庄经理的时候，刘劲龙把李德厚的要求说了。

"好！"庄经理说，"我就佩服你小子的做人，居然替竞争对手来说情了。"

"不是竞争对手，"刘劲龙说，"你要是这么说，丁老板该炒我鱿鱼了。是互补，消费市场是立体的，需要互补。"

"行！"庄经理说，"就给你这个面子。但是，两个柜台不行，就给一个柜台。"

李德厚的电话机终于进了电子大厦了。只要进了电子大厦，就能进各种电子"小厦"，这对于万德公司来说，意义重大。

李德厚要感谢刘劲龙。

"算了，"刘劲龙说，"你现在虽然进来了，但是东西能不能卖掉，卖掉之后能不能顺利地收回钱，还不知道，现在谈感谢还说不上。"

李德厚紧紧握住刘劲龙的手，使劲摇了摇，把脸撇向一边，不愿意让晚辈看到他眼中的泪花。

6

其实不仅李德厚难，丁怀谷也难，而且可以说是更难。刘劲龙当时不知道，后来才知道，一个人如果选择做企业家，就意味着一辈子不得消停。当然，有的人就是愿意一辈子不消停，所以这个世界上才有那么多的企业和企业家。至于很多人并不了解企业家的辛苦，打破头想成为企业家的，或者说是想成为老板的，另当别论。

丁怀谷的艰难集中在后继无人上。前面说过了，他唯一的儿子还没有出世，就跟随母亲而去，后来不知道是对亡妻的眷念，还是一门心思想出人头地成就一番事业，总之，未再婚娶。等到大陆改革开放了，丁怀谷借着大陆改革开放的东风，来到深圳，终于把小作坊变成了一座工厂，算是成就了一番事业，可是，还没有来得及享受，就发现自己已经年过花甲了。

无儿无女，成就了一番事业又怎么样呢？

丁怀谷心中的苦楚，只有两个人清楚，一个是他自己，还有一个就是他妹妹丁香芸，所以，周静怡大学毕业的时候，母亲丁香芸坚决主张她跟随舅舅来大陆，为的是让丁怀谷孤寂的心灵有一丝慰藉。事实上，周静怡来大陆之后，也确实给了丁怀谷一些安慰，并且丁怀谷也有意把这个外甥女当作自己的女儿，不，应该说是当作自己的儿子来培养。在丁氏企业，周静怡一开始是做丁怀谷的秘书，后来做丁怀谷的助理，现在，怎么说呢，说起来还是丁怀谷的助理，但是事实上相当于公司总经理，因为除了丁怀谷之外，整个丁氏企业就是周静怡当家。

丁怀谷一方面教周静怡做生意，另一方面也教周静怡做人，至少说是教周静怡怎么看人。这些年，在丁怀谷的调教下，周静怡成长得很快，说话、办事、思维方式已经渐渐地像一个成熟的企业家了。丁怀谷也有意识地逐步给周静怡压担子，而周静怡也逐步适应了这种压担子。但是，女人毕竟是女人，在丁怀谷看来，女人跟男人毕竟不能同日而语。别的不说，就说在感情和婚姻问题上，女人能跟男人一样吗？男人可以把感情当游戏，而女人往往为感情托付终身。男人除了婚姻之外，还可以有别的女人，过去有钱的男人可以纳妾，现在成功的男人可以有情人，用深圳的话说，就是可以"包二奶"；但是女人不行，不管是成功还是不成功的女人，如果也养小情人，或者说是"包二爷"，肯定要遭人唾弃。不仅遭男人唾弃，甚至还要遭女人自己唾弃。没办法，女人就是女人。女人在感情和婚姻上的弱势，往往也转化成她们事业上的弱势。对于周静怡这样一个担当着特殊角色的女人来说，感情和婚姻问题又比一般的女人更加敏感。特别是当丁怀谷把周静怡作为自己的继承人来对待的时候，周静怡的感情和婚姻问题就不仅仅是她个人的问题了，而是整个丁氏企业的问题，也是丁怀谷所要面临的重大问题。如果当初她的第一个男朋友没有执意去美国，而是跟她一起来大陆，来大陆辅佐她舅舅丁怀谷，那么，这个问题或许已经解决了，但是，她的第一个男朋友并没有跟着她来大陆，而是去了美国，这样，周静怡所面临的感情和婚姻问题就真的是个大问题了，同样也是丁怀谷所面临的大问题。

周静怡在录用刘劲龙的时候，并不是很情愿的，至于为什么不是很情愿，作为她助手的韩雪纯并不知晓。其实不仅韩雪纯不知晓，就是周静怡自己，也不是很清楚。或许，在潜意识里，她认为聪明能干的男人往往不可靠，因为刘劲龙的前任，不，准确地说是韩雪纯的前任，就是这样一个聪明但并不可靠的男人，但是，往更深层探究，周静怡对刘劲龙的不满意还有一个可能她自己都没有察觉的潜意识，那就是：刘劲龙是有妻室的人。当然，这个潜意识潜得非常深，深到不仅韩雪纯没有察觉，而且她自己也没有察觉，至少当时没有察觉。

当时没有察觉，现在察觉了。现在通过一段时间的实践，当事实证明刘劲龙确实是个聪明能干的男人之后，周静怡忽然理解了，理解自己当初为什么对刘劲龙不是很满意了。

周静怡是在丁怀谷的启发下发现自己内心秘密的。

这一天丁怀谷跟周静怡在一起谈论新来的几个人的情况。丁怀谷问周静怡："新来的这几个人怎样？"

"一般，"周静怡说，"就是那个叫刘劲龙的强一些。"

"是啊，"丁怀谷说，"我也听说了。这说明你们上次招聘很成功嘛。"

"很成功？"周静怡不明白。

"很成功，"丁怀谷非常肯定地说，"一次招聘，只要能挖掘一个真正的人才，就是成功。"

周静怡听了，想了一下，点点头，觉得舅舅说得对，如果每次招聘都能挖掘出一个真正的人才，那么企业一定会兴旺发达。

"可惜呀。"丁怀谷说，说着还深深地叹了一口气。

"可惜？为什么？"周静怡又不明白了。

周静怡这样一问，丁怀谷就笑了。而且在周静怡看起来，笑得很突然，跟刚才的叹气不协调。

"为什么说可惜？"周静怡再问。

丁怀谷继续笑，并且笑的幅度明显加大不少。

"可惜他是个有妻室的人呀。"丁怀谷说。

周静怡一愣，接着，脸一红，明白了，彻底明白了。不仅明白舅舅说什么，而且还明白了自己的潜意识。

刘劲龙的前任，不，应该说是韩雪纯的前任，叫许剑锋。许剑锋来丁氏企业的情况和刘劲龙差不多，也是丁氏企业从深圳人才大市场招聘来的，但当时招聘他的不是周静怡和韩雪纯，而是丁怀谷和周静怡。许剑锋走的时候，职务是总经理助理，但到底是丁怀谷的助理还是周静怡的助理不是很清楚，就跟现在韩雪纯在丁氏企业的职位一样，可能算是"助理的助理"吧。其实到底是丁怀谷的助理还是周静怡的助理并不重要，反正这是私人企业，私人企业的管理人员没有"行政级别"，只有座次，相当于《水浒》当中的梁山好汉排座次。当时，许剑锋在丁氏企业主抓业务，其座次相当于老三，除了丁怀谷和周静怡之外，就是他了。

跟刘劲龙相比，许剑锋有两点不同。第一，他是正儿八经的大学毕业，学的就是市场营销。学历正宗，是当年美国麻省理工学院在中国大连开设的第一个 MBA 结业生。第二，许剑锋没有结婚，是单身。丁怀谷当初招聘许剑锋进丁氏企业的时候，是不是有意把他当作自己未来的外甥女婿培养，谁也不能肯定，但是，后来肯定是这样。后来，当许剑锋在实际工作中表现出非凡的才能之后，丁怀谷肯定是有这个意思了。事实上，直到现在，丁怀谷还后悔，后悔自己没有留得住许剑锋这个人才。丁怀谷甚至认为，自从他从台湾来大陆后，事业的发展一直非常顺利，唯有许剑锋这件事情，是他的败笔，而且是一个大大的败笔。这不，现在许剑锋正效力于龙威实业，而龙威实业是目前丁氏企业的最大对手。你说，丁怀谷后悔不后悔？

关于许剑锋为什么会毅然决然地离开丁氏企业而投奔龙威，丁怀谷一直想不通。是丁怀谷对他不好吗？肯定不是。丁怀谷后来都把他当作自己的外甥女婿培养了，怎么能说对他不好呢？是丁氏企业没有给他一个很好的发展空间吗？更不是。如果许剑锋不走，真的成了丁怀谷的外甥女婿，那么考虑到丁怀谷自己无儿无女，就周静怡这么一个外甥女，许剑锋成了丁怀谷的外甥女婿之后，就相当于是丁怀谷的继承人了，还要多大的发展空间？所以，丁怀谷实在想不通。

不管想得通还是想不通，反正现在丁怀谷必须面对许剑锋的发难。因为，当丁怀谷已经感到南方这边电话机市场的饱和，而必须向北方进军的时候，聪明的许剑锋已经抢先一步，占领东北了。

丁怀谷现在唯有依靠刘劲龙。他不知道刘劲龙是不是许剑锋的对手，更不知道假如刘劲龙果真打败许剑锋，丁怀谷该给他一个什么样的位置。毕竟，刘劲龙是有妻室的呀，丁怀谷无论如何也不能把刘劲龙当丁氏企业的继承人来培养。

丁怀谷有时候不得不痛苦地想：外甥女周静怡要是个外甥该多好啊！但他这个想法只能闷在心里，不能对任何人透露。特别不能对周静怡透露，只能苦在心里。

第四章　火中取栗

通过自学，刘劲龙了解到博弈理论和边际效应递减理论，并帮助赵一维分析他们老板的欺诈手段，决定将计就计，反向操作。三兄弟每人凑两千元，用刘劲龙的身份证开户，王文轩掌握资金密码，赵一维操作。三人合计火中取栗，从期货市场上淘得第一桶金。

1

刘劲龙当然知道少数官员习惯走形式主义的做派。说实话，他对这一套也看不惯。不过，他觉得这次不一样。这次回湘沅收购有色金属冶炼厂，并不是一般意义上的招商引资，而确实是拯救一家濒临倒闭的工厂。他承认，这里面多少有些感情成分。毕竟，湘沅冶炼厂是他的"娘家"啊。现在"娘家"出了事情，他有能力拯救，却袖手旁观，既于心不忍，又实在做不到。要钱干什么？钱是为人服务的啊。包括为人的生理服务，更包括为人的心理服务。收购湘沅有色金属冶炼厂就是眼下刘劲龙最大的心理需求！再说，刘劲龙想，当初我们来深圳的时候，两手空空，收购行动即使真的失败了，最多也就是打回原形，没什么大不了的。刘劲龙又进一步想，人生充满着偶然性，自己当初如果不是与王文轩、赵一维两个好兄弟一起火中取栗取得第一桶金，说不定到今天还是一个穷光蛋。如果那样，自己即使有心，也肯定无力。现在既然苍天给予了我一个有能力拯救自己"娘家"的机会，我怎么能放弃呢？或许，苍天让我成为企业家，就是让我有朝一日能拯救自己"娘家"呢。于是，一种强烈的责任感在刘劲龙心中陡然腾升，更坚定了自己收购冶炼厂的决心。

2

按照"反向操作"的原理，赵一维最近又小赢了一笔。当然，所谓的小赢，严格地讲并不确切，确切地说只能是为赖老板挽回了一点损失。

赖老板又要给赵一维提成，赵一维不要，说还没有真正实现盈利呢，怎么能拿提成。

"两码事，"赖老板说，"说好的，赚了你提成，赔了算我交学费。"

赵一维还是不要，说等开始实际盈利了再拿提成。

赖老板犹豫了一下，还是表达了自己的意思：既然你能押得准，为什么不下单重一点？

赵一维不说话。因为他不知道该怎么样对赖老板说。他很想把刘劲龙对他讲的观点告诉赖老板，如果下重了，就搞不成了。但是他没有说，说不清楚。再说，刘劲龙的观点只可意会，不能言传，一旦言传了，这个买卖就做不成了。赵一维现在想的就是慢慢地帮赖老板把损失一点一点赚回来，一旦帮赖老板把损失赚回来，他就打算不做期货了。

赖老板见问不出话，也不勉强，但是心里打鼓，觉得赵一维肯定有什么事情瞒着他。于是，找了一个借口，不让赵一维做了，换了一个经纪人。

赖老板在换经纪人的时候，没有忘记给赵一维最后一笔奖金。

赵一维不要，说他赔出去的钱还没有完全赚回来。但赖老板一定坚持要给，赵一维只好接受。

周末，大家聚在一起，赵一维把情况对刘劲龙和王文轩说了。

王文轩说："好心没好报。你应该把真实的情况给赖老板讲清楚。"

刘劲龙说："那不行，没有'真实的情况'，那只是我们的猜测，怎么能把我们的猜测当作'真实的情况'对赖老板说呢？说出来，要么赖老板不信，要是信了，就肯定坚持下重单，赶快把损失全部赚回来，赵一维是听他的还是不听他的？不听他的，还不如干脆不说；听他的，下那么重的单，很可能被总经理发觉，马上就会采取反向措施，万一操作失败了，谁敢保证赖老板不拿赵一维说的话跟期货公司扯皮？"

赵一维点头，说他也是这么考虑的。

"下一步怎么办？"刘劲龙问。

刘劲龙在问的时候，王文轩也拿眼睛盯着赵一维，表示刘劲龙的问题也就是他的问题。

"我有个想法，"赵一维说，"既然我们已经掌握了他们的秘密，干吗不自己做？"

"自己做？"王文轩问。

"自己做。"赵一维说。

"我们能有多少钱呢？"王文轩又问。

"钱多钱少没有关系，"赵一维说，"正因为钱少，所以反而能做。"

王文轩不明白。看看赵一维，又看看刘劲龙。

刘劲龙同意赵一维的观点，说："是的，少了才不会引起他们总经理的注意。事实上，老板也希望每次交易都有赚有赔，最好是赚的人少，赔的人多，如果全部都是赔钱，他们生意也就做不成了。"

"问题是我们实在没有钱呀。"王文轩说。

"凑一凑，"刘劲龙说，"好在现在不需要天天付房钱了，大家节省一点。我这里能出两千。"

"我也能凑两千。"赵一维说。

"我刚拿了工资,"王文轩说,"加上身上剩的,总共也只能凑一千。"

王文轩说的声音比较小,怕丑。

"可以了,"赵一维说,"只要五千就能做。"

"那就做吧,"刘劲龙说,"不管是赔了还是赚了,绝不互相埋怨。"

"行,"赵一维说,"不管出钱多少,赚了大家平分。"

"那不行,"王文轩说,"我出这么少,怎么能跟你们平分呢?"

"多少也就相差一千块,"赵一维说,"在期货市场上,这算什么钱呢?关键是大家一起拿主意,一起建立信心,这才是最重要的。再说,五千块是最低标准,少了你这一千块,我和刘劲龙还做不成。所以,不管钱多钱少,心意是一样的,作用也是一样的。"

话虽然这么说,最后王文轩还是厚着脸皮给父母打电话,要爸爸妈妈无论如何电汇一千块钱过来,并且不说是什么事情。王文轩的父母虽然对他感到失望,但儿子总归是儿子,并且他们相信王文轩还不至于干什么坏事,加上母亲担心儿子肯定是遇上什么难事了,关键时刻,做父母的真不管吗?于是,还是按他电话中的要求电汇了一千,好歹让他们三个人每人出了两千,不存在谁多谁少的问题,总共六千元,供赵一维在期货上一搏。

接受教训,这次他们先小人后君子,用刘劲龙的身份证重新开设新账户,资金密码归王文轩掌握,而账户资料和操作密码归赵一维掌握,这样,尽管只有六千块钱,但是运作方式却采用了美国三权分立的相互制约模式,也算是洋为中用吧。

赵一维知道这六千块钱的分量,自然是精心操作,操作的原则还是押小不押大,就是每次最后一个下单,每次下单之前都认真分析和核实总经理的舆论导向和大家的一致动向,如果大家都买这个产品,他就反过来卖这个产品;反之,如果大家都卖这个产品,他就买这个产品，如此，他竟然每次都押对了。

大约是资本太小的缘故，赵一维的操作并没有引起别人的注意。但是，有一个人注意了，这个人就是赖老板。赖老板已经换了一个经纪人，或者说，已经换了一个投资经理，这个经纪人有一个最大的特点，就是听话，具体地说，就是听赖老板的话。赖老板让他卖他就卖，赖老板让他买他就买，赖老板让他买多他就买多，赖老板让他买少他就买少，但是，一个礼拜下来，赖老板账上的钱不仅没有多，反而少了。这时候，赖老板就开始注意赵一维的操作，发现赵一维的操作虽然小儿科，但是总是进的多出的少，于是就后悔，后悔自己不该没有耐心，不该换经纪人。

赖老板是要面子的人，不能老是出尔反尔，本来换经纪人已经是非常不好意思的事情了，如果仅仅过了几天，又要换回来，那不是更没有面子？

赖老板请赵一维吃饭。

赖老板请赵一维吃饭很正常，可以有各种理由，也可以根本就不需要任何理由。事实上，以前他们经常在一起吃晚饭。吃完晚饭之后，正好一起去期货公司。

赖老板这次在吃饭的时候，问赵一维："最近操作得怎么样？"

"一般。"赵一维说。

"你不会还生我的气吧？"赖老板问。

"没有。"赵一维说。

"那你为什么不跟我说实话？"赖老板又问。

赵一维愣了一下，或者说是停顿了一下，说："我说的是实话。"

"说实话，"赖老板说，"你最近为什么总是赚？"

赖老板这样一问，赵一维就愣了一下，或者说停顿了很长的时间。

赵一维不知道该跟赖老板说什么。按道理，赖老板对赵一维不错，而从总体上说，赵一维帮赖老板做期货，不但没有为赖老板赚到钱，反而让他赔了钱，在这种情况下，赖老板仍然给了赵一维提成，难道想听一句实话都不可以吗？但是，从另一方面说，赵一维又确实不能说实话，如果说了实话，那么赖老板肯定也按这个办法搞，而赖老板的资金大，大许多，一旦赖老板也这么操作，意图马上就会暴露，如果那样，他们都做不成了。不但做不成，按照刘劲龙的分析，赖老板和期货公司还很有可能扯上官司，并且这个官司一定会牵扯到赵一维。

"碰巧了。"赵一维说。

"碰巧了？"赖老板问。

"碰巧了。"赵一维说。说的口气坚定，但是没有底气。

赖老板不说话了。

赵一维知道，他把赖老板得罪了。

8

丁氏企业召开课长会议，讨论如何对付龙威实业的强大攻势。当然，对付龙威实业就是对付许剑锋。但对付许剑锋确实比较难，因为许剑锋对丁氏企业太了解了。

刘劲龙虽然还不是课长，但已经被当作课长用了。上次的课长会议他算是列席参加，这一次则算是正式参加。并且，丁怀谷对刘劲龙好像还特别关照，本来刘劲龙是坐在外面一圈的，丁怀谷特意把他叫上来，叫到里面这一圈坐。丁氏企业虽然是地道的私营企业，但是等级还蛮分明，每次开课长会议，参加会议的人都分成内外两圈，里面一圈是围在会议桌上的，外面一圈是靠墙坐。刘劲龙上次参加课长例会的时候，靠墙坐，这一次他仍然靠墙坐，但是被丁怀谷叫上来。

"刘先生，上来坐。"丁怀谷说。

于是，刘劲龙就上来坐。

刘劲龙在上来坐的时候，或者说刘劲龙在从外圈向内圈走的时候，他并没有直起腰，而是猫着腰上来的，仿佛是尽量减少影响，尽量不引人注意。

会议由周静怡主持。周静怡就坐在丁怀谷的旁边，相当于丁氏企业的"第二把交椅"。紧接在后面的是韩雪纯。韩雪纯负责记录，头基本上是低着的。在刘劲龙猫着腰从外圈移向内圈的时候，韩雪纯仍然没有抬头，但是脸上的表情有片刻的凝固，眼睛的余光一直伴随着刘劲龙从外圈移动到内圈。她人小鬼大，知道这一移动非同小可，意味深长。

周静怡把公司面临的局势简单分析了一下，然后丁怀谷笑吟吟地让大家想办法。

按照周静怡的分析，电话机更新换代太快，一种新产品上市，还没有来得及全面铺开，就面临被新一代淘汰的局面，比如现在，已经有自动语言提示的新产品了，所以，最先抢占市场最重要，因为如果上一代产品的市场被一种品牌抢占了，那么下一代无绳电话机原则上也会继续被该品牌控制。丁氏企业面临的最大问题是，这种对市场进行分析的方法和对策不仅他们知道，他们的对手龙威实业也了如指掌，因为龙威实业负责营销的是许剑锋，许剑锋对丁怀谷和周静怡的思路非常清楚，可谓知己知彼。现在，许剑锋并没有在广东和福建这些地方跟丁氏企业争高低，而是直接北上，抢先杀进了东北市场。

"许剑锋的这一招确实厉害，"周静怡说，"他们稳定了东北市场之后，肯定还会反过来跟我们争南方市场，这样，他们一方面以最新一代的无绳电话机和我们争夺广东和福建，另一方面把即将淘汰的产品低价销往东北，两头占便宜，使我们处于被动。"

大家先是不说话，然后又小声地交头接耳。

"刘先生，你有什么想法？"丁怀谷问。问的声音明显比那些交头接耳的声音大。

丁怀谷这样一问，大家都不说话了，眼睛齐刷刷地看着刘劲龙。

刘劲龙在有色金属冶炼厂当过炉前班班长，每天都要参加车间的生产例会，对例会并不陌生，而且他手下管的人并不比丁氏企业现在的一个"课"里面的人少，所以，这时候他一点也不怯场。不怯场的表现不是夸夸其谈，而是相反，先观察一下大家的表情。

刘劲龙发现除了丁怀谷之外，其他人基本上都对他抱着不屑一顾的态度，尤其是周静怡，更是拿眼角看着他，只有韩雪纯，虽然并没有抬头直接注视他，但刘劲龙仍然能感觉到韩雪纯很关心他，替他担心。

刘劲龙这时候心里有点疑惑，不理解韩雪纯为什么替他担心。如果刘劲龙没有老婆，韩雪纯的表现还好解释，问题是他现在有老婆，韩雪纯的表现就不好解释了。所以，刘劲龙心里就有些疑惑。

"我还没有想好，"刘劲龙说，"先听大家说吧。"

刘劲龙注意到，他说完之后，韩雪纯为他松了一口气，丁怀谷笑着点点头，周小姐和其他大多数人一样，嘴角露出一丝轻蔑的笑。

于是，大家又恢复交头接耳，七嘴八舌。但声音比刚才大了一些，整个会议室基本上都能互相听见，也算是一种平等交流吧。

这样交流了一会儿，周静怡开始总结大家的意见。第一，要加快无绳电话机开发速度；第二，暂时不理会龙威实业在东北的所作所为，等我们无绳电话机生产出来了，突然之间全面开花，南方与北方一起铺开，打许剑锋一个措手不及。

周静怡的讲话是结论性的，她说完，别人基本上就再也说不出任何意见了。

周静怡先是扫视了一下大家，象征性地问大家还有没有什么补充，然后看了丁怀谷一眼，就宣布散会。

"是……"刘劲龙冒出一个字。尽管只有一个字，但是很响，至少一开始的时候很响，然后迅速低下去，像泄气一样。

"等一下，"丁怀谷说，"刘先生还有什么要说的？"

这时候，外圈靠墙的几个人已经站起来一半，听丁怀谷这样一问，屁股悬在空中，不知道是该继续往上站直，还是该重新坐在椅子上。

韩雪纯诧异地看着刘劲龙。

周静怡皱起自己的眉头。

"没……没有了。"刘劲龙说。

椅子又开始响起来。

但丁怀谷坐在那里不动。既然丁怀谷不动，那么周小姐和韩雪纯就没有动。而她们俩不动，那些已经动起来的人又不知道该继续动还是停止不动了。

"没关系，"丁怀谷说，"你大胆地说，我就是想听一听新来的人的意见。"

丁怀谷这样一说，大家就彻底不动了，已经站起一半的人，也悄悄地把屁股重新贴在椅子上。

刘劲龙注意到了，周静怡继续皱眉头，韩雪纯仍然为他紧张。

"是不是还有更好的对策？"刘劲龙终于说话了。但说的只是一个问题，而并没有解决问题的答案。

周静怡的眉头皱得更紧了一些，其他人也表现出一定程度的不耐烦。只有丁怀谷，眼睛立刻活泛起来，鼓励道："你具体说说。"

"我觉得东北市场我们还是要去，"刘劲龙说，"谁能肯定我们将来生产的无绳电话机就一定比龙威公司的更先进？我估计我们在开发无绳电话机，他们也在开发同类产品。如果我们的下一代产品在性价比上不明显优于他们，用户还是更倾向于使用他们熟悉的品牌，所以，我觉得现在就要争夺东北市场。"

刘劲龙这样一说，会场的气氛顿时就紧张不少，这不是明摆着否定周小姐的意见吗？只有丁怀谷，继续鼓励刘劲龙大胆地说。

"去了至少可以认识那边的人，"刘劲龙继续说，"即便不能争取到市场份额，至少能建立一定的关系，对将来推广新产品也是有好处的。"

丁怀谷笑着点头，公开表示支持刘劲龙的意见。

刘劲龙显然是受到鼓舞，继续说："再说，去了还能进一步摸清龙威公司的底。现在他们对我们是了如指掌，而我们对他们一无所知。往最坏处说，即使我们一点市场份额没有捞到，只要我们去了，至少能搅乱他们的市场，给他们造成一种竞争的压力，逼他们承受更低的价格，增大他们全面抢占东北市场的成本。"

刘劲龙说完，全场没有一点声响，刘劲龙则把眼睛盯在面前的一个记事本上，避免跟任何人发生目光对接。

这时候，丁怀谷转过脸，看着周静怡。

"刘先生说得有道理，"周静怡说，"我们开会就是要集思广益，大家还有什么想法，尽管说，说出来大家一起研究，说错了也没有关系。"

周静怡在说这番话的时候，脸色也在发生变化，一会儿变红，一会儿又变白，最后终于趋于正常颜色。

丁怀谷点点头，对周静怡的话表示满意。

刘劲龙明显受到了鼓舞，没有见好就收，竟然做了进一步发挥。他说："还有，根据电话机更新换代快的特点，我们的生产方式也应该有所调整。"

刘劲龙这样一说，周静怡本来已经趋于正常的脸色又立刻变红了。准确地说，是涨红了。

韩雪纯则更加紧张，她清楚，工作是有分工的，工作的分工其实也就是权力的分配，是不能随便跨越的。关于生产方面的事情，就是她自己，也从来都不发表任何意见的，业务课的人，怎么能管生产课的事情呢？

还是只有丁怀谷整个脸达到了准兴奋状态，鼓励刘劲龙继续说。

"比如开发新产品，"刘劲龙说，"为缩短开发和生产时间，不一定所有的产品都自己生产，我们也可以委托其他小厂帮着加工，比如可以委托万德电子厂这样的小厂加工，支付加工费肯定比我们自己增加设备和人员省钱。"

"那不行，"周静怡说，"那样他们不是把我们的技术学走了。"

周静怡说完，立刻得到生产课长的附和。

"不会的，"刘劲龙说，"机芯是我们提供的，送过去多少收回来多少，他们就算掌握了技术，没有机芯还是生产不出来。"

"如果他们买同样的机芯呢？"周静怡问。

"那就要耽误很长时间。再说即使他们买回来机芯，也能够生产我们这个产品，往哪里销售？第一批样品肯定是我们自己生产的，然后拿了这些样品去销售，等到订单到手了，才一面自己加班生产，一边委托外面加工，这里面就有一个不小的时间差，等他们掌握了技术，也买回来机芯，再生产出来，我们已经开发更先进的多终端无绳电话机了。这时候，老产品的价格肯定很低，已经没有多少利润空间，他们凭什么还要做这种偷鸡摸狗的事？另外，开发市场不是一件容易的事情，是需要大量资金和时间的，不是任何做加工生意的工厂想做就能做的。"

周静怡还想说什么，丁怀谷已经示意先散会，余下的问题会后再讨论。或者说，是要在更小的一个范围内讨论。于是，周静怡宣布散会。刘劲龙刚刚站起来，就被丁怀谷示意坐下，别动。

4

赵一维的小打小闹还真赚了大钱，至少相对于他们当时投入的六千块钱本金来说是赚了大钱。

这一天，赵一维告诉刘劲龙和王文轩，他们账户上的资金差不多已经五六万了。

"多少?!"王文轩问。

王文轩这样问，并不表示赵一维口齿不清，也不表示王文轩耳朵背，只能表示王文轩的激奋。

"五万吧，"赵一维说，"五万总是有的。"

王文轩双手握成拳头，架在自己的头上，脸朝向屋顶，在屋里快速地转圈子。

"天哪天哪天哪……"王文轩嘴里嘟嘟噜噜。

"这也没有什么奇怪的，"赵一维说，"前段时间我帮赖老板做赔了那么多，算是学费交得足了，现在多少有点回报吧。"

"多少有点回报？"王文轩说，"你说得倒轻巧！这才多少天，就翻了十倍！要是我们当初有一百万呢？"

赵一维笑，刘劲龙也在笑。

"对呀，"王文轩说，"现在已经五六万了，如果再翻十倍，不是五六十万了？五六十万再翻十倍，不是五六百万了？再翻呢？！"

王文轩不敢说了。

"不可能的。"刘劲龙说。

"怎么不可能？"王文轩问，"既然六千能变成五六万，那么五六万为什么不能变成五六十万？五六十万为什么不能变成五六百万？五六百万为什么不能变成五六千万？不是一样的道理吗？"

"那不一样。"刘劲龙说。

"怎么不一样？！"王文轩又问。王文轩这次问的时候，整个脸都涨红了，像吵架，仿佛是埋怨刘劲龙不说好话，断他们的财路，所以王文轩很生气。

"这个……"刘劲龙看看赵一维，有点顾虑。

"怎么不一样？"王文轩继续逼问。

"根据边际效应递减规律，越往上做，越难。"刘劲龙说。说得不是很自信，眼光有点闪烁，不停地在赵一维脸上扫过。

王文轩察觉到了什么，这时候也拿眼睛瞪着赵一维，仿佛赵一维是裁判。

王文轩虽然知道刘劲龙最近一直在看经济管理方面的书，但是他并不认为刘劲龙比他懂得多，而对于赵一维，王文轩是服的。

"刘劲龙说得对，"赵一维说，"经济学当中确实有一个边际效应递减规律。"

王文轩脸上松弛了一些，但仍然不是很明白。

"打个比方，"刘劲龙说，"小孩一岁的时候，一年可以长高自己身体的一倍，第二年就少一些，第三年更少，等到像我们这个年龄，一点也不长了。"

"小孩是小孩，做期货是做期货，不一样的。"王文轩说。

"我只是打个比方。"刘劲龙说。

王文轩没有再争辩，但是他心里没有完全想通，又拿眼睛看着赵一维。

"这么说吧，"赵一维说，"现在我们资金少，总经理根本就没有注意，如果我们资金量大了，不要说做多，只要做一单，他马上就会注意。只要他一注意，肯定就有办法对付我们。"

说完，赵一维怕王文轩不理解，又补充了一句："总经理是不会睁着眼睛看着我们赚大钱的。"

"管他睁眼还是闭眼，"王文轩说，"赚到手再说。"

"问题是他不会让你赚到，"刘劲龙说，"电脑控制中心掌握在总经理手里，他要想不让你赚，你就真的一分钱赚不到。"

王文轩咬着嘴，还在想。

赵一维皱起眉头，也想了一下，准确地说是犹豫了一下，说："我有一种不好的预感，好像要出什么麻烦。"

刘劲龙和王文轩一起看着赵一维，等着他说会出什么麻烦。

赵一维把赖老板请他吃饭的事情说了。

"我感觉是得罪他了。"赵一维说。

"那会怎么样？"王文轩问。

赵一维没有回答王文轩的问题，因为他也不知道会怎么样。

"当心一点，"刘劲龙说，"实在不行，见好就收。"

第五章　做企业就是做人

经李德厚介绍，刘劲龙结识沈老大。沈和刘一样豪爽，三杯酒下肚，两个人谈女人，沈问刘："周静怡这女人怎么样？"刘说好，非常好。沈又问："给你做老婆，你愿意吗？"刘劲龙认真想了想，摇头。沈老大说："这就对了。许剑锋说了，他要是娶了周静怡，就感觉自己不是老公，倒像是拉帮套的。"刘劲龙突然感悟：做企业就是做人啊。

1

刘劲龙暂时忘记了周静怡的提醒，这时候又有一些情绪化了。他强迫自己先冷静一下，然后真诚地对丁怀谷说："我承认，在决定收购冶炼厂这件事情上，我是带着个人情感的。可是，人都是有感情的，说起来，做生意确实不能感情用事，可一点不讲感情我做不到。一点不讲感情还是人吗？说心里话，我也看不惯有些当官的那种做派，但我这次执意回湘沅收购冶炼厂不是冲着他苟市长的个人面子，而是冲着冶炼厂几千职工的面子，他们以前都是我的同事和朋友啊，有些甚至是我的亲戚，我不能见死不救。要说面子，我也是冲着湘沅几十万父老的面子，冲着冶炼厂几千名职工的面子。湘沅是我的故乡，冶炼厂曾经是湘沅的骄傲，现在这个'骄傲'成包袱了，我有能力帮一把，却见死不救，我实在做不到啊。"

刘劲龙说完，丁怀谷没作声。他好像是被刘劲龙说动心了。也像是在考虑怎么反驳刘劲龙的观点。或者是不想把气氛搞得太紧张，故意停顿一下，缓和一下。总之，丁怀谷并没有马上说话，倒是负责做记录的周静怡，听了刘劲龙这番话之后，似乎已经提前知道事情的最终结果了。

知夫莫过妻。周静怡最了解刘劲龙的脾气，知道刘劲龙刚才说的全部都是心里话。同时，她也知道刘劲龙既然把话说到这个份儿上，那么，不管丁怀谷怎么反对，最终，刘劲龙是一定要做的。不惜与丁怀谷彻底翻脸他也一定做。可是，周静怡不希望自己的丈夫与舅舅翻脸。因为丁怀谷不仅是她的舅舅，也相当于她的父亲，一个女人，怎么能让自己的丈夫与父亲翻脸呢？但照这么僵持下去，刘劲龙与丁怀谷的翻脸恐怕不可避免。有那么一刻，周静怡甚至有些绝望地想，难道当初自己选择刘劲龙根本就是一场错误？她不禁想起小时候听外婆说的一句话：不是冤家不聚头。那么，周静怡又想，自己与刘劲龙就是一对天生的"冤家"？

2

丁怀谷最后采纳了刘劲龙的建议，决定派刘劲龙去东北把许剑锋的水搅浑。

周静怡表示疑虑。

"派韩雪纯跟他一起去。"丁怀谷说。

韩雪纯虽然来丁氏企业的时间仅仅比刘劲龙长半年，但似乎已经赢得了丁怀谷和周静怡的一致信任。丁怀谷和周静怡对韩雪纯的信任有很多理由，比如韩雪纯是女孩，好像胸无大志，从来都没有想过跳槽，更不会想着自己当老板；韩雪纯不好多话，只顾埋头做自己应该做的事情，对谁都很和气，从来不惹是非；韩雪纯父母都在深圳，算是深圳新一代的本地人了，家在深圳，户口也在深圳，不会没有根底来无影去无踪等等。但是，这些也似乎都不是绝对理由，因为如果以上这些都是绝对理由，那么这些理由对丁怀谷和周静怡或许有效，对刘劲龙并没有效，但事实上，刘劲龙现在对韩雪纯也非常信任。这就比较奇怪了。难道是看似天真的韩雪纯其实是有一种非常特殊的本领？该本领看上去很简单，其实很神秘，就是能迅速取得别人信任。

丁怀谷这时候提议让韩雪纯去，就是基于对韩雪纯的信任，而对刘劲龙不信任，就是怕万一刘劲龙将来有个变故，丁氏企业不会对整个东北市场抓瞎。但丁怀谷只打算派韩雪纯去，而不能派周静怡去。一方面，如果直接派周静怡去，明显就是对刘劲龙不放心，太明显了；另一方面，丁怀谷相信，如果是周静怡跟刘劲龙一起去，肯定就是以周静怡唱主角，影响刘劲龙的正常发挥。所以，丁怀谷决定让韩雪纯跟刘劲龙一起去。

刘劲龙长这么大还是第一次出差。以前在冶炼厂的时候，出差是干部们的专利，普通工人是想也不用想的，除非你当上了市一级的劳动模范。湘沅有色金属冶炼厂有一个不成文的规定，凡是当上市一级劳动模范的，或相当于市一级劳动模范的，比如市三八红旗手等等，就可以享受外出学习的机会。当然，所谓的"外地学习"其实就是公费旅游，也叫作出差。比如电解车间的范秀玲，下电解槽捞阳极泥比男人都利索，当上了市三八红旗手，于是，被厂里派到上海冶炼厂学习半个月，而刘劲龙不是女人，既然不是女人，无论工作多么卖力，也不可能成为市里三八红旗手，所以就没有捞到这样的机会。至于市一级的劳动模范，更难，整个冶炼厂一年也不一定摊到一个，刘劲龙自然是想也不用想了。如此，在刘劲龙看起来，"出差"是一种待遇，是一件非常了不起的事情，非常难得的事情，没想到这么难得的事情，这么了不起的事情，这么高的待遇，在深圳这么容易就实现了，所以他就多少有些激动。

由于激动，刘劲龙就忍不住要打电话跟自己的老婆陈小玫说。自然，电话还是打到车间，首先接电话的还是车间主任吴昌业，吴昌业依然十分热情，马上差那个新来的大学生去叫陈小玫。陈小玫接到电话后，也很激动，甚至比刘劲龙还要激动，立刻像刚刚下蛋的母鸡，结结实实地叫了一圈，搞得整个车间都知道了。其实整个车间知道了就等于是全厂都知道了，因为刘劲龙在冶炼厂本来就是个知名人士，又当先进又打架，留厂察看之后不好好工作好好拍马屁争取早日摘掉"察看"的帽子，而是一赌气下海跑到深圳，这样的人能不出名吗？事实上，随着深圳的知名度日益高涨，冶炼厂的人对刘劲龙的关心程度也日益高涨，关键是，现在厂子里今不如昔，越来越不景气，随时要倒闭的样子，所以，人们更关注刘劲龙和王文轩在深圳那边的状况，无形当中把他们当成了探路者，因此，关于刘劲龙和王文轩在深圳那边的任何一点消息，都是整个冶炼厂最大的新闻，比当时正在发生的两伊战争还让厂里人关心。

刘劲龙打电话回去的第二天，或者说是出差上路的头一天，传呼机响了。一看，是老家打来的，具体地说就是陈小玫工作的硫酸铜车间打来的。刘劲龙一惊，难道家里出了什么事？这时候可不能出什么事情呀，刘劲龙想。如果这个时候出了什么事情，那么他出差的计划就要泡汤了。

刘劲龙按照传呼机的呼唤，把电话打回去。这次没有劳驾吴昌业去叫，也没有劳驾车间里那个新分来的大学生去叫，陈小玫早已等候在电话机旁。刘劲龙听着电话只响了一声，那边马上就接了。大约是接得太急了，断了。

再打。再打虽然又要花一次钱，但是总不能一句话不说就结束通话吧？

再打过去的时候，得吴昌业等人的指点，陈小玫耐着性子等电话铃响了两声之后才接。这下通了。

这是陈小玫第一次主动给刘劲龙打长途，而且当了吴昌业和车间里面好几个姐妹的面，所以陈小玫比较激动，也比较腼腆。其实不仅陈小玫有点激动，陪她一起来的几个姐妹也几乎跟她一样激动。说实话，要不是几个姐妹鼓动，陈小玫还想不起来给刘劲龙打这个传呼。刘劲龙虽然告诉了陈小玫他的传呼号，并且叫陈小玫在紧急情况下可以打他的传呼，但陈小玫这段时间并没有遇到什么紧急情况，所以根本就没有打过刘劲龙的传呼，就是刚才这个传呼，也是在姐妹们的鼓动下，请车间主任吴昌业帮着打的，所以，现在接通了刘劲龙回的电话，既新鲜，又激动，还多少有点自豪，竟然连打传呼本来要说什么都忘记了。抓起电话，激动了片刻，竟然问刘劲龙打电话给她有什么事情。

"我问你有什么事情呀，"刘劲龙说，"是你打传呼找我的呀。"

"啊，"陈小玫说，"对，是我找你，对对对，是我打你的传呼，我找你，对对对。"

"你这么急着找我有什么事？"刘劲龙问。

"我没有急着找你呀，"陈小玫说，"我急着找你干什么？"

"你不急着找我你打传呼干什么？"刘劲龙问。

刘劲龙这样一问，陈小玫就反应过来了。

"啊，是啊，"陈小玫说，"你说你明天要出差？"

"是，"刘劲龙说，"我明天要出差，怎么了？"

"你是去东北？"陈小玫又问。

"是啊，去东北。"刘劲龙说。

"东北可冷呀，你要多穿点衣服。"陈小玫总算说了一句正经话。

刘劲龙想了想，说知道了。

"你打传呼给我就是为了说这件事情？"刘劲龙问。

"啊，是啊是啊，"陈小玫说，"你出差是几个人去呀？"

"两个人。"刘劲龙说。

"跟你们厂长？"陈小玫又问。纯粹是没话找话问。

"不是，"刘劲龙说，"跟韩小姐一起去。"

"韩小姐？"陈小玫问。

"是啊，韩雪纯呀。"刘劲龙说。实话实说。

"韩雪纯？"陈小玫问。

"韩雪纯。怎么了？"刘劲龙说。

陈小玫不说话，旁边本来叽叽喳喳的几个姐妹也戛然而止，整个车间办公室里突然静了下来。

"韩雪纯是小姑娘？"陈小玫问。问的声音已经不像刚才那么激动，而是有点恐慌。

"算是吧，"刘劲龙说，"二十多一点。"

陈小玫那边已经彻底不说话，她立刻想起厂子里关于厂长出差专门带漂亮女工的种种传闻，竟然愣在那里发傻。

3

实践证明，丁怀谷派刘劲龙前往东北的决定是正确的。实践还证明，丁怀谷派韩雪纯跟刘劲龙一起去而不是派周静怡跟刘劲龙一起去的决定更正确。

在去东北之前，刘劲龙就跟他在生意场上仅有的两个朋友做了讨教，具体地说，就是向庄经理和李德厚讨教关于他此次东北之行应当注意的一些事项。

庄经理告诉他，东北一共有三个省，而这三个省的经济联动非常明显，其联动程度比我们南方的广东、广西和福建还要明显。时间紧，不要每一个省都跑，跑不过来。

"那么主要跑哪个省？"刘劲龙问。

"这要看做什么生意，"庄经理说，"如果是做药材生意，跑长春就够了。如果是做进口木材生意或出口日用品生意，重点关注黑龙江。现在你做的是电话机生意，我建议你把主要精力放在沈阳，只要在沈阳站住了，整个东北差不多也就站住了。"

刘劲龙听了，记在心里。

刘劲龙又讨教李德厚。李德厚说话没有庄经理这么爽快，或者说，没有庄经理这么明确，但是，他还是告诉刘劲龙，万事先抓头，不要鼻子眼睛一把抓，要找最有影响力的公司的最有影响力的人物。

106

"你知道的，"李德厚说，"就像你在深圳，抓住了深海电子大厦的庄经理，就等于抓住了整个深圳市场的七寸，到东北也一样。"

"到东北我找谁？"刘劲龙问。

李德厚不习惯刘劲龙这样直白地发问，但考虑到这个刘劲龙刚入道，没有那么多的规矩，再说也确实帮过自己，所以，尽管不是十分情愿，但还是告诉刘劲龙，去找沈阳的沈老大。

刘劲龙跟韩雪纯一起来到沈阳，找到沈大贸易公司的总经理沈万雄，也就是李德厚说的沈老大。

其实也不是李德厚这么叫，圈子里面人都这么叫，因为沈万雄是沈阳做电话机生意的老大，不仅在沈阳是老大，就是在整个东北，甚至包括内蒙古的部分地区，说起沈阳的沈老大，圈子里面的人没有不知道的。

刘劲龙跟韩雪纯来见沈老大的时候，拿着李德厚的推荐信。不仅有李德厚的推荐信，还有刘劲龙以李德厚的名义从深圳带来的一些精美礼物，全部是从深圳友谊城买的正宗精品。

虽然李德厚在沈老大眼里并没有多大面子，但是大老远地托人从深圳带来礼物，沈老大还是觉得自己很有面子的。

"这个李老头儿，"沈老大说，"还没死？"

"没死，"刘劲龙说，"活得还挺精神。"

韩雪纯没有说话，笑，觉得男人之间说话好笑，觉得东北男人说话更加好笑。

"说吧，"沈老大说，"找我什么事情？"

"没事，"刘劲龙说，"就是来看看您。"

"忽悠？"沈老大说，"没事你这么大老远跑到贼冷的东北干什么？没事你买这么些破玩意儿干什么？"

"这个……"刘劲龙磕巴了。

"这些东西不可能是李老头儿买的，"沈老大说，"说吧，找我什么事情？"

"好！爽快！"刘劲龙说。说着，就把此次东北之行的意思说了。最后的要点是，同样的东西，不管许剑锋出什么价，我们都比他低五个百分点。

沈老大不说话，抽烟。抽他自己的长白山牌香烟，抽刘劲龙为他点上的红双喜牌香烟。

韩雪纯看了着急，但刘劲龙不急，刘劲龙陪着沈老大抽烟。你一根，我一根，一根接着一根。

"要说许剑锋这小子也确实不仗义，"沈老大说，"不做就不做呗，也不能帮着对手打老东家呀。"

刘劲龙觉得有门，赶紧又为他点上一根红双喜。

"但是，"沈老大说，"朋友归朋友，生意归生意，做生意就是要讲一个信义。"

刘劲龙和韩雪纯使劲点头，表示坚决拥护沈老大的观点。

"这次不行，"沈老大接着说，"这次我跟许剑锋已经签订合同了，必须兑现。下次，下次只要你的货一样，我进你们的，价钱上也不要你们让。"

刘劲龙和韩雪纯互相看一眼，觉得这是最好的结果了。于是，马上表示理解，并邀请沈老大一起吃顿饭。

"当然要吃饭，"沈老大说，"这大老远来了咋能不吃饭呢。不过，你们要是不打我的脸，我请客。"

韩雪纯还想说什么，刘劲龙已经做主了。

刘劲龙说："行，就让大哥请。不过，一定要吃地道的东北菜，别整海鲜什么的糊弄我们，我们在深圳吃腻了。"

沈老大笑着说："好，你为我省钱还不好呀。"

东北冷，但是东北菜热。在寒冷的环境里就着热菜，自然要喝酒，而且是喝烈酒。

三杯烈酒下肚，刘劲龙忍不住问沈老大："许剑锋为什么要离开丁氏企业？"

刘劲龙这样问本身就很滑稽，许剑锋原来是丁氏企业的人，丁氏企业的为什么离开丁氏企业，丁氏企业的人自己不知道，却要问远在东北的人，不是很奇怪吗？

其实并不奇怪。台湾企业和大陆的企业不一样，私营企业和国营单位更不一样。大陆的企业，特别是大陆的国营单位，一旦发生企业领导层人事上的什么变故，自然成为整个企业相当长一段时间内的重要新闻，也成为人们议论的中心，但是，在台湾的企业不是这样，至少在丁氏企业这样的台湾企业不是这样。在丁氏企业，关于许剑锋为什么会突然离开的问题，大家虽然也很关心，也很好奇，但是，并没有人议论。一点信息都没有，怎么议论？再说，就凭丁怀谷和周静怡那个样，员工们也不敢议论。另外，在深圳，在外资厂打工的人最关心的只有一件事情，就是挣钱。事实上，对于他们中的绝大多数人来说，到深圳来的基本目的就是挣钱。至于对人事变动这样的事情，虽然保留着过去在内地养成的习惯，好奇，想关心，但好奇和关心的程度已经大打折扣。所以，刘劲龙虽然来丁氏企业几个月了，许剑锋这个名字也并不陌生，但关于他到底是为什么突然离开丁氏企业的，却一直不得而知。

刘劲龙对许剑锋为什么会离开丁氏企业的关心可能有两个原因，一是他刚刚从内地的国营单位出来，还保留着在那个环境下养成的习惯，喜欢打听；二是他现在正在一步步靠近过去许剑锋的位置，关心一下前任离开丁氏的原因也在情理之中。事实上，关于这个问题，在从深圳来沈阳的路上刘劲龙已经问过韩雪纯，韩雪纯说她也不知道，并且她也希望知道。刘劲龙当时注意观察了韩雪纯的眼神，判断韩雪纯并没有说谎。现在，正好跟沈老大喝上了，想着这个沈老大跟许剑锋那么熟，已经签上合同了，或许他应该知道许剑锋离开丁氏企业的原因，于是，借着酒劲问了。

沈老大不说话，看着刘劲龙，然后又看看韩雪纯。

"自己人，"刘劲龙说，"嘴紧，没事。"

韩雪纯则表现出并不关心的样子，但听刘劲龙这么介绍，还是笑笑，点点头，不知道是表示自己确实嘴紧，还是表示她真的就是

109

刘劲龙的"自己人"。

"她是你助理?"沈老大问。

刘劲龙愣了一下,不知道该怎样回答。不错,韩雪纯的名片上确实印着"助理",但并不表示韩雪纯就是他的助理。事实上,韩雪纯现在代理业务课长的职务,而刘劲龙是什么职务也没有,刘劲龙名片上的"课长"是临时印上去的,可能就专门为这次东北之行印的,甚至专门是给沈老大看的,回去之后,除非有正式的任命,否则刘劲龙是不好意思向其他人派发这种名片的。如此,现在真实的情况正好相反,韩雪纯不是刘劲龙的助理,而刘劲龙却是韩雪纯的助理。但是,在这种场合,他能跟沈老大这么说吗?

"对,我是他的助理。"韩雪纯说。

韩雪纯这样一说,刘劲龙正好就汤下面,点头默认,同时,对韩雪纯的大度多少有点感激。

沈老大笑,是那种发现了别人秘密后得意的笑,也可以理解为专门适用于男人之间的那种笑,只可意会不可言传的笑,坏笑。

刘劲龙知道沈老大这样笑的含意,但他不想解释,再说也解释不清楚,同时,他多少还有一点暗暗高兴,因为刘劲龙知道,当两个男人之间能这样笑的时候,就表明他们的关系已经进入了一个新阶段。

果然,沈老大在这样笑够了之后,说了。

"你们公司有一个叫周静怡的女人是吧?"沈老大问。

"是的。"刘劲龙说。

"长得什么样?"沈老大问。

"她是丁老板的外甥女。"刘劲龙回答。

"我知道,"沈老大说,"我是问人怎么样,长得怎么样。"

"不错。"刘劲龙说。

"怎么不错?"沈老大问。

刘劲龙停顿了一下,并且在做这样停顿的时候,还禁不住看了韩雪纯一眼。

韩雪纯在喝汤，是浓汤，具体地说是一种叫乱炖的汤，里面鸡鸭鱼肉什么都有，所以汤很浓。韩雪纯这时候喝得非常认真，认真到根本就没有理会刘劲龙对她的注视，同时表达出她对这个问题不是非常关心的样子。

"漂亮，穿着得体，气质好，身材也好，一看就很高贵，也很有钱，不是一般的女人，有主见，做事有原则，办事果断，不婆婆妈妈的。"

刘劲龙一口气说完，仿佛怕说慢了就说不出来了。

刘劲龙没有想到自己对周小姐还能有这么系统的印象和评价，以至于说完之后他自己都有点吃惊。

其实不仅刘劲龙自己没有想到，就是韩雪纯也没有想到。韩雪纯这个时候听刘劲龙这样说，嘴巴不由自主地停顿了一下。当然，停顿的时间非常短，然后立刻继续喝汤，至少看上去像是在喝汤。

"听着倒不错，"沈老大说，"这样的女人要是给你做老婆，你愿意吗？"

刘劲龙早听说东北人直率，但是没想到会这么直率，当着韩雪纯的面，刘劲龙无论如何也没有想到沈老大能问出这样的问题。

刘劲龙用眼睛的余光打量了一眼韩雪纯，发现韩雪纯比他老练，居然一点反应都没有，一副刀枪不入的样子，继续喝汤，认真喝汤，仿佛她这么远跑到东北来就是专门为了喝这炖汤的。

韩雪纯站起来，去洗手间。

两个男人看着韩雪纯扭动的屁股目送着她离开房间，然后，刘劲龙把自己的脑袋朝沈老大的耳朵凑近一点，摇着头说："不愿意。"

"为什么？"沈老大问。

"压抑，别扭，累。"

刘劲龙很想像刚才说周静怡的好话一样，能说出一大溜来，可惜，他只能说出这三条。三条也就够了，足够了。

沈老大没有继续问，而是端起酒杯，喝酒。

"这就对了，"沈老大说，"你不愿意，许剑锋就愿意吗？许剑

111

锋说了，他要是娶了周静怡，就感觉自己不是老公，倒像是拉帮套的。拉帮套的你懂吗？"

刘劲龙摇摇头，表示不懂，又赶紧点点头，表示明白了。事实上，刘劲龙确实不懂"拉帮套"是什么意思，但是，关于许剑锋为什么会离开丁氏企业，他已经明白了，而且是完全彻底地明白了。这，应该算是刘劲龙到东北来的一个意外的收获吧。

4

赵一维的预感没有错，他很快就遇上了麻烦。而且这个麻烦果然是赖老板给他带来的。

赵一维是在刘劲龙从东北回来的当天晚上遇到麻烦的。

当天，刘劲龙从东北回来后，并没有马上向丁怀谷汇报，因为他觉得自己跟丁先生之间至少还隔着一个周静怡，他这样直接向丁怀谷汇报，有越级的嫌疑。刘劲龙这些天除了看经济管理方面的书之外，也碰巧买到了一本《领导管理艺术》，本来是觉得好玩，买了一本，没想到看了还真有收获，比如什么叫越权，什么叫擅权，等等，以前还真没有闹明白，现在通过看书，懂了。不仅懂得什么叫越权和擅权，而且还懂得越权和擅权都是当领导的大忌。刘劲龙现在虽然还算不上什么领导，但肯定跟在冶炼厂的时候不一样了，那时候，总体上说算是个工人，现在再怎么说也应该算是管理人员，而管理人员就是"干部"，"干部"跟"领导"就相差不大了，他们相当于亲戚，而且是近亲，所以，这时候刘劲龙就把自己当成了领导，或者说就按领导的标准来要求自己，就没有直接向丁怀谷汇报。

刘劲龙想到了向周静怡汇报，想了，但是没有立刻这么做，主要是他对周静怡没有什么好印象，特别是这次在东北听了沈老大的分析之后，这种不好的印象更加清晰，所以，一想到要去见周静怡，大脑马上就产生厌倦，不爽，想着还是再等等吧。

刘劲龙为自己寻找不去向周小姐汇报的理由，很快就找到了，想着既然是自己跟韩雪纯一起去东北的，并且韩雪纯还是上司，他相当于韩雪纯的助理，那么即使要去见周静怡，也不应该是他去，而应该是韩雪纯去，至少是韩雪纯和他一起去。但他和韩雪纯是下午才回深圳的，刘劲龙回到深圳后，直接来到了公司，而韩雪纯是深圳人，所以，韩雪纯回到深圳后，先回家，回家洗澡换衣服，等洗完澡换上干净的衣服就晚上了，自然要等明天再来上班，如此，刘劲龙就有充分的理由今天不单独去见周静怡了。

刘劲龙先休息一下，休息的方式是看看报纸。离开深圳这几天，别的没有想，深圳的报纸倒是想了。

今天的报纸上有关于新股上市的消息，并且说这次新股上市不搞摊派了，而是公开发行。刘劲龙一想，也对，当初股票上市的时候，大家对它们都没有认识，没有人买，所以要搞摊派，现在股票成了印钞机，大家抢着买，还用得着摊派吗？不但不要摊派，估计还会打破头地抢购。

刘劲龙继续往下看，看到报纸上说今年的股票发行采取抽签认购的方法。抽签刘劲龙懂，相当于抓阄，以前他在冶炼厂当炉前班班长，每次遇上单位分鸡，每人一只鸡，但是鸡有大有小，怎么分？总不能把活鸡杀了剁了吧？所以，只好抓阄，抓阄公平，谁大谁小，听天由命。刘劲龙没想到来深圳之后，遇上国家发行新股，居然也用他们在冶炼厂职工分鸡的时候用过的办法。看来，公平是人们心中永恒的追求，并且没有地域限制。

刘劲龙正在想着，周静怡已经派人来叫他。既然周静怡派人来叫了，那么刘劲龙就只好去。

周静怡待刘劲龙蛮客气，问他什么时候回来的，累不累，一路是不是辛苦了等等。问着，还用一次性杯子为刘劲龙接了矿泉水。

但是，刘劲龙仍然不是很舒服，刘劲龙觉得周静怡的客气都有点假，像是刻意做出来的，像是有什么目的。总之，不自然，不贴心。刘劲龙想，一个公司的，用得着这么客气吗？搞得像长辈。

果然，客气之后，周静怡转入正题，问刘劲龙，既然回来了，为什么不立刻向她报告。

　　"我是想来汇报的，"刘劲龙说，"但是想了想，觉得还是等韩雪纯来一起汇报比较好。"

　　周静怡怔了一下，脸上掠过一丝尴尬。她心里承认，刘劲龙讲得对，但是嘴上肯定不能这么说，就是错了，作为老板，她也只能错到底。

　　"一样，"周静怡说，"你先跟我讲讲，等韩雪纯明天来了，我们再在一起研究一下。"

　　刘劲龙把情况简单地汇报了。自然，关于沈老大说的许剑锋为什么会离开丁氏企业这一段，并不在汇报之列。

　　刘劲龙说完，周静怡的脸色不是很好看，说："这么说，你们这次去东北并没有达到预期的目的了？"

　　刘劲龙愣了一下，没有说话。周静怡的话太出乎他的意料了，他本来以为自己这次去东北相当成功，不仅认识了沈老大，而且还跟沈老大成了朋友，并且沈老大还承诺下一单就给他们，如此巨大的成绩，怎么叫没有达到预期的目的呢？本来在既定的目标当中，就没有想着这次去就能从许剑锋已经拿到的订单中分一杯羹。

　　刘劲龙立刻就理解许剑锋为什么会离开丁氏，并且在离开丁氏之后反过来就帮着龙威来打击丁氏企业了。

　　"我们预期的目的是什么？"刘劲龙问。

　　"争取拿到订单，"周静怡说，"就是拿不到订单，起码也要把水搅浑，让许剑锋他们付出更高的代价。你倒好，订单没有拿到，而且价格也没有抬起来，还是让许剑锋按原来的价格做成了生意。如果这样，你们去东北干什么？"

　　刘劲龙没有说话，无话可说。周静怡说的并没有错，这是一个看问题角度的问题。同样一件事情，看问题的角度不一样，或者说个人的主观出发点不一样，可以得出两种截然相反的结论。所以，刘劲龙没办法反驳周静怡的观点，如果反驳，肯定要吵起来。与其这样，不如等韩雪纯明天来了再说吧。于是，刘劲龙就忍着，忍到明天韩雪纯来了再说。

当天晚上，赵一维那边出了麻烦。

赖老板在赵一维那里没有问出所以然之后，不死心，又跑去问期货公司的总经理。总经理平常在赵一维他们面前是老板，但是见到赖老板这样的投资人，立刻就扮演成公仆了。

赖老板把自己心中的疑虑对总经理说了，大致的意思是，赵一维经理在给他当经纪人的时候，总是赔钱，现在给他自己做了，总是赚钱，怎么回事？

事实上，赖老板反映的问题总经理也已经注意到了，只不过赵一维做的量实在太小，对他的整个操作并没有产生大的影响，所以，暂时并没有理会他罢了，现在既然客户有反映了，那么总经理就不能不管，如果不管，让赵一维坐轿子赚点小钱还是小事，弄得赖老板把同样的话传出去是大事。

"谢谢您给我们反映这个情况，"总经理说，"我一定认真追查，绝不姑息。另外，这件事情您千万不要再对其他人说。"

为了保证赖老板不对其他人说，总经理当天晚上还给了赖老板一点甜头，告诉他买什么产品，买多少，等等。赖老板自然照办，当天果然就赚了钱。于是，赖老板就真的不把刚才反映的情况对其他人说了，至少暂时不对其他任何人说了。

总经理知道，他不能天天给赖老板甜头，所以，最关键的问题还是要炒掉赵一维，或者说，让他自己走，少在这里浑水摸鱼，惹是生非，扰乱整个期货公司的大好局面。

总经理采取的第一步措施是免去赵一维投资经理的职务，并且是大张旗鼓地免。

总经理免去赵一维投资经理的职务是有理由的，因为投资经理与普通投资顾问的唯一区别就是手中掌握的资金量大小，如果手中掌握客户的资金量大，自然就是投资经理，而如果掌握的资金量少，甚至像赵一维这样手里基本上已经没有客户的资金，那么当然就不能当投资经理，而只能做普通的投资顾问。也正因为如此，整个期货公司也从来就没有"免职"一说，没有资金了，自然就不是经理了，还用得着"免"吗？可见，总经理的本意就是让赵一维出丑，或者说，就是挤他走。

总经理虽然已经把赵一维的职务免了，或者说是让赵一维出丑了，但是他的基本目的并没有达到。换句话说，赵一维并没有被挤走。赵一维现在在期货公司的唯一目的是赚钱，为自己赚钱，也为刘劲龙和王文轩赚钱，或者说是为他们这三个人的小团体赚钱，至于是不是投资经理，对他已经不重要了，甚至可以说是根本就不重要了。所以，当总经理公开免去他的投资经理职务的时候，虽然当时多少有点难堪，但并没有影响他的心态。

昨天刘劲龙在东北还没有回来，赵一维把情况对王文轩说了。王文轩的观点和他一样，说管他呢，只要赚钱就行，什么狗屁经理不经理，并且问赵一维："现在一共有多少钱了？"

"差不多有十万吧。"赵一维说。

王文轩强烈地克制自己，终于没有克制住，还是把脸笑成了盛开的荷花。

今天开盘，赵一维继续按照老办法操作，并且预计又有一次成功的操作，但是，他失败了。失败的原因非常简单，他明明是下的卖单，结果出来的时候却是买单，正好相反了，能不赔吗？

赵一维去找总经理，自然是没有结果，不但没有结果，而且总经理旁边的两个保镖胳膊上的肌肉已经鼓了起来。赵一维感觉这个生意做不成了，如果再做下去，只能天天赔，把原来赚的钱再赔回去。

赵一维给刘劲龙打传呼机。

"你等着，"刘劲龙说，"我们马上就过来。"

刘劲龙一面让赵一维马上把钱全部取出来，一面立刻跟王文轩一起以最快的速度赶到期货公司。

王文轩这一天正好从搬运工正式转为保安，新发的保安服穿在身上，看上去跟警察差不多。不知道是刘劲龙他们及时赶到的原因，还是王文轩这身新保安服看上去像警察的原因，或者总经理本来就没有打算因小失大，总之，资金取出来还比较顺利。但是，已经没有十万了，只有八万多块钱，因为赵一维最后那一单赔了一些。

"强盗！"赵一维小声骂道。

"这就不错了。"刘劲龙安慰赵一维。

王文轩不说话，一脸铁青，满脸暗藏杀机的样子，把用报纸包好的八万多块钱夹在自己的保安服里面。平常老实的人，偶然凶一下，看上去更有杀气。

三个人打出租车，快速离开是非之地，绕了一圈，回到自己的出租屋。

那一夜他们三个没有睡觉。紧张、气愤、喜悦、激动。刘劲龙和王文轩长这么大还没有见过这么多钱，赵一维虽然见过，但只是在账面上见过，见到的只是阿拉伯数字，而不是真实的人民币，现在面对这一大堆真实的钱，激动的程度也不亚于刘劲龙和王文轩。

最后，他们讨论一个最现实的问题：下一步该干什么？

"开饭店，"王文轩说，"这下我们终于可以开饭店了。"

赵一维显然对开饭店这样的生意没有兴趣了，想着还要继续做，换一家期货公司继续做。

刘劲龙不同意。刘劲龙觉得做这种纯粹骗人的生意肯定不是长久之计，就是不考虑道德底线问题，换一家做，每一家的做法不一样，做赔了也说不定，就是做赚了，钱能不能拿出来也难说。

王文轩立刻就支持刘劲龙的观点，说做这种生意风险太大，赚得快，赔得更快，昨天还说差不多十万呢，今天就剩下八万多，要不是跑得快，明天剩多少还两说。

"再说，"王文轩说，"你一个大学生，一辈子靠骗人生活也不是个办法。早晚栽跟头不说，自己心里也不好受吧？不如大家一起开饭店。"

赵一维的心被王文轩戳了一下，特别是王文轩"靠骗人生活"这句话，让他感到特别刺耳，但既然大家是好兄弟，也就不能太计较。道不同不相为谋罢了。

"反正我不想开饭店，"赵一维说，"要开你们开。"

王文轩看着刘劲龙，希望刘劲龙能站在他一边，跟他一起开饭店。

王文轩似乎有开饭店的情结，上次还没有开张，就被湘妹子的老板娘骗走了一万块，现在至少应该通过开饭店把这个钱赚回来心里才平衡。

"先不要急，"刘劲龙说，"明天我跟文轩继续上班，赵一维你看看报纸，好好想一想，多琢磨琢磨。对了，今天我在报纸上看到一个消息，说要用抽签的办法发行新股，我不是很懂，赵一维你多了解了解，看看这里面是不是有机会。"

赵一维说好，他也看到了，有这么回事，是要好好研究一下。

5

白天周静怡找刘劲龙谈话之后，晚上就向丁怀谷做了汇报。丁怀谷认为周静怡做事情不牢靠，刘劲龙说得对，是应该等明天韩雪纯来上班之后，他们一起汇报才是。丁怀谷同时提醒周静怡，不要轻易否定部下的工作成绩。多肯定，少否定，还说这是保护部下工作积极性的最有效手段等等。周静怡没有反驳，但是心里不服，仍然觉得刘劲龙和韩雪纯这次去东北并没有取得什么成绩。

第二天上班，丁怀谷亲自听取韩雪纯和刘劲龙的汇报，周静怡也在场。

既然周静怡也在场，既然昨天刘劲龙已经跟周静怡汇报过了，所以今天刘劲龙就不说话，听韩雪纯一个人说。

"还是您说吧，"韩雪纯说，"这次去东北其实是以您为主的，再说工作也主要是您做的。"

刘劲龙不说话，摇摇头，脸上也没有表情，不知道是昨天晚上没有睡好的原因，还是提起这件事情他就不乐意的原因。

两个人僵持着，丁怀谷做主，说还是韩小姐先说吧，韩小姐说完之后，刘先生再做补充。于是，韩雪纯就汇报。

韩雪纯汇报的语气和内容与昨天晚上周静怡对丁怀谷单独说的情况截然不同，甚至完全相反。韩雪纯是以兴奋的口气汇报的。按照韩雪纯的说法，他们这次去东北取得了重大的成功，主要表现在三个方面。第一，摸清楚了整个东北市场的核心和关键；第二，跟关键人物进行了实际接触，并且双方留下了良好的印象，交了朋友；第三，对方已经承诺，下次货就要我们的，并且就按市场价格。

由于工作主要是刘劲龙做的，韩雪纯汇报的过程其实就是表扬刘劲龙的过程，而并不是表扬她自己，所以在说的时候没有心理负担，不需要谦虚，因此说起来就很流畅，很生动，并且多少有点夸张。

在韩雪纯汇报的过程中，刘劲龙始终没有表情，没有微笑，也没有谦虚，甚至也没有表示感激，仿佛在生气，或者是在想别的事情，而且是比眼前这件事情更重要的事情。

这一切，丁怀谷看在眼睛里，他马上就开始补救，补救的方式是以平常少有的夸张的笑脸听韩雪纯说话，并不断地点头，尽量表现出对他们的工作非常满意的样子。

"那个沈老板你们以前认识吗？"周静怡问，问的声音与整个场景的气氛不是很协调。

"不认识，"韩雪纯说，"但是刘劲龙找到了一个朋友专门写了信。"

"我知道，"周静怡说，"李德厚。他能有多大面子呀？通过李德厚介绍的一个朋友，是不是东北的关键人物都很难说，又是第一次见面，他的承诺能有用吗？刘劲龙刚刚来，还在试用期，他不懂，难道你也不知道吗？生意场上所谓的'下次再说'，完全是一句推托的话，这还值得你们高兴成这个样子吗？还能当作成绩来炫耀吗？"

"你……"韩雪纯说不出话，看看刘劲龙，又看看丁怀谷，眼泪哗的一下就涌出来了。

刘劲龙依然没有表情，甚至没有表示吃惊，因为眼前的这一切完全在他意料之中，昨天他已经领教过了，并且由昨天的领教想象出许剑锋无数次的领教，所以，他现在一点也不吃惊，只是更加理解甚至是同情许剑锋当初为什么会义无反顾地离开丁氏企业并且离开之后立刻反戈一击了。

至于丁怀谷，丁怀谷脸上的表情已经在极短的时间内经历了春夏秋冬四个季节的交替变化。刚开始，丁怀谷听着韩雪纯的汇报，脸上的表情像春天，在韩雪纯说到高潮时，他的表情也夸张地从春天变到夏天，更加热烈，等到周静怡突然发问，问韩雪纯和刘劲龙他们以前是不是认识沈老板的时候，丁怀谷的表情有点僵硬，似乎进入了秋季，随后，当周静怡的话越说越重，甚至对刘劲龙和韩雪纯吹毛求疵开始责难了，丁怀谷脸上的表情也越来越凝重，最后，当韩雪纯的眼泪被周静怡说下来的时候，丁怀谷终于震惊了，脸色也像突然遭霜打了一样，唰的一下到了冬季。

"静怡你讲得不对，"丁老先生说，"那个李德厚我知道，他确实跟东北有一定的关系，刘劲龙他们这次去东北成绩是主要的。东北人实在，说话算话，如果不算话，我们给的价钱更低，沈老大为什么仍然坚持要跟许剑锋做？这说明沈老大是讲信誉的嘛。他说下一单跟我们做，我相信他就会跟我们做。至于刘先生，三个月的试用期也到了，我看可以正式做业务课长，韩小姐作为总经理助理，代表总经理支持刘劲龙工作，大家要齐心协力，把下一步工作做好。"

丁怀谷这样一说，韩雪纯立刻就没事了，破涕为笑，迅速把脸上清理干净，基本上已经看不出刚才哭过的样子。

刘劲龙没有说话，但也长长地出了一口气，像是千年一叹。但是，对韩雪纯这么快就没事了一样，刘劲龙有点诧异，他没想到韩雪纯这么天真，并且完全把天真写在了脸上，与她在东北时候的表现反差太大。有那么一刻，刘劲龙甚至怀疑韩雪纯是演戏，而且演得太逼真了。

不过，刘劲龙只是这么想了想，一闪而过，并未深究。

散会之后，丁怀谷把刘劲龙单独留下，交代他作为一名课长应该注意的一些事情，并且替周静怡开脱，说周静怡这样也是为他好，才来三个月就提拔当课长，怕你翘尾巴，所以故意敲打敲打。刘劲龙明知道丁怀谷是在替他外甥女脸上抛光，相当于一个唱红脸一个唱白脸，但能够一下子当上课长，并且被老板单独找着谈话接受鼓励，还是使刘劲龙有点激动，就跟上初三的时候终于被吸收为共青团员一样激动。

"我知道周小姐是为我好，"刘劲龙说，"您放心，我是不会辜负您老希望的。"

刘劲龙一激动，就把当初跟班主任说的话照样搬过来了。但是，效果良好，丁怀谷听刘劲龙这样的表态之后，连声说"这就好，这就好"。

晚上下班，刘劲龙请韩雪纯吃饭，算是对刚才韩雪纯夸张汇报的迟到的感谢，也算是为她刚才的眼泪压惊。

"是要请客，"韩雪纯嘴巴鼻子一起翘起来说，"当官了，还不请客？"

刘劲龙发现韩雪纯跟周静怡不一样，周静怡笑的时候很高贵，也很高雅，但是不真诚，仿佛笑也是一种施舍，或者是一种公关手段，至于一生起气来，周静怡就几乎是原形毕露，整个脸立刻变冷，像夜晚太平间里的幽蓝灯光，冷得怕人，而韩雪纯不是，韩雪纯不管是高兴的时候还是生气的时候，都一样好看，甚至，在生气的时候更加好看，小嘴和鼻子一起往上翘，像钓鱼钩子，故意勾人。

本来韩雪纯以为刘劲龙还请其他人的，但是没有，刘劲龙只请韩雪纯一个人。

韩雪纯矜持了一下，还是愉快地去了，想着两个人都单独去东北出差了，还在乎单独吃饭吗？

两人吃着，刘劲龙就把昨天周静怡单独找他汇报的事情详细地说了。

"好呀，"韩雪纯说，"那你为什么不早告诉我？！"

"没机会，"刘劲龙说，"再说现在告诉你不是更好吗？如果我早告诉你了，可能你就没有办法正常地汇报了。"

二人自然又谈到周静怡。

刘劲龙对韩雪纯说了自己的心里话，说他现在最理解许剑锋了。

韩雪纯歪了一下头，问："你是不是也想离开丁氏？"

"离开是早晚的事，"刘劲龙说，"但不是现在。"

韩雪纯又歪了一下脑袋，看着刘劲龙，把脑袋摆成一个问号的样子，像是在发问：为什么？

"我跟许剑锋不一样，"刘劲龙说，"如果我要是离开丁氏，就绝不会去龙威这样的企业。天下乌鸦一般黑，从这个老板跳槽到那个老板，刚开始可能感觉不错，时间长了一回事。"

"你想自己当老板？"韩雪纯问。

"当然，"刘劲龙说，"但现在还不是时候。"

"为什么呀？"韩雪纯问。

"没钱呀，"刘劲龙说，"再说也没有好的产品和市场。等等吧，等到适合的机会。"

"面包会有的，"韩雪纯说，"机会也会有的。来，祝你成功！"

刘劲龙跟韩雪纯碰杯，并且借着酒劲，把自己到深圳来本来就是打算当老板的，但是没有当成，一来就被老乡骗了一把的事情说了。

说完，又有点后悔，怕韩雪纯笑话他。好在韩雪纯并没有笑话他，不但没有笑话他，反而表扬他。

"你真了不起，"韩雪纯说，"一来深圳就出了这么大的事情，还能装得跟没事一样。"

"不是装，"刘劲龙说，"是没有办法。单位是肯定不能再回去

122

了，自己跑出来的，并且是趾高气扬昂首挺胸地跑出来的，现在再跑回去，就是厂里开恩，能接受我，我也没有这个脸呀。只好撑着，硬撑着。如果不是硬撑着，昨天周小姐那样跟我说话，照我以前的脾气，肯定是一走了之。"

韩雪纯还想说什么，见刘劲龙的传呼机响了，就要他先回机，并说这是"机德"问题。

传呼是王文轩打的。

"你怎么没回来吃饭?"王文轩问。

刘劲龙想起来了，自从他们租了房子之后，王文轩就当起了义务炊事员，并且正儿八经地买了书，照着菜谱认真实践，大有一定要开一个大饭店的架势。

"我不回来了，"刘劲龙说，"你们自己吃吧，我在外面吃饭。"

"跟客户?"王文轩问。

"不，"刘劲龙说，"朋友。"

"是不是韩雪纯?"王文轩又问。

"是啊，"刘劲龙说，"你怎么知道的?"

王文轩没有说话，刘劲龙在电话里面听到了一口叹气的声音。

"怎么了?"刘劲龙问。

王文轩停了一下，说："等你回来再说吧。"

第六章　机会均等

　　新股认购，刘劲龙和赵一维同时看到了其中的机会。王文轩了解他们保安队长私下买身份证的做法。三个人再次联手，利用传呼机和特快专递，在河南与深圳之间捣腾身份证，又利用李德厚工厂闲置的八十余名工人排队和插队，认购抽签表，大赚一笔。

1

　　刘劲龙的一番真心表白或许已经打动了周静怡，但并没有打动丁怀谷。相反，此时的丁怀谷在心里直摇头，想：冶炼厂是你的"娘家"，但不是我的"娘家"；湘沅是你的故乡，可不是我的故乡。你带着个人情感回去收购一个烂摊子可以理解，但凭什么要搭上我呢？再说，丁怀谷又想，对你刘劲龙来说，不管收购行为的最后结果如何，起码你可以了却一份情感，甚至可以光宗耀祖，可我图什么呢？我为什么要陪你一起承担这份巨大风险呢？

　　心里虽然可以这么想，但嘴上却肯定不能这么说。多年的商场经历使丁怀谷养成了一个习惯：说话不能由着自己的性子，更不能由着自己的心情，不能图自己嘴巴一时快活想说什么就说什么。说话一定要想到后果。后果不利的话，即使再想说，也要忍住不说。所以，丁怀谷现在就忍住不说。起码，他要忍到自己情绪稳定了，

124

不生气了，再找一个委婉的方式把自己的观点表达出来。

果然，这样忍耐了一段时间之后，丁怀谷就有些怀疑起自己来了。他怀疑自己太固执了。丁怀谷想，说不定不像我想象的那个样子呢？说不定刘劲龙不完全是感情用事呢？毕竟，刘劲龙是他看着一步一个脚印成长起来的；毕竟，丁怀谷了解刘劲龙的冲劲和智慧；毕竟，他知道刘劲龙白手起家并且经得起风雨的创业经历。

2

王文轩和赵一维两个人在家的时候，基本上不说话。赵一维在研究关于新股发行的相关政策和办法，王文轩在研究菜谱，不仅研究菜谱，还研究起《饭店管理手册》，可惜没有研究下去，因为书上介绍的这个"饭店"是广州白天鹅大酒店这样主要供人住宿的"饭店"，而不是他想开的那种供人吃饭的小饭店。

"他妈的，"王文轩说，"白买了。"

赵一维看看王文轩，再看看书，说也不能算白买了，道理是一样的，看看没有坏处。于是，王文轩又捡起来，重新看，两个人又不说话了。

刘劲龙一回来，话就多了。首先是赵一维告诉刘劲龙，他认真研究了报纸上的公告和相关评论，觉得认购新股的事情可以做，但他们只有三张身份证，就是全买了，也不一定正好能抽中。

"要是有一百张身份证就好了，"赵一维说，"按照概率，只要能有一百张身份证，最后总能抽中几张的。"

"要不然找朋友借几张？"刘劲龙问。

"那能借多少，"赵一维说，"总不能借一百张吧？"

"也不一定，"刘劲龙说，"只要我回湘沅冶炼厂，借一百张也是有可能的。"

"也不行，"赵一维说，"借别人的身份证，没有中签算白借了，还白搭一个人情，万一中签了，将来买股票的时候还是麻烦，别人要是不给你了怎么办？或者给，但是漫天要价，趁机要挟，更麻烦。"

"可以买，"王文轩说，"我们公司已经有人在买了。"

"买？"刘劲龙和赵一维一起问。

"买，"王文轩说，"我们队长就在买了。听说他还是帮别人买的呢。"

刘劲龙不说话，看着赵一维。

"行，"赵一维说，"既然可以代别人买抽签表，那么就等于可以拿别人的身份证来抽签。谁能判别我们是'代'家里亲戚买的还是买了别人身份证为自己买的呢？"

"这么说行？"刘劲龙再次问。

"我看行，"赵一维说，"不过最好不要在深圳买，跑得越远越好。"

"为什么？"王文轩问。

"便宜呗。"刘劲龙说。

"还不光是便宜，"赵一维说，"边远地方不会有麻烦。假如在深圳买，前脚卖给你，后脚他又去办了一个，也拿了去抽签怎么办？一个身份证号码只能用一次。而如果是在边远的地方买，比如到甘肃农村去买，肯定不会有这样的麻烦。"

"有道理。"刘劲龙说。

说着，三个人就讨论具体的办法。

赵一维说，我可以回新疆，新疆够远的了吧。

刘劲龙说也用不着跑那么远，跑那么远，时间来不及，再说路费也不合算。

王文轩建议回老家湘沅买，不远，而且还能住在家里，省钱。

刘劲龙又说不行，这种事情最好不要让家里人知道。

最后，他们一致同意去河南买。远，但是火车一车到，方便。

"要去我们三个一起去，"赵一维说，"带着这么多现金，人少了不安全。"

"不行，"刘劲龙说，"三个人一起去花费太大，再说我现在肯定走不了。"

"为什么?"王文轩问。

刘劲龙就把他已经结束试用期，并且今天刚刚被提拔为课长的事情说了一下。

"科长?"王文轩问。

"课长。"刘劲龙说。

"那是不能去，"王文轩说，"还是我跟赵一维一起去吧。"

赵一维不说话，好像是不同意，刘劲龙和王文轩等了很长时间，他才说："最好还是三个人一起去，不光是安全，遇到问题也好拿个主意。"

王文轩听了不舒服，赵一维的意思明显是说他没有主意嘛。

王文轩说："买一百张身份证，差价能有多少? 还要三个人一起去，花费往里面一摊，还不如在深圳买高价的了。"

"干吗要买一百张?"赵一维说，"要我看，能买多少就买多少，买回来之后再卖掉也行呀。"

赵一维说完，自己先是一愣，刘劲龙和王文轩也跟着一愣。

对呀! 可以直接做身份证的生意呀!

三个人自然又发现了一个新大陆，更加兴奋了。

"我自私一点，"刘劲龙说，"还是你们两个去，我在深圳这边守着，及时通报这边的行情，万一碰到做这一行的人多了，到时候身份证满天飞，根本就卖不掉，而你们在那边又不知道情况，还是盲目地买进怎么办?"

赵一维想了想，是这个道理，终于同意，说："也行，你刚当上课长，丢了也怪可惜的，留着你继续当课长，将来万一我们混不下去了，房租和吃饭还有个保障。"

赵一维的话听起来像开玩笑，三个人自然一笑，但事实上他真是这么想的。

"既然这样，"刘劲龙说，"你们去的时候不一定把现金全部带在身上，最多只带一半，反正我有传呼机，随时保持联系，需要钱的时候，我立即电汇过去。"

赵一维和王文轩同时点头，表示同意。

讨论完，三个人都非常兴奋，就像当年罗斯福、丘吉尔和斯大林三个人刚刚制订完向轴心国发动全面反击的计划。突然，刘劲龙问王文轩："你刚才电话里面说什么？"

王文轩紧张了一下，看看赵一维，不知道该不该说。

"什么大不了的事情，"赵一维说，"还不能当我的面说？我可说清楚，我们三个人之间可不能玩心眼。"

"不是……"王文轩磕巴上了。

"没关系的，"刘劲龙说，"能跟我说的，就能跟赵一维说。"

赵一维脸上舒坦了一些。

"你老婆找到我了。"王文轩说。

"小玫？她怎么找到你了？找你干什么？"刘劲龙问，问得比较急。

王文轩再次看看赵一维。

"说！"刘劲龙的口气像审问犯人。

"问韩雪纯的事情。"王文轩说。

"问韩雪纯的事情？她跟韩雪纯有什么关系？她怎么认识韩雪纯的？"刘劲龙问得更急。

"哈哈哈哈……"赵一维大笑起来，笑得幸灾乐祸。

"我早知道！"赵一维笑着说。

"你早知道？"刘劲龙不解。

"文轩刚才一说你老婆找你，我就知道是这个事情了。"赵一维说。

"你知道哪个事情了？"刘劲龙还是不解。

"你跟韩雪纯的事情呀。"赵一维说。

"我跟韩雪纯的事情？"刘劲龙更加糊涂了，"我跟韩雪纯什么

128

事情呀?"

"装?"

"不是装。"

"装!"

"不是装!"

"不是装你紧张什么?"赵一维问。

"我没有紧张呀。"刘劲龙说。

"你就是紧张了!"

"我就是没有紧张。"

"好了!"王文轩吼起来,"别拿人开心了!"

王文轩这样一吼,赵一维就真的不笑了。不但赵一维不笑了,连刘劲龙也不笑了。两个人一起看着王文轩。直到这个时候,他们才知道王文轩还没有把话说完。并且他们充分地意识到,这不是一个玩笑。

"你老婆马上就要来。"王文轩说。

"来?"刘劲龙很意外。

王文轩点点头。

"你是不是告诉陈小玫你跟韩雪纯一起去东北了?"王文轩问。

"哎呀!"刘劲龙追悔莫及。

3

那天陈小玫在电话里面听刘劲龙说要和一个叫韩雪纯的女孩一起出差,当时就哑了。真是越怕什么越来什么。当初刘劲龙去深圳的时候,陈小玫根本就是不赞同的,但是拿刘劲龙没办法,只好认了。后来,陈小玫慢慢发现丈夫去深圳不见得是一件坏事情,随着电视上关于深圳的宣传越来越多,随着昔日辉煌无比的冶炼厂一日不如一日,陈小玫逐步发现丈夫去深圳不但不是什么丑事情,相反,

129

还是一件很光荣的事情。陈小玫从姐妹们的态度中，渐渐地发现大家其实还是挺羡慕她的，羡慕她丈夫去了深圳，仿佛去了深圳就等于是去了美国，就肯定会有出息一样，特别是陈小玫从车间主任吴昌业对她的态度变化上，可以明显地感受到冶炼厂的人对刘劲龙去深圳还是非常高看的，于是，陈小玫放心了。但是，放心没有多长时间，又开始担心，担心男人在外面有钱就变坏了。妹妹陈小清告诉陈小玫，听说深圳那边男女都很开放，什么男女同事住在一套房子里，男女同事单独一起出差，简直就是家常便饭。

"我们家刘劲龙不会的，"陈小玫说，"你姐夫不是那种人。"

陈小玫与其说是为自己的丈夫开脱，倒不如说是为自己打气，仿佛她说刘劲龙不会了，刘劲龙就真的不会了。在湘沅，有一个说法，说人的嘴巴最毒，说什么就真会来什么，所以，陈小玫就尽量往好的说。可惜，好话还没有说两天，现在刘劲龙就真的跟一个女孩单独出差去东北了。她能不哑吗？

车间里面的人对陈小玫的"遭遇"普遍抱有同情的态度，顷刻之间，全车间的人都达成了一种默契，当着陈小玫的面，大家都不再说深圳，也不再说男人有钱就变坏的事情了。这一天陈小玫比平常稍微晚了一点去车间，刚一进去的时候，就发现大家堆在一起悄悄地议论着什么，议论得很热烈，见陈小玫一来，赶紧解散，两个实在来不及及时消失的姐妹，马上就说一些不着边际的话。陈小玫不傻，她猜到刚才她们肯定是在议论她的"遭遇"和"不幸"。陈小玫因此就认定自己的丈夫在外面绝对是有什么事情了，并且这些事情大家都知道了，就瞒她一个人，好像英国王储有一个众所周知的情人，整个英伦三岛的人都知道了，就王妃一个人不知道一样，于是，陈小玫的痛苦立刻又增加不少。

别人可能瞒着她，但陈小清不会，陈小清是她的亲妹妹。

陈小清安慰姐姐，说不一定的，现在时代不同了，男女一起出差也很正常，并且拿出电解车间范秀玲作为例子，说范秀玲去年获得湘沅市三八红旗手称号后，不是跟厂工会主席一起去上海学习了半个月吗？不说还好，这样一说，陈小玫更加不安，因为去年关于范秀玲跟工会主席一起去上海的事情，回来足足让全厂职工议论了半年，各种猜测都有了，甚至有传说范秀玲回来之后就去打胎的。

陈小清知道自己说错话了，亡羊补牢，给姐姐出主意，说可以找王文轩打听一下。陈小玫病急乱投医，赶紧找王文轩的母亲讨到电话号码，跟王文轩联系上了。

王文轩是有一个电话，但这个电话不是他的，而是电子大厦保安室的，按照电子大厦的管理规定，员工工作的时候是不准打电话或接电话的，但特殊情况除外。王文轩没有什么特殊情况，所以从来就没有人给他打电话，包括刘劲龙和赵一维也从来都没有给王文轩打过电话。王文轩把电子大厦保安室的电话号码留给母亲，主要是让父母放心，再说家里万一有什么事情，也好通知他。王文轩在把这个电话号码留给母亲的时候，反复强调，不到万不得已，不要轻易打这个电话，因为深圳这边管理非常严，上班时间一般是不允许接电话的，于是，王文轩的父母就从来没有给王文轩打过电话，所以，当陈小玫向王文轩的母亲秦老师要这个电话的时候，秦老师还非常犹豫，但挨不过面子，又想到儿子王文轩在深圳还要靠刘劲龙照顾，所以最后还是把儿子的电话号码给了陈小玫，同时告诉她，尽量不要打。陈小玫自然是点头称是。

事有凑巧，那天陈小玫打电话来的时候，王文轩正好在保安室，并且正好是在修电话。保安室的电话出了一点故障，队长知道王文轩以前在内地做过电工，于是就不想请保障部的人来修，而派王文轩修。王文轩一检查，没有什么故障，就是电池没电了，于是，换了两节五号电池，就算是"修"好了。刚刚修好，电话响了，给王文轩的感觉是队长打过来试电话的。王文轩接起来，里面是一个女的说话，而且很客气，说麻烦他帮忙找一下王文轩，有急事。王文轩听了先是一愣，然后又十分紧张，问有什么急事。

"我是他妈。"陈小玫说。

"我妈？"王文轩问。不对呀，我妈我还听不出来吗？

最后当然还是解除了误会，王文轩听出对方是陈小玫，虚惊一场。

陈小玫问王文轩认识不认识一个叫韩雪纯的姑娘。

"认识啊。"王文轩说。王文轩确实认识韩雪纯，那次韩雪纯帮他们租了房子后，又带他们去跳蚤市场买旧家具，忙了整整一个礼拜天，还在一起吃了两顿饭，中午一顿，晚上一顿，王文轩当然认识。

"刘劲龙是不是跟这个骚货去东北了？"陈小玫又问。

王文轩听了不舒服，韩雪纯蛮好的一个女孩嘛，什么时候成了"骚货"了？王文轩知道，"骚货"是骂人的话，而且骂得蛮恶毒。

"不知道。"王文轩说。

"你不要骗我，"陈小玫说，"刘劲龙自己都承认了，你还要替他打掩护。"

王文轩听了更加不舒服。他确实知道刘劲龙去了东北，但是并不知道他是跟韩雪纯一起去的，陈小玫现在这样说话，明显是对他不信任，既然不信任，干吗要这么远打长途电话问他呢？

"你既然知道了，还要问我干什么？"王文轩反问，反问得不是很客气。

"行，"陈小玫说，"我不问你，问你也问不出什么名堂来。我马上就来，来当面把那个骚货嘴巴撕开。"

王文轩一听，知道麻烦，想着晚上赶快告诉刘劲龙，让他早知道，但晚上刘劲龙并没有按时回来，王文轩才打了他的传呼机。

王文轩把情况介绍完，赵一维不笑了。他知道，这不是一件开玩笑的事情，而是一件非常麻烦的事情。如果这个时候刘劲龙的老婆陈小玫跑来，虽然不一定真的去丁氏企业把韩雪纯的嘴巴撕开，但只要来一闹，刘劲龙在丁氏企业还怎么干下去？再说，陈小玫这个时候跑到深圳来也影响他们刚刚制订的发财计划呀。

赵一维这时候看着刘劲龙，但刘劲龙并没有看他。刘劲龙这时候紧闭着双眼，嘴巴咬得也非常紧，像是身上的某个地方很疼，或者是像当初来深圳的那一天，内急却找不到厕所一样。当然，也像是紧急思考重大问题，就像当年金日成听说美军真的在仁川登陆了一样。

"有一个办法。"王文轩说。

王文轩这样一说，刘劲龙马上就睁开了眼睛，就像瞎子听说地上掉了钱包。

"你可以找吴昌业呀，"王文轩说，"让吴昌业无论如何不要批准她假。"

刘劲龙愣在那里，紧急思考了半分钟，竖起大拇指，说："高，实在是高，就按你说的去做。"

第二天，刘劲龙给吴昌业打电话。吴昌业接到电话后仍然很客气，而且似乎比以往更加客气，一边陪着刘劲龙说话，一边吩咐那个新分配来的大学生下去叫陈小玫。

"不要不要，"刘劲龙急忙说，"不要叫陈小玫，我就找你。"

"找我？"吴昌业受宠若惊。

刘劲龙在电话里面把意思说了。尽管说得很费劲，但意思还是表达清楚了。

"没有问题，"吴昌业说，"你放心，我绝对不批她这个假。"

说完，吴昌业并没有立即放下电话的意思，而是想继续说话。

吴昌业安慰刘劲龙，说男人就是这么回事，没关系。刘劲龙一时没有反应过来男人就是哪么回事，只当是吴昌业说一般的客气话，也就随意地跟着说是啊，是啊，等电话挂断之后，才反应过来，自己这样打哈哈，不等于是承认自己在深圳有另外的女人了吗？这是哪对哪呀？冤枉啊！

4

丁怀谷采纳了刘劲龙的意见，机芯进来之后，同意把一部分加工任务委托出去，这样能缩短新产品的上市周期。

刘劲龙有意想帮一把李德厚，所以特意给李德厚那边多争取一点任务。李德厚是个懂得好歹的人，他知道刘劲龙是在帮他。想着替别人加工虽然利润少，但是省去了新产品开发和市场推广两个重要的环节，倒也不失为解决暂时困难的一个办法。

大约是刘劲龙太想帮李德厚了，所以给他的工件量大了一些，等到其他外协加工的产品都回来后，李德厚那边还没有全部做完。

周静怡终于抓住了刘劲龙的把柄，大发雷霆，发李德厚的火。其实发李德厚的火就是发刘劲龙的火。刘劲龙心里不高兴，但也没有办法，确实是李德厚这边明显慢了一些。

刘劲龙找到李德厚的万德电器公司，却发现工人们大多数都表现得并不着急的样子。

刘劲龙很生气，给李德厚脸色。

李德厚赔笑脸，并且把责任揽在自己身上，说怨不得工人，这些天一直没有活给工人做，闲惯了，人一闲惯了，就紧张不起来。

"不紧张不行呀，"刘劲龙说，"其他活都完了，就你这里耽误了，你说下次我的活还敢派给你吗？"

"没有下一次了。"李德厚说，说得比较悲壮。

"怎么回事？"刘劲龙问。

李德厚不说话，摇摇头，并且把脸侧过去。

"你不都看见了吗？"李德厚说，"工厂不像工厂，设备不像设备，工人不像工人，这生意还怎么做？我知道你老弟讲义气，想帮我一把，但我也实话告诉你，就你们给的那点加工费，如果天天这样，差不多还能支付工资、房租、水电费还有其他七七八八的开销，公司还能成为一个公司，但你能保证天天给我活干吗？如果不能天天给，像这样有一天没一天，我肯定是维持不下去的，还不如不做了。"

"这我知道，"刘劲龙说，"要想办实业，当然要有自己的产品，给别人做单，相当于打短工，肯定不是个办法。但是你也可以自己开发新产品呀。"

李德厚笑，哈哈大笑，笑着说："谢谢老弟的好意，你说的这个道理我哪里不懂，说实话，我老了，也不想拼命了。自己开发新产品，说起来当然是这么回事，但风险更大，如今的产品更新换代太快，万一开发的新产品不对路，卖不出去，不是赔得更多吗？再说资金呢？如果走开发新产品的道路，现在第一个条件就是要有资金。没有资金怎么买最先进的机芯？没有资金怎么请最棒的开发人员？没有资金怎么更新设备？没有资金怎么打开市场？做任何事情都要钱呀。"

刘劲龙不好再说什么，因为他发现自己能想到的问题，李德厚其实早就想到了。

刘劲龙说："不管怎么讲，做一单是一单，你现在不是还在做吗？工人不是还要吃饭吗？这里你把已经做完的货马上装箱先给我带回去，剩下的货加个班，无论如何赶在今天晚上十二点之前给我，我过来给你开验货单，这样还能算你们按时交货了，结算的时候才不会扯皮，您说呢？"

李德厚握住刘劲龙的手不放，一直把刘劲龙拉到车间里，当着刘劲龙的面，把他刚才说的话对工人们又说了一遍。

"做人要讲良心，"李德厚说，"既然刘先生都这样关照我们了，如果今天晚上十二点之前不能交货，耽误了交货日期，不但将来结算麻烦，今天我也对不起朋友。"

刘劲龙把手从李德厚手里挣脱出来，给大家作了个揖，说："谢谢师傅们了，好歹把货赶出来，只要货赶出来，我会尽快让丁氏企业结算加工费，大伙儿也早拿到工钱。"

"我们已经两个月没有发工资了。"有人嘀咕。

刘劲龙看看李德厚，这个情况他事先并不知道。

"我保证，"李德厚说，"这次加工费结算回来，全部发工资！"

"那就别废话了，赶快干吧！"还是刚才嘀咕的那个工人说。

"好，"李德厚说，"你们干，我去张罗加餐的事，晚上一餐，夜里还有一餐。"

李德厚说完，车间里面气氛才像个抢任务的样子。

刘劲龙说话算话，当天半夜真的就赶到李德厚的万德电器厂，当场验货，并开出验货单。事实上，等产品全部包装完毕的时候，已经是下半夜两点多钟了，但刘劲龙网开一面，仍然在验货单上写着头一天23点45分。刘劲龙这样做也不能说是出卖丁氏企业的利益，因为无论是头一天的23点45分，还是第二天的2点30分，对于丁氏企业来说，是一回事，但是对于万德电器意义完全不一样。李德厚非常感动，但只说了一句话：善有善报。

别说，这话还真让李德厚说着了。

5

赵一维和王文轩到了河南。本来王文轩是打算辞职的，他现在也算是"老深圳"了，知道在深圳做一个保安算不上什么好职业，辞职之后，即便不能如愿以偿地开饭店当老板，凭自己正儿八经的电工技术，在酒店甚至是高尔夫球俱乐部这样的场合找一份工作也是没有问题的。但是，刘劲龙不赞同他现在辞职。刘劲龙说："就是要换工作，也要等下一个工作找好之后，再辞去现在这份工作。"

刘劲龙的观点得到赵一维的赞同。

"那怎么办？"王文轩说，"公司不可能批准我的假。"

王文轩这样一说，赵一维就不说话了，因为他解决不了这个问题。这时候赵一维看着刘劲龙，仿佛刘劲龙有办法。

"好，"刘劲龙说，"我找你们领导。"

王文轩以为他会找庄经理，因为他知道刘劲龙跟他们庄经理已经成了朋友。但是，刘劲龙没有找庄经理。刘劲龙认为，为这点小事情就找庄经理不值得，而且很可能让庄经理小瞧了自己。刘劲龙找的是王文轩他们保安队长。

刘劲龙是以王文轩大哥的身份请队长吃饭的。吃饭之前，并没有说要找他有什么事情，而就是说要请他吃饭，说要感谢他这些天对王文轩的照顾。吃饭的时候，刘劲龙假装无意地提起他和庄经理的关系，并且当着队长的面，给庄经理打了一个电话，让队长确定他跟庄经理关系确实不一般。然后才说正事，说王文轩老大不小了，父母为他介绍了一个对象，让他回去相亲，还望队长准许几天假，行个方便。

"本来我是要找庄经理的，"刘劲龙说，"可我老弟王文轩说队长是现管，找庄经理还不如找他们队长，所以，我就来求您了。"

"快别这么讲，"队长说，"大哥您这是看得起我，王文轩厚道，找对象是大事，尽管去，快去快回。"

如此，王文轩就请假来了河南。

王文轩和赵一维到郑州之后，才意识到河南也是中国，也不会有人在大街上公开叫卖身份证。赵一维决定去乡下，并且找到他姐夫的一个远房亲戚，好歹算是有一个熟人，这样，购买身份证的工作才算开了张。

刚开始是一张两张，后来是十张二十张，最后是一百张两百张，他们收购价是每张二十块钱，身上的钱很快就花完了。赵一维和王文轩回到县城，给刘劲龙打传呼，打了两次，并要传呼台多呼几次，最后刘劲龙总算回了机。赵一维把情况简单地说了，问深圳这边身份证现在是什么价钱，刘劲龙回答这边的身份证至少要卖六十块钱一张。

"那我们还要不要继续买？"赵一维问。

"买，"刘劲龙说，"当然要买。"

"那你赶快汇钱过来。"赵一维说。

"好，"刘劲龙说，"你们立刻把买到的身份证用特快专递寄回来，我迅速出手，来回倒几次不是更好？"

刘劲龙这样一说，赵一维也兴奋了，并且立刻就把这个兴奋传递给旁边的王文轩。

"不知道邮电局是不是允许寄身份证。"王文轩担心地说。

赵一维把同样的话说给刘劲龙听，刘劲龙说："你们现在就去办，如果不行，就让文轩乘飞机送回来。"

还好，邮电局并没有规定不让邮寄身份证，于是，赵一维和王文轩立刻把手上的几百张身份证用特快专递寄到了深圳。等他们回到招待所，赵一维姐夫的那个远房亲戚已经带着几个农民朋友等在门口了。

"大表弟你可回来了。"远房亲戚说。

赵一维和王文轩顿时紧张起来，以为农民要把身份证要回去，如果农民真要把已经卖给他们的身份证要回去，那还麻烦了，因为现在除了他们自己的身份证之外，其他身份证已经全部用特快专递寄往深圳了。

事实情况正好相反，远房亲戚说的麻烦是他们家来了很多人，有些还是大老远来的亲戚或亲戚的亲戚，他们每个人都带着几张几十张甚至上百张身份证，都是要卖给他们的，今天见赵一维和王文轩没去，还以为停止收购了呢，所以很着急，让他们跑到县上看看。

"还要，"赵一维说，"但是没钱了，我们正打电话回去讨钱呢。"

"电话打通了吗?"远房亲戚问。

"打通了，"赵一维说，"明后天钱就到。"

"那好，那好。"远房亲戚如释重负，脸上终于露出了笑，并且把这个笑脸对着跟他一起来的那几位，意思说：没事吧。很快，跟他来的那几位也都露出了幸福的微笑。

"一起吃个饭吧。"王文轩说。

"对对对，一起吃个饭。"赵一维说。

"不了，"远房亲戚说，"家里还等着信呢。"

第二天，钱还没有到，远房亲戚又来了，这次没有带外人，就他们弟兄两个人。

赵一维和王文轩自然是热情接待，但同时又不得不实话实说：

钱还没有到。

"知道，"大哥说，"知道。"

赵一维和王文轩看着他们俩，有点糊涂，虽然没有明说，但意思不言自明：既然知道你们还跑来干什么？

兄弟俩明显是不好意思，你看看我，我看看你，然后又一起看着赵一维和王文轩，并且露出腼腆的笑。

赵一维猜想他们俩是来借钱的，但是我身上没有钱呀，赵一维想，自己想买身份证都没有钱了，怎么能借给你们？

"是这样，"弟弟说，"你们是不是肯定还要买身份证？"

"当然，"赵一维说，"不买，我们还住在这里干什么？"

弟兄俩又相互看看，并且哥哥还对弟弟点点头，弟弟说："如果你们还想买，不用下乡了，路远遭那个罪作甚。你们要多少，我们给你送多少，价钱还是那个价钱，二十块一张，行不行？"

这下该赵一维和王文轩你看看我，我看看你了。

"什么意思？"赵一维问。

"你们要什么好处？"王文轩问。

"不瞒大表弟，"远房亲戚中的大哥说，"这两天往家里来的人太多了，多少都是沾点亲的，不能赶人家走，还要管饭吃，你说麻烦不麻烦？"

赵一维一听，觉得是麻烦，所以就点了一下头。

"所以，"弟弟抢着说，"我们提前帮你们收下了，但不是二十块钱一张，而是十八块一张。"

"赚点小钱，"大哥不好意思地说，"要不然我们来回跑，还要贴路费和饭钱，不是亏了嘛。"

"可以可以，"赵一维说，"这样更好。"

王文轩也点头，表示这样没有问题。

后来，等两个亲戚走了之后，王文轩问赵一维："他们会不会按十五块钱一张收购呀？"并且说，"早知道这样，我们价钱为什么不能再压低一点？"

赵一维也觉得王文轩的分析有道理，但是不是马上压低价格，他吃不准，主要是担心如果这样做，那么肯定就把他姐夫的这几个乡下亲戚得罪了，于是，赵一维建议给刘劲龙打电话。

传呼打到深圳，等了一会儿，刘劲龙回电话了。赵一维在电话里面把他们遇到的情况和分析的情况一说，刘劲龙立刻就明确表态："算了，我们赚我们的钱，他们赚他们的钱，不要把别人榨得太干。"

赵一维听了，松了一口气，王文轩也只好作罢。

"既然这样，"刘劲龙说，"能不能让文轩先回来？"

赵一维看看王文轩，又想了一下，说不行，还是两个人把握一点。刘劲龙就没有再说什么。

6

刘劲龙在深圳比赵一维他们在河南忙，主要是丁氏企业工作上的事情忙，然后还要张罗着卖身份证。还好，幸亏他当初请了王文轩他们的保安队长吃饭，按照深圳标准，只要在一起吃过饭，也算是朋友了，加上他记得王文轩曾经说过，说他们队长也在收购身份证，于是，刘劲龙找到保安队长，问他要不要身份证。

"要。"队长说。

"多少钱一张？"刘劲龙又问。

"八十。"队长说。

刘劲龙听了心里一惊，既然价钱这么贵，保安队长自己为什么不回老家买身份证，做什么狗屁队长呢？刘劲龙于是就发现，机会对于每一个人都是平等的，不平等的是每个人对机会的理解和把握能力不一样。比如这个保安队长，他肯定比一般的人聪明，这个时候知道做身份证的生意，但是，他肯定又不是最聪明的，或者是没有资本，没有魄力，如果有，与其这样在深圳做，不如自己在老家和深圳之间做。

"你能要多少？"刘劲龙问。

"有多少要多少，"队长说，"你手里有多少？"

"几十张吧。"刘劲龙说。刘劲龙不敢说多，怕队长没有这么大的支付能力。

果然，队长说："我没有这么多钱周转，先拿三十张吧。"

尽管只有三十张，但是刘劲龙通过队长认识了他的下家，于是，下次再做的时候，仍然给队长几十张，但直接跟下家做了几百张。

等赵一维和王文轩从河南回到深圳的时候，还没有参加抽签呢，仅仅是做身份证，原来的八万块钱就已经变成三十万了！

王文轩不回深海电子大厦当什么保安了。他盘算了一下，即使不做抽签的事情，就是现在分钱，他自己也可以单独开小饭店了，既然如此，干吗还要去做保安？

刘劲龙也没有想到手中的钱不知不觉地从八万滚到了三十万，但他并没有想着去开饭店，而是坚持一定要再做一把，参加抽签。

赵一维好像比他们有见识，对三十万的总数没有多惊奇，还一个劲儿地后悔，说太小家子气了，从深圳去郑州的时候，根本就不该坐火车，如果乘飞机，肯定早一天到，早一天又可以收入一大笔。

赵一维和王文轩没有空手回来，带了一些身份证。明天就要开始凭身份证领表抽签了，今天市面上身份证的价格一下子涨到一百二一张，王文轩坚决主张趁机把买来的身份证全部卖了，又可以稳赚一笔，并说见好就收，这个时候去买表格抽签，能不能抽中还很难说，不如先把钱赚到手安全。

赵一维不同意，说不管中签率是多少，肯定是有中签的，既然肯定有中签的，抽签的收益肯定比卖身份证大，而且大许多。

刘劲龙或许天生有赌性，这时候他虽然不敢肯定参加抽签的收益一定比卖身份证大，但是他说既然要赌，那么就赌到底。

"反正一张表格才卖一块钱，"刘劲龙说，"几千张身份证不就几千块钱嘛，抽！"

"不能这么算账，"王文轩说，"一张表格虽然只卖一块钱，可

141

是如果不抽签，卖身份证也能卖一百多块钱，几千张就是几十万呀。"

赵一维说："抽签之后的身份证也不是没有用了，照样还在那里，还是能卖钱的。但是万一中签了呢？收益是一百倍甚至几百倍呀！"

王文轩见刘劲龙和赵一维的意见完全一致，再说他们讲的也有道理，即使抽签失败，将来再把身份证卖掉，损失也不是很大，于是，也就不再坚持自己的意见了。

第二天，赵一维和王文轩去排队抽签，刘劲龙还必须去丁氏企业上班。他现在是课长，又在主管这一批新产品的工作，不可能不去上班。

刘劲龙刚刚上班，立刻就收到赵一维的传呼。刘劲龙打电话回去。

"不行呀，"赵一维说，"一个人一次只能买五份表格，我们俩肯定不行。"

刘劲龙一听，知道麻烦了，但是他立刻想出了注意。

"请人排队，"刘劲龙说，"花钱买别人的队。"

又过了一会儿，赵一维又打传呼，说还是不行，太多了，怎么也不可能买几千张表格。

"要不然就卖掉一些身份证？"赵一维问。

刘劲龙不说话，这样的事情他也没有经历过，他也需要思考。

"先不要，"刘劲龙说，"反正还有几天时间，我再想办法。"

如此，刘劲龙的心思其实已经完全不在本职工作上了。中午休息的时候，打出租车到现场。一看，人山人海，简直就是打架。

"很多人昨天晚上就来排队了，"王文轩说，"现在买一个位置至少五十块钱，我看还不如卖身份证呢。"

刘劲龙心里也在盘算，如果加上五十块钱一个位置，成本就不是昨天他们计算的那个数了。

这时候赵一维也不那么坚定了。赵一维说："既然认购这么踊

142

跃，我估计中签率就会非常低，不如现在卖身份证保险。"

刘劲龙咬着牙齿，好像是跟谁生气，跟谁生气呢？不知道。

刘劲龙突然把手往自己胸前招了招，赵一维和王文轩立刻把头凑过来。

刘劲龙非常严肃地说："算上身份证，我们总共差不多有七十多万了吧。"

赵一维点点头，王文轩略微迟疑了一下，也点点头。

刘劲龙说："无论我们怎么折腾，最后至少也会剩下五十多万，是不是？"

赵一维和王文轩又点点头，并且这次是两个人一起点头，不分先后。

"这样，"刘劲龙说，"如果赌输了，剩下的钱你们一人拿走二十万。"

"你这是什么意思？"王文轩不高兴了，"大家本来就是一起的嘛，怎么可能损失让你一个人承担。"

"我不是这个意思。"刘劲龙解释。

"那你是什么意思？"王文轩问。

"不要说了，"赵一维说，"刘劲龙，我们听你的，你说怎么做，我们就怎么做。无非就是赚多赚少的事情。"

"我的意思是继续博，"刘劲龙说，"赔了，大不了一个人少赚一点；成了，大家发财，想干什么干什么。"

"行，"赵一维说，"就听你的。"

"听你的，"王文轩说，"你说怎么做吧。"

本来王文轩这句话是想表态的，没想到被他说成是提问题了。他这样一说，刘劲龙还真被他问住了。

是啊，怎么做？

"今天晚上我们不睡觉了，"王文轩说，"也来排队。"

赵一维没有说话，但明显是不同意他的观点。

刘劲龙摇摇头，表示这不是个办法。上千张表格，他们三个不

143

睡觉当然不是个办法。

"那怎么办?"王文轩又问。

正在这个时候,传呼机响了。刘劲龙去回传呼,是李德厚。李德厚问他丁氏企业那边最近有没有什么加工活。

"没有,"刘劲龙说,"不是刚刚加工完吗,怎么会这么快就有?"

李德厚不说话。

"怎么了?"刘劲龙问。

李德厚叹了一口气,说:"没有活做,我怎么养活这些工人呢?"

刘劲龙想了一下,说:"您也不要太慈悲,实在没有活做,就适当地裁减一些人嘛。"

"话当然是这么讲,"李德厚说,"但这些人当年都是跟着我开荒打草出来的,现在一有风吹草动,我就赶他们走?这样的事情我做不出来。"

"那也是,"刘劲龙说,"你现在还有多少工人?"

"八十多吧,"李德厚说,"这几天又自己走掉两个,估计也就八十来号人吧。"

"八十人……"刘劲龙嘴巴嘀咕了一下,突然,一个闪念,马上兴奋起来。

"全部给我,你把这些人全部借给我,借给我几天,我每天给他们工钱。"刘劲龙兴奋地叫起来。

刘劲龙在打电话的时候,赵一维和王文轩在那里等,等的时间蛮长,就慢慢地晃过来,这时候见刘劲龙这么兴奋,并且听说他给人家开工钱,就知道有好事情了。

李德厚自然要问刘劲龙要这么多人做什么事情,刘劲龙没有骗他,再说骗也骗不了,这么多工人,回去肯定要说的,所以,就简单地把情况说了。

"这可是冒险的事情呀。"李德厚提醒。

"知道,"刘劲龙说,"但现在已经到这个份儿上了,冒险也得

144

做到底了。"

李德厚又想了想，问："你打算一天给他们多少钱?"

刘劲龙想了想，说一天一百。

"不行，"李德厚说，"太高了。你要是给这么高，将来回来我怎么给他们开工资?"

"那您说给多少?"刘劲龙问。

"这是临时性的，"李德厚说，"肯定比平常的工资要高一些。这样吧，中午管一餐饭，每人每天五十吧。"

"好，"刘劲龙说，"就按您说的。我现在可以来带人吗?"

"现在就要?"李德厚问。

"现在就要。"刘劲龙说。

后来，刘劲龙实际上还是给了工人每天一百，因为晚上加班呢，工人几乎是二十四小时工作，晚上睡觉都在排队，刘劲龙要是不给一百，好意思吗?

第七章　兄弟分家

"与其见好就收，不如见好就散，"王文轩说，"即使是亲兄弟，大了还要分家，何必一定要一方迁就另一方？"三人分家后，赵一维继续做股票，并逐渐成为著名的股评人士。王文轩如愿开了饭店，取名湘江餐馆。刘劲龙则继续在丁氏企业当课长，并酝酿自己做企业当老板。

1

刘劲龙见丁怀谷半天没有说话，多少有些不自在，又担心自己刚才的话说重了，惹得丁怀谷不高兴，所以，这时候主动起身，要为丁怀谷续水。周静怡见状，马上抢先站起来，对刘劲龙说："我来。"刘劲龙愣了一下，已经离座的屁股只好重新落在椅子上。

周静怡端起丁怀谷的茶杯，问："要不要换一杯？"丁怀谷微微点了一下头，算是认可，周静怡就一手端起丁怀谷的茶杯，另一只手端着刘劲龙的茶杯，走了出去。

这本来是一个极平常的举动，却引得丁怀谷沉思。周静怡为他换茶，事先征得他同意，而替刘劲龙换茶，却不必这样做，看起来是对他这个当舅舅的更加尊重，其实已经显示出生分，至少相对于刘劲龙来说有些生分。没办法，丁怀谷想，丈夫和舅舅虽然都是亲人，但也有远近之分啊。这么想着，丁怀谷本来已经平静下来的情绪似乎又涌动起来。他甚至有点嫉妒起刘劲龙来。因为，在周静怡嫁给刘劲龙之前，他丁怀谷是周静怡唯一的至亲啊。从什么时候开始，他在周静怡心中"第一"的位置让刘劲龙取代了呢？

2

事实上，自从李德厚把这八十来个工人借给刘劲龙之后，他们就再也没有离开过刘劲龙，直到现在，还一直跟着刘劲龙做，成了刘劲龙的子弟兵了。

由于有这八十来个工人的帮忙，并且这八十多人也算是老深圳了，在排队的时候要了点花招，比如互相插队，八十多人互相掩护，插起队来是很容易得手的，可以把几个窗口完全包下来，所以，经过几天几夜的连续苦战，刘劲龙他们终于把手中的身份证全部变成了抽签表格。那次抽签最后的中签率是百分之四，他们共计中了一百多份，手上剩下的几十万现金还不够认购股票，最后不得不卖掉几十张中签表格。中签表格是连同身份证一起卖掉的，每份价格好几千。剩下的中签表格在认购新股之后，刘劲龙、赵一维、王文轩三个人之间产生了分歧。按照刘劲龙的意思，见好就收，全部卖掉，而赵一维则认为，既然中国有这么多人对股票热心，而且政府似乎也鼓励这种热情，那么，新股上市之后肯定会涨，所以他主张再等一等，等股票上市并且股价上涨一点之后再抛。

两个人的意见不统一，最后的决定权其实就落在了王文轩的手上。就好比四年一次的美国总统选举，民主、共和两党的候选人竞选到最后，得票差不多，最后的主动权其实是掌握在中间选民的手上一样。本来按照赵一维和刘劲龙的估计，王文轩肯定是站在刘劲龙的一边，这不仅是个人感情问题，而且从王文轩一直吵吵着要开饭店的心情看，这时候他也一定主张等股票一上市就卖掉，卖股票的钱分了之后，正好可以满足他开饭店的愿望。但是，王文轩的态度完全出乎他们的意料。

"与其见好就收，不如见好就散，"王文轩说，"即使是亲兄弟，大了还要分家，我的意思是现在就分家，想继续做股票的就继续做股票，想做其他事情的就做其他事，何必一定要一方迁就另一方？"

刘劲龙没有想到王文轩会这么说，所以听了之后非常吃惊，但是吃惊之余，又觉得王文轩的话不无道理。

"如果分了，你做什么？"刘劲龙问。

"我同意赵一维的看法，"王文轩说，"看这么多人像疯了一样，股票肯定会涨，所以，我也打算先放一放。"

王文轩的这番话更是出乎刘劲龙的意料。

"你不是说要开饭店吗？"刘劲龙问。

"是要开饭店，"王文轩说，"但开饭店也要等机会呀，等到机会来了，再把股票卖掉也不迟。"

刘劲龙现在不觉得吃惊了，而是觉得王文轩成熟了，是突然成熟的，看来，深圳还是个让人尽快成熟的地方。既然如此，刘劲龙想，那么我为什么一定要急于抛售股票呢？

"我同意文轩的意见，"赵一维说，"分吧。"

既然三个人当中有两个人说分了，那么最后的结果当然只能是分。

下面是讨论怎么分的问题。

"刘劲龙贡献最大，"赵一维说，"关键时刻都是他拿主意，我的意思是刘劲龙分四成，我跟文轩一人三成。"

赵一维说完，看着王文轩。

"我没有意见。"王文轩说。

"不行！"刘劲龙说，"这怎么行？大家事先说好的，有福共享有难同当，怎么能让我分得最多？不行不行，肯定不行。要说贡献，赵一维贡献最大，要不是赵一维，我和王文轩根本就想不起来做期货，而如果不做期货，根本就没有那八万块本钱，再说，河南那边也是你姐夫牵的线，我的意思，赵一维你拿四成，我跟文轩一个人

148

三成。"

说完，他也看着王文轩，仿佛王文轩成了美国总统选举时最后的中间选票，最初看起来没有什么力量，但往往在最后时刻起到决定性作用。

王文轩还在想，还没有说话，赵一维已经抢着说了。

"不要讨论了，"赵一维说，"无论是兄弟还是朋友，如果闹矛盾，十有八九问题出在分配不均上，如果平均分配，肯定不会闹矛盾。我看大家干脆平均分配。"

赵一维说完，刘劲龙和王文轩提不出其他更好的建议，最后只好同意平均分配。考虑到股票的价格有高有低，最后他们商定，在股票上市流通的第一天晚上分配。等到那一天，大家按当天的实际市值平均分配，竟然每个人都成了百万富翁！

王文轩卖了一些手中的股票，手中有了现金，先给父母寄去一万，然后就开始张罗着找场子开饭店，至于电子大厦保安员那份工作，自然是自动辞职了，并且连最后应该结算的一个月工资也不要了，让保安队长代领了请兄弟们吃饭算了。

王文轩只给父母寄去一万块钱，不是小气，而是怕寄多了会引起轰动，不好。但是，即使只寄一万，还是引起了轰动。王文轩的父母虽然不是冶炼厂职工，但湘沅那么小，冶炼厂那么大，所以，消息还是很快就传到冶炼厂。冶炼厂的人议论，王文轩那么老实，一次都给秦老师寄一万，那么刘劲龙该赚了多少钱？冶炼厂的人并不知道刘劲龙和王文轩他们在深圳到底做什么，但是他们相信深圳肯定是个非常容易赚钱的地方，厂里面的人再见到陈小玫的时候，更加客气，比对厂长的老婆江若权还要客气。陈小玫一方面享受着夫贵妇荣带来的喜悦，另一方面又悄悄地流泪，恨死深圳那个叫韩雪纯的姑娘了。

赵一维简单，继续做他的股票生意，不断地买进卖出，有时候赔有时候赚，但由于当时中国股市总的趋势是往上走的，所以总体上说，赵一维是赚得多，赔得少，潇洒得很。

149

至于刘劲龙，情况复杂一些，他还是对做企业情有独钟，在自己没有企业之前，只能继续为丁氏企业打工，倒不是为了那点工资，实在是太喜欢做企业管理工作了，如果让他像赵一维那样一天到晚眼睛盯在荧光屏上看股票涨跌，不敢说把他急死，起码会急白了头发，而如果让他像王文轩那样开一个饭店，他肯定觉得自己大材小用，不过瘾，所以，虽然现在有钱了，但仍然在为丁氏企业打工。他感觉做企业像打仗，既要运筹帷幄，又要冲锋陷阵；既要凭实力，又要凭战略战术，很过瘾的。

关于刘劲龙发财的事情，整个丁氏企业的同事并不知道，丁怀谷和周静怡更不知道，但是，有一个人知道，这个人就是韩雪纯。

与丁怀谷和周静怡一样，刘劲龙对韩雪纯也有一种似乎是与生俱来的信任感，什么话都愿意对韩雪纯说，并且不管是什么话，说给韩雪纯听了之后，她绝对不会再传给第二个人。但是，像自己发财这件事情，刘劲龙能说给韩雪纯听，好像还不仅仅是韩雪纯嘴巴紧的缘故，那么到底是什么缘故呢？刘劲龙不知道，反正赚了钱之后，总想找什么人透露一下，不说心里就难受，找谁呢？只能找韩雪纯。

韩雪纯听了之后丝毫没有吃惊，也没有羡慕，而是说："这下你可以自己当老板了吧？"

这就是韩雪纯，好像两人天生就有一种默契。如果不是韩雪纯，刘劲龙想过，比如是自己的老婆陈小玫，如果刘劲龙把自己发财的事情告诉陈小玫，那么陈小玫首先肯定是一乍，甚至高兴地叫起来，然后就是规划，规划该怎么花这么多钱。为儿子存多少，他们自己花多少，甚至还要考虑给她娘家多少，然后肯定是要刘劲龙回湘沅了，回湘沅买一套大房子，再自己开一个商店，当老板，不要再在深圳混了，最后，说不定还要软硬兼施，想方设法地把刘劲龙的钱一点一点地控制在她自己手上。但是，韩雪纯不是，韩雪纯是问刘劲龙什么时候自己当老板，真是问到刘劲龙的心里去了。难道这就是所谓的心有灵犀？

刘劲龙马上就想到了李德厚，想到了李德厚准备出售他的万德电器公司的事情，但是，他没有对韩雪纯说，即便是对韩雪纯，像这样八字还不见一撇的事情，他也是不会说的。

"要是我自己开厂，你能过来帮我吗？"刘劲龙问。

刘劲龙这样问，当然是先回避他是不是马上就自己开公司的问题，但也不是说着玩的，如果他自己开公司，他是真想让韩雪纯帮他。

"没问题呀，"韩雪纯说，"我一定过去帮你。"

"一言为定？"刘劲龙说。

"一言为定，"韩雪纯说，"本小姐说话从来都算话。"

刘劲龙没有想到，王文轩居然先他一步自己当老板了。

8

吃一堑长一智。这次开饭店，王文轩谨慎多了。首先，王文轩不想一上来就贪大求洋，不想把自己身上的钱全部投掉，而只想先开一个小饭店，当然，是那种投资十几万二十多万的小饭店，而不是像当初"湘妹子"那样的小饭店。

王文轩观察一个小饭店已经好几天了，这个小饭店的门口贴了一张转让的告示，并且这几天还真有不少人来谈过，但这些人当中并不包含王文轩。王文轩先是看，远远地看。通过湘妹子的事情，他相信，规规矩矩想转让的人，绝对不会急吼吼地出手，肯定有一个讨价还价的过程，凡是声称自己有急事忍痛割爱立刻低价转让的，基本上都有诈。王文轩并不打算讨价还价，但是他要追求可靠，不能像上次"湘妹子"那样，被人骗了。

王文轩对眼前这个小饭店的位置和规模还是满意的，饭店虽小，但面积不小，接手之后，适当加以改造，隔出两间包房，做一个中档饭店正好。但是他并不着急，他要看清楚这里面是不是有什么名

151

堂，然后才正式跟原来的老板谈接手的问题。或许，这就是刘劲龙理解的成熟吧。其实成熟是被逼出来的，如果不是被逼到深圳，如果不是到深圳不久就被骗了两次，王文轩考虑问题不可能这么仔细，也不可能这么有耐性。

在最后的转让过程中，王文轩并没有跟人家讨价还价，但工作做得非常仔细，不仅仔细核对了身份证、户口簿和营业执照，而且还把双方的身份证复印件附在转让合同后面，并且打听了这个房子是不是临时建筑，会不会马上就被拆迁，然后双方一起去原房东那里转签了一份关于房屋的租赁合同，才支付转让费，完成交易。

刘劲龙找到李德厚。最近刘劲龙经常找李德厚，或者是李德厚经常找他，但是，刘劲龙这一次找李德厚与以往任何一次都不一样。首先是目的不一样，然后是心情不一样，最后是万德电器公司的工人对他的态度不一样。

通过几天的相处，万德厂的工人跟刘劲龙已经相当熟悉了，甚至有工人议论，我们要是能摊上这样一个老板就好了。工人们说老板"好"，非常单纯，简单到只有一个字——钱——只要老板给钱的时候大方就好。那些天工人们跟着刘劲龙，不仅工资给得高，而且是当场兑现，干一天给一天，非常爽，工人们虽然辛苦，但只要有钱，辛苦也开心，工人们千里迢迢抛妻别子从家乡跑到深圳，不就是为了挣钱嘛。另外就是刘劲龙关照赵一维和王文轩，一定要给工人吃好吃饱。排队现场就有盒饭卖，卖得比平常贵，平常五块十块的，到了抽签现场就变成十块二十块，刘劲龙总是要求王文轩买最贵的给工人们吃，并说工人二十四小时顶着，不吃好不行，搞得工人都很感动。所以，这时候刘劲龙来万德公司，几乎所有的工人都跟他打招呼，实在太远没有办法直接打招呼的，也远远地露出笑脸并招手致意，刘劲龙当然也招手，也微笑，就差没有说"同志们好"了。

大约是工人们太热情了，相对来说，李德厚的态度倒显得一般了。也难怪，太熟悉了，成老朋友了，还怎么热情？

刘劲龙开门见山，说出来意，说想买他的工厂。

李德厚问："你是帮谁来牵线的？"

"什么意思？"刘劲龙不明白。

"如果是帮丁怀谷那个老东西，"李德厚说，"不是我不给你老弟的面子，免谈。"

"那是为什么？"刘劲龙说，"做生意不能感情用事，既然你要卖工厂，管他买主是谁呢？只要给的钱是真的就行了。谁给的价钱高就应该卖给谁。"

"话是没错，但是我做不到。人跟人不一样，或许我天生就不是做生意的料，所以我这个企业才做不下去。"

"那要是我自己买呢？"刘劲龙问。

李德厚不说话，看着刘劲龙，看得非常认真。

"你不是开玩笑吧？"李德厚问，问得更加认真。

"您老算是我长辈了，我一直尊敬您，平常连小玩笑都不敢跟您开，怎么敢上来就开这么大的玩笑？"

"那么你……"

"您是说资金吧，"刘劲龙说，"朋友归朋友，生意归生意，您给别人什么价，给我什么价。"

李德厚还是有点疑惑，但又不好意思直说。

"这可是一笔大资金呀，"李德厚说，"俗话讲，穷家值万贯，何况我这还是一个工厂呢。"

"这我知道，"刘劲龙说，"我听说您跟郑老板在一百五十万和一百八十万之间扯。"

"你都知道了？"李德厚问。

"这是买厂，不是上街买菜。这么大一个事情，我哪能事先不摸底呢。"

"那是，那是，"李德厚说，"既然你已经知道了，那么我也就不瞒老弟。工厂是一百五十万，可是我仓库里还有那么多存货呢。

153

这批存货当初的价格至少值一百多万，现在不说当初了，就是成本也花了我五十万，现在我只按三十万给郑老板，不算多吧？"

"这样，"刘劲龙说，"我诚心要买，你又诚心要卖，刚才你也说了，交情也不能一点不讲，这工厂你给我，三十万的存货我认，但您老看在我是晚辈的分儿上，也照顾我一下。"

"说，怎么照顾？"李德厚说。

"总共一百八十万的账我认，但是我现在身上只有一百五十万。"

"行，卖给你老弟，一百五十万就一百五十万。"

"不不不，"刘劲龙说，"我不是这个意思。说好了一百八十万就一百八十万，我是请您在付款方式上照顾一下。我先付您一百二十万，我要留下三十万做流动资金，不然接过来之后转不起来，剩下的六十万容我运转起来后再给您。"

李德厚不说话，在想，这样想了一会儿，终于下了决心，说："行，不过你也帮我一个小忙。"

"说。"刘劲龙说。

"这些工人跟我这么多年了，有些还是拐弯抹角的亲戚，现在我把工厂卖了，也等于是把他们卖了，实在不忍心，我希望你接手之后，尽量继续留用他们。"

刘劲龙自然答应。但是，据后来韩雪纯说，刘劲龙帮李德厚的这个忙也不能说是小忙，如果刘劲龙当时不答应李德厚的这个条件，那么，李德厚就必须支付工人的遣散费，八十来个工人，每人按三个月工资算，也不是一个小数目。刘劲龙由此就感悟，李德厚是好人，但他更是商人，人一旦成了商人，就必须把商业利益放在第一位，否则，他肯定不是个合格的商人。李德厚已经算不上合格的商人了，尚且如此，那么，那些成功的商人会怎么样呢？

在最后办理手续的时候，还遇到了一个小麻烦。因为刘劲龙没有深圳户口。按照当时的规定，没有深圳市常住户口的人是不能够做企业法定代表人的。

"没关系，"李德厚说，"我也没有深圳户口，这个企业的法定代表人也不是我。"

"不是你?"刘劲龙非常吃惊,差点就说"不是你我跟你谈什么",好在他没有这么说,而仅仅是表示吃惊。

"这有什么奇怪的?"李德厚说,"丁氏企业也是这样呀!"

"丁氏企业也是这样?"这下刘劲龙更糊涂了,或者说是更加吃惊。

"是的,"李德厚说,"丁氏企业有两个营业执照,一个是丁怀谷的,另一个是他在深圳找了一个替身,如果不这样,那么按照规定,台资企业的产品是不能在大陆内销的。以前是全部不能内销,现在宽松一些,可以有一定比例的内销,如果丁怀谷不搞两个营业执照,他怎么做国内的生意?"

话虽然这么说,但这毕竟是大事情,刘劲龙不放心,找了个借口,把交接日子从上午推到下午。他做得很有分寸,反正还是在当天完成,就像上次他下半夜为李德厚验货而时间却写上半夜一样。

中午,刘劲龙紧急找到韩雪纯,问明情况。韩雪纯显然是不想有出卖老板的嫌疑,所以很为难。

"这有什么,"刘劲龙说,"我并不是想找丁氏企业的麻烦,我只是想知道我这样买李德厚的企业将来会不会有麻烦。"

韩雪纯再三考虑后,说:"将来是不是有麻烦我不敢说,但李德厚告诉你的情况是真的,其实这也没有什么,主要是那个规定限制太大,假如你想买李德厚的公司,而仅仅是因为这个事情,那么你尽可放心。"

既然韩雪纯这么说,刘劲龙当然就放心了。

下午在正式签订合同的时候,刘劲龙才知道,李德厚的万德公司法定代表人就是他的亲儿子,既然是李德厚的亲儿子,刘劲龙反而放心不少。

"等你将来有深圳户口了再转过来,"李德厚说,"这一条我们也写到合同里面,免得将来麻烦。"

如此,刘劲龙和李德厚在合同上签字,并且当场支付了一百二十万人民币的支票，刘劲龙正式接手万德电器公司，成为真正的企业老板。

考虑到双方的友情，也考虑到平稳过渡，甚至还考虑到公司办年审和税务登记的方便，刘劲龙邀请李德厚担任公司顾问，李德厚欣然接受。后来的发展证明，刘劲龙的做法是有远见的。但是，他没有想到，这场看似天衣无缝的交易其实暗藏了隐患。

4

刘劲龙在从丁氏企业辞职的时候，遇到了不小的麻烦。这次为难他的不是周静怡，而是丁怀谷。

周静怡对刘劲龙的印象一直不好，她总觉得刘劲龙这样的人靠不住，早晚要离开丁氏企业，而一旦跳槽，就肯定是和许剑锋一样，成为丁氏企业的竞争对手。考虑到许剑锋已经让丁氏企业头疼了，如果再弄出一个刘劲龙，丁氏企业不是成了专门为对手培养人才的"黄埔军校"了吗？

关于这个问题，周静怡跟舅舅丁怀谷之间还有过一次谈话，也就是上次丁怀谷提拔刘劲龙担任业务课长之后，周静怡找丁怀谷谈的话，谈话的内容是周静怡对丁怀谷的做法不理解。

"做企业就是做人，"丁怀谷当时开导周静怡，"刘劲龙这次去东北，明明成绩是主要的，你硬说没有成绩，我如果不矫枉过正一点，给他点甜头，刘劲龙会怎么想？别人又会怎么看？"

"这关别人什么事情？"周静怡还是不服。

"做人不光是针对当事人的，"丁怀谷继续开导，"还要做给其他人看。许剑锋刚刚走，好不容易找到一个刘劲龙，如果再走，公司里面的其他员工怎么看？同行们怎么看？客户怎么看？这些问题难道你就不想想？再说你也听见了，韩雪纯完全是以一种赞扬的口气汇报的嘛，如果你否定刘劲龙，其实也就是否定韩雪纯，值得吗?"

"您这样做我能理解,"周静怡说,"但是我总有一种感觉,这个刘劲龙在我们丁氏企业干不长。"

"哪个能在丁氏企业做长?"丁怀谷说,"越是能力强的人,越是做不长。但是,只要他在丁氏企业干一天,我就要求他真正为丁氏企业做一天,所以,更要对他们好一点。再说,做长做不长关键看我们的态度,看我们怎么对待人家。"

"为什么能力强的人都干不长?"周静怡问。

丁怀谷抿上嘴,摇摇头,表示不知道,也表示无可奈何。

"中国的经济处在高速增长期,"丁怀谷说,"私营经济又是从零开始,私人老板现在一下子像雨后春笋一样冒出来,眼下正是中国人创业的最好时期,真正有能力的人谁不想趁这个机会自己成为企业主呢?"

周静怡听了,觉得舅舅就是舅舅,看问题比她透彻。后来,找到一个适当的时机,周静怡还跟韩雪纯聊天,假装无意识地问韩雪纯,刘劲龙是不是打算将来自己当老板?她以为韩雪纯会回避这个问题,其实韩雪纯要想回避这个问题并不困难,她只要说不知道就行了,如果她说不知道,周静怡难道还要硬逼着她一定要回答清楚?但是,韩雪纯的回答完全出乎周静怡的意料。

"这还用问吗,"韩雪纯说,"我要是男人,也会想着自己当老板呀。"

周静怡当时惊得嘴巴半天没有合上,所以,今天当刘劲龙果真提出要辞职的时候,周静怡一点不吃惊了,好像这一切早就在她的预料之中,也确实是在她意料之中。

但是,丁怀谷不这么看。丁怀谷说,辞职可以,但是我们已经正式聘任你当业务课长了,按照公司规定,你不能说走就走,从正式提出辞职的时候算起,起码要继续做一个月,让我有个过渡才行。

刘劲龙承认丁怀谷说得有道理,换上他,也不希望自己企业的员工说走拍屁股就走,特别是当这个员工是公司的业务骨干的时候,更是如此。但是，刘劲龙现在刚刚接手了李德厚的万德电器公司，百废待兴日理万机，怎么可能放下自己的企业不管，继续在丁氏企业做一个月呢？这是绝对不可能的。刘劲龙只好摊牌，或者说只好实话实说，说自己已经盘下了李德厚的公司，不可能再为丁氏企业服务了，由于事情突然，来不及提前一个月打招呼，还望丁老先生和周小姐谅解。

刘劲龙这样一说，丁怀谷和周静怡都大吃一惊。关于李德厚要出卖自己公司的事情，他们早就知道，并且还一直关心着这件事情，但是，他们万万没有想到购买万德公司的居然是刘劲龙，就是他丁氏企业的一名新员工。

周静怡当场有一种上当受骗的感觉，竟然认为刘劲龙是商业间谍，而不可能是一名刚刚从内地来找工作的打工仔。周静怡这样想也不能说没有道理，因为关于李德厚的万德公司整体出售的价格，大致估计也能估计出来，怎么也不会小于一百万，如果刘劲龙不是商业间谍，不是事先就已经有了钱，故意装成一个打工仔，来丁氏企业打探商业秘密，而像他自己说的，是一个真正的打工仔，并且是刚刚从内地来深圳的打工仔，怎么可能一下子拥有一百多万现金呢？所以，周静怡非常气愤，气愤得几乎歇斯底里，仿佛她又一次被一个男人骗了，这时候恨不能上去扇刘劲龙几个耳光。

丁怀谷倒比他冷静，问刘劲龙的合伙人是谁。

丁怀谷问合伙人是客气的，他真实的意思是问刘劲龙的后台老板是谁。

刘劲龙说没有什么合伙人，就是他自己。

"说出来，"丁怀谷说，"说出来没关系，别人给你多少钱，我也可以给你。"

"真的没有，"刘劲龙说，"就是我自己，是我自己购买了万德公司，并打算自己好好经营。还望丁先生高抬贵手，在生意上多关照晚辈。不管怎么说，丁氏企业是我的娘家，我不会忘记自己在丁氏企业学到的宝贵经验，也不会忘记丁老先生对我的信任和栽培。"

"这就不对了，"丁怀谷说，"男子汉大丈夫，敢作敢当，我一直认为你是大男人，做都做了，还怕说吗。说，谁是你的合伙人？"

刘劲龙不知道该说什么了。

这时候，中途进来的韩雪纯说话了。

韩雪纯作为总经理助理，可以随时进入丁怀谷的办公室，刚才进来的时候，正赶上丁怀谷在追问刘劲龙跟谁合伙的问题，韩雪纯没有说话，悄悄地把一份新产品营销计划放在丁怀谷的桌子上，本来打算放下之后就离开的，这是习惯，凡是遇上丁先生办公室有客人，或者丁先生正在跟别人谈话，韩雪纯总是主动回避，但是，今天的情况不太一样，今天是丁怀谷、周静怡和刘劲龙他们三个在里面，以前，每当他们三个在一起的时候，往往都要叫上韩雪纯，今天没有叫她，但她正好赶上了，既然赶上了，那么当然就留下来听听。现在听丁怀谷问刘劲龙的合伙人到底是谁，刘劲龙已经回答没有合伙人了，丁怀谷不信，还在问，还说出"男子汉大丈夫敢作敢当"这样的话，明显是在激将。为什么这么不相信人呢？韩雪纯想。这么想着，也就忍不住了，她要说话了，并且一说话，就语惊四座。

"是我，"韩雪纯说，"如果你们这样硬逼着问刘劲龙的合伙人是谁，那么我只能承认是我。"

刘劲龙没有想到韩雪纯在这个时候会说出这样的话。不错，他们已经说好了，韩雪纯也要跟刘劲龙过去，过去做他的副手，但是，为了不对丁氏企业造成太大的冲击，或者说为了不对丁怀谷和周静怡产生太大的刺激，他们商量等刘劲龙先辞职之后，韩雪纯过一段时间再另外找一个借口辞职，因此，刘劲龙绝对没有想到韩雪纯现在就以这种方式把事情挑开说出来了。

周静怡也没有想到韩雪纯会说出这样的话，难道韩雪纯也是商业间谍？而且他们俩是一伙的？如果是这样，那么这个世界也太可怕了！

丁怀谷比较冷静，丁怀谷这时候非但没有表现出吃惊，还尽量表现出一切都在他意料之中的样子，几乎是微笑着看着韩雪纯，等待着她做出进一步的解释，因为丁怀谷已经听出来，韩雪纯的话并没有说完。

"刘劲龙买万德公司的事情我是知道的，"韩雪纯果然继续说，"是他自己告诉我的，我还知道他没有什么合伙人，就是他自己买的。丁老伯，周小姐，我不理解你们为什么总是小瞧别人，更不理解你们为什么总是不相信自己的部下。你们一定认为刘劲龙自己不可能有钱买下一个工厂，但是我告诉你们，事实上他就是自己买下这个工厂的。"

"间谍！"周静怡说，"商业间谍！我早知道他是商业间谍！"

"您又自作聪明，"韩雪纯说，"事实上刘劲龙确实是刚刚从内地来，以前他连飞机都没有坐过，甚至宾馆也没有住过，但是他现在就是有钱了，而且就是这几天赚的钱。不瞒你们说，这几天我也赚钱了，只是我赚的没有他那么多罢了。你们一天到晚头埋在丁氏企业里，这几天深圳发生的事情根本就没有关心，新股认购，中国又诞生了一大批百万富翁，就发生在你们眼前的事情，你们不知道，不相信，还尽把人往坏处想。"

丁怀谷和周静怡这时候你看看我，我看看你，仿佛突然之间相互不认识了。不仅相互不认识了，而且也不认识韩雪纯了，不认识刘劲龙了，甚至自己不认识自己了。

"提出辞职是尊重您二位，"韩雪纯的话居然还没有完，还在继续说，"如果不辞职，就这么走，又怎么样？你们总不会认为刘劲龙现在还在乎这一个月的工资吧。不错，按照劳动合同，辞职是应该提前一个月申请，但是我们签订劳动合同了吗？说是正式聘任，至今连个正式的用工合同都没有，算什么正式聘用？既然没有正式聘用，都没有签订正式的劳动合同，你们凭什么要求我们按照劳动合同提前一个月辞职？"

韩雪纯还要说什么，刘劲龙赶快制止，因为他发现丁怀谷和周静怡的脸色已经不对劲。周静怡的脸色变成了猪肝，血紫；丁怀谷的脸变成了猪肺色，是洗净了的猪肺颜色，苍白，刘劲龙只是想离开丁氏企业，去做自己的企业，并不想闹出人命来，甚至也不想与自己的老东家结仇，所以，他必须立刻制止韩雪纯的语言刺激。

本来说好是刘劲龙先走一步的，但是，现在话已经说到这个份儿上了，只能两个人一起走了。周静怡会不会因此把他们想象成一对呢？不管周静怡是不是这么想的，刘劲龙的老婆陈小玫肯定是这么想了。

5

尽管刘劲龙和王文轩之间已经达成默契，暂时不让湘沅老家的人知道他们在深圳的情况，但是，毕竟是夫妻，自己的生活发生了这么大的变化，刘劲龙不可能一点不对陈小玫透露。

要说，但是又不能全说，刘劲龙选择了有分寸地透露。他没有把事情的全部真相告诉陈小玫，只是说他现在自己承包了一个工厂，经济状况比以前好一些了。作为自己经济状况好一些的一个实际标志，刘劲龙说要寄几千块钱给陈小玫，让她给家里装一部电话，这样联系起来方便一点。

陈小玫听刘劲龙说要给她寄钱，当然高兴，高兴得把韩雪纯的事情也暂时忘记了。但是，在钱往哪里寄的问题上，两个人却发生了分歧。刘劲龙的意思是不想直接寄给陈小玫，怕冶炼厂的人眼红，所以打算把钱寄给其他人，然后再转给陈小玫，但陈小玫的想法恰恰相反，她就希望刘劲龙把钱直接寄给她，而且是直接寄到冶炼厂，其目的非常明显，就是要让厂里人知道刘劲龙发财了，并且发了财之后还把钱全部寄给老婆。刘劲龙不打算在小问题上跟陈小玫闹别扭，想着反正就几千块钱，无所谓，就直接把钱寄到单位了。

冶炼厂的传达室门口有一块小黑板，厂里职工要是有挂号信、包裹单或汇款什么的，传达室的师傅就在黑板上写上这个职工的名字，这样，职工上下班的时候，就可以凭自己的工作证去领。陈小玫的汇款到了之后，自然也不例外，名字被写在黑板上。上班的时候，陈小玫一眼就瞧见了，却故意装着没有看见。到了车间，有几个姐妹问她，是不是刘劲龙从深圳寄钱来了？陈小玫还是装着不知道，没有去取，硬是把小黑板当成光荣榜，在厂门口整整挂了一天。到了晚上下班，再装就装不过去了，因为好几个同事一起跟她打招呼，告诉她黑板上有她的名字。陈小玫只好走过去。过去之后，又说自己的工作证没有带，丢在车间了，明天再拿吧。传达室的师傅认识陈小玫，特别是刘劲龙去了深圳之后，陈小玫也算是出名了，更加认识，师傅说没关系，你先拿去吧。

"那不行，"陈小玫说，"还是按照制度办。"

既然陈小玫自己都说按制度办了，那么当然就得按制度办，于是，"光荣榜"又保留了一天。等陈小玫把汇款单从传达室里取出来的时候，整个湘沅有色金属冶炼厂差不多人人都知道刘劲龙给陈小玫寄钱了。

既然整个厂里人都知道了，那么小玫的妹妹陈小清当然不会不知道。陈小清知道这个消息之后，心活了。

陈小清也在冶炼厂上班，但是不属于大厂，而是属于小厂。所谓小厂，就是专门为没有考上大学的职工子女安排就业的集体所有制性质的工厂，所从事的工作也都是服务性工作，比如陈小清，就是在职工食堂做炊事员。这也怪她命不好，等她高中毕业的时候，国家政策已经发生了变化，既没有考上大学，也没有再赶上像她姐姐姐夫那一批大规模招工，所以只能进小厂。小厂当然不如大厂好，企业性质不一样，职工的待遇也不一样。这么说吧，在湘沅冶炼厂，小厂职工跟大厂职工相比，好比民办教师和公办教师相比，事实上是要低一等的。如此，陈小清找对象就遇到了困难。首先是小厂的，在冶炼厂本来就低人一等；其次是炊事员，总觉得不如一线工人光荣，好像不是正规打仗的军队而是担架队一样。当然，陈小清长得还算可以，也不至于找不到对象，但是由于前面两个条件的限制，所以只能找条件相对差一些的。陈小清不干。陈小清知道自己长得比姐姐漂亮，起码比姐姐年轻，那么，对象的标准当然不能比姐夫差，但比姐夫刘劲龙条件好一点的职工肯定不会找大集体性质的炊事员，所以，为了条件不低于姐夫刘劲龙，陈小清最后找了个解放军。这个解放军战士不嫌弃陈小清的大集体身份和炊事员工种。在部队当兵，除了少数能提干的之外，就是"四个轮子一把刀"，炊事员跟汽车兵一样，属于好兵种，羡慕还来不及呢，哪里嫌弃？要说这个解放军战士，条件还真不比刘劲龙差，特别是军装一穿，甚至比刘劲龙还精神，所以，陈小清跟他的关系进展顺利，谁知正当他们要谈论结婚的大问题的时候，解放军战士退伍了，退到湘西农村，不用说，陈小清好歹是城市单位的职工，是绝对不可能跟着退伍兵到湘西乡下的，于是，她的婚事又没有着落了。所以，陈小清当时的处境非常不好。现在听说姐夫在深圳承包了一个工厂，于是就想去，说不定到了深圳，情况会有变化呢。

陈小清比姐姐有心计。主要表现就是有话不直接说，而是拐着弯说。陈小清对陈小玫说："姐夫既然承包工厂了，那么就等于是当厂长了，你可更要当心一点。"

陈小清这样一说，小玫马上就想到了上次电话里面刘劲龙说到的那个狐狸精韩雪纯。但是，天高皇帝远，能管得着吗？让刘劲龙回来是不可能的，她自己又不能放着好好的国营单位不要，跟着刘劲龙跑到深圳去。一家有一个下海就够危险的了，肯定不能两个都没有正式工作。

"要不然这样，"陈小清说，"我去。"

"你去？"陈小玫问，"去哪里？"

"去深圳呀，"陈小清说，"只要我去了深圳，守在姐夫身边，我看哪个狐狸精敢打姐夫的主意。"

"哎呀，我的好妹妹呀！"陈小玫高兴地叫起来。但转念一想，不行，我这不是害了妹妹吗？

"不行，"陈小玫说，"你工作怎么办？"

"什么狗屁工作呀，"陈小清说，"姐夫连正式工都敢不要，我这个破大集体，还是个火头军，不如为姐姐牺牲算了。"

陈小玫感动得热泪盈眶，当即表示，将来姐姐要是有干的吃，就绝不会让妹妹吃稀的。

接着，姐妹二人细心策划，决定事先不声张，悄悄地去深圳，给刘劲龙和那个韩雪纯来一个突然袭击。

第八章 "商业间谍"

刘劲龙接手李德厚的万德电器，从丁氏企业辞职，被丁怀谷和周静怡怀疑为商业间谍。韩雪纯出面证明：刘劲龙确实是刚刚从内地来的，以前连飞机都没坐过，但他今天有钱了，收购万德电器是他自己的行为，并非受人指使。随后，韩雪纯与刘劲龙一同辞职。

1

丁怀谷以前只喝台湾的金萱乌龙，不喝大陆的茶叶，还是那一年刘劲龙出差，带回来一听黄山毛峰，丁怀谷出于好奇，或者是挨不过面子，尝了一下，没想到立刻被那种云雾清香袅绕住了，无法挣脱，从此之后，一改多年只喝金萱乌龙的老习惯，好上大陆的毛峰来。这倒便宜了周静怡。起码，现在周静怡为丁怀谷和刘劲龙斟茶的时候，不必费事两次了。这时候，周静怡已经为他们把旧茶倒掉，洗了茶杯，同时换上新上市的黄山毛峰，重新泡好，端着两杯茶进来了。

她竟然用起了托盘，把自己搞得像茶庄里面的服务员。刘劲龙看了想笑，但终究努力克制住自己没有笑出声来。

照例，周静怡先走到丁怀谷的身边，微微欠下身子，小心地把新泡的热茶放在桌子上，再轻轻地往丁怀谷面前推移了一点，说：

"有点烫，稍微冷一下。"丁怀谷抬起头，冲着周静怡微笑着点点头。然后周静怡走到刘劲龙身边，却没有那么多的礼节，直接把茶杯往他面前一放，没有推移，也没有说话，倒是刘劲龙，关切地问周静怡："你不换一杯？"周静怡微微一愣，摇摇头，说不要。

刘劲龙开始喝茶。尽管他知道茶很烫，这时候根本进不了嘴，但他仍然要喝，一边吹着一边喝。其实喝进嘴里面的茶水很少，象征意义大于实际意义。

丁怀谷没有动，就那么看着刘劲龙。看着刘劲龙在吹茶叶，看着刘劲龙象征性地把茶水一点一点吸进嘴里。

而周静怡则低下头，握住笔，好像已经开始认真记录。可是，刘劲龙和丁怀谷一个喝茶，一个看喝茶，并没有说话啊。周静怡忽然感觉他们几个像是在演戏。又一想，人生原本不就是一场戏嘛。

2

那时候刘劲龙和韩雪纯在一起。

韩雪纯跟着刘劲龙来到万德电器公司之后，自然就成了刘劲龙的绝对心腹，有什么事情刘劲龙总是第一个跟她商量。并且韩雪纯发现，刘劲龙跟她的商量是真商量，不像丁怀谷那么虚假。丁怀谷往往是自己已经有主意，还要跟下面的人"商量"，真实的目的其实是试探下面的忠心不忠心，或者是故意表现对部下的"信任"，以前对许剑锋这样，后来对刘劲龙也这样，至于对韩雪纯，自然是从头至尾都这样，而刘劲龙现在跟韩雪纯是真商量，因为他好多东西还真不如韩雪纯清楚。毕竟，韩雪纯是专门学企业管理的；毕竟，韩雪纯在这个行业做的时间比刘劲龙长；毕竟，韩雪纯是真正的深圳人。刘劲龙现在就在跟韩雪纯商量。

刘劲龙认为，眼下最要紧的是两件事情，第一是把仓库里的积压电话机处理掉，现在处理，多少还能回笼一些资金，再不处理，就真的成垃圾了。第二是开发新产品，也就是市话通产品，不跟丁氏企业和龙威公司在无绳电话机上争高低，让丁怀谷和许剑锋他们打仗，等他们打得两败俱伤了，万德再突然杀出来，把市话通投放市场。

韩雪纯同意刘劲龙的看法，但是她说两项工作同样重要，不存在第一第二的问题，现在关键问题是明确分工，双管齐下，并且主动提出由她自己负责积压电话机的处理问题，让刘劲龙把全部精力放在市话通的开发上，韩雪纯提示：市话通产品的销售方式与无绳电话机完全不一样，要跟电信部门打交道。

其实不用韩雪纯提示，刘劲龙也知道。这时候，他看着韩雪纯，说："没想到你这么有主见，在丁氏企业的时候，你可不这样呀！"

"那当然，"韩雪纯说，"周小姐自以为是，还很刻薄，从骨子里并没有瞧得起我们大陆人，丁老先生表面上好一些，本质一样，对我们总是不信任。既然不信任我们，甚至看不起我们，谁能真心为他们效力？"

"好！"刘劲龙说，"李德厚的这批积压产品要了我三十万的价，现在我全部交给你，我也只要三十万，多的钱归你自己。"

"当真？"韩雪纯问。

"当然当真。"刘劲龙说。

"空口无凭，立字据。"韩雪纯说。

刘劲龙笑，好像还有点不好意思。

"这没有什么不好意思的，"韩雪纯说，"你不立字据，我怎么敢投入？"

"你还要投入？"刘劲龙不解。

"怎么能不投入呢？"韩雪纯说，"出差不花钱？打广告不花钱？请人不给工钱？拉关系不花钱？"

刘劲龙一听，才发现韩雪纯到底是专门学企业管理的，懂的其实并不比他少，再想到立字据肯定没有坏处，就照办了。

韩雪纯拿到字据后，马上就做了两件事情，一是转包，二是北上。转包是面向全公司八十多工人的。虽然是积压产品，但是电子大厦里面零售价还是卖到三十块钱一个，韩雪纯转包给工人的价钱是每个十五块钱，让他们各显神通，可以向商场推销，也可以直接拿到各小区门口直接向千家万户的家庭主妇兜售。韩雪纯了解了，自从深圳实行第二部电话免初装费之后，很多人家是两部电话，即使一部电话，也往往接一个分机，卧室一个，客厅一个，甚至还有在厕所里面接分机的，免得上厕所的时候没有办法接电话。韩雪纯甚至还算过账，如果十五块钱一个，全部积压产品能卖五十万，何乐不为？至于北上，就是她自己上东北，找沈老大。她不相信沈老大一点不给她面子，她不相信十五块钱一个电话机沈老大都不要。

韩雪纯的计划实施之后，深圳的各个住宅小区门口马上就有了直接向家庭主妇兜售电话机的人，兜售价格是二十块钱一个，比商店便宜，并且包接分机，所以生意兴隆。不用说，这些人全部是万德电器厂的工人。

刘劲龙对韩雪纯的工作非常满意，特别是转包，不仅能解决积压产品，而且还节省了人工开支，工人们在大街小巷卖电话机赚了钱，自然就不会再要求发工资了。刘劲龙庆幸，自己得到了一个好帮手。

正当刘劲龙感到庆幸之时，陈小清来了，而且是悄悄地来的，像鬼子进村，事先刘劲龙一点都不知道。

3

韩雪纯对自己的自信没有错。她只身到了沈阳，见到沈老大，没有喊沈老板，也没有称沈老大，而是直接喊沈大哥。

沈老大是北方汉子，平常见识的也就是跟他差不多的大大咧咧的东北大妞，而且他也一直以为自己就喜欢大大咧咧的女人，爽快，不像南方女人，黏糊，没想到今天被韩雪纯两声大哥一喊，晕了，于是他才发现，黏糊有黏糊的好处，甜，细腻，更有女人味道。

"啥事?"沈老大说，"只要大哥能使上劲的。"

韩雪纯不说话，笑，看着沈老大笑，仿佛她这么大老远来就是专门对沈老大笑的。说实话，如果换上刘劲龙，沈老大肯定是发火了，会说：大老爷们儿笑啥？有话就说，有屁就放。但是，今天在他面前笑的不是刘劲龙，是韩雪纯，同样还是笑，同样还是对着沈老大笑，在沈老大看起来，完全不是一码事了。

"什么事情都瞒不住大哥，"韩雪纯说，"真是有事来求大哥了。"

"说，什么事?"沈老大说。

韩雪纯就把刘劲龙已经离开丁氏企业，自己买下李德厚的万德电器厂，她也跟着过去了，并且现在承包销售积压电话机的事情说了一遍。并且说得很仔细，连李德厚作价三十万给刘劲龙，而刘劲龙又作价三十万承包给她的事情也说了。

"我也不想赚钱了，"韩雪纯说，"只要能收回三十万，我也就算交差了，也算是帮刘劲龙的忙了。"

"这么多货全给我?"沈老大问。

"不是，"韩雪纯说，"我按十五块一个批发给本厂的工人，让他们按二十块一个在住宅小区门口兜售。"

"那能卖多少?"沈老大说。

"卖一个是一个。"韩雪纯说。

"好，"沈老大说，"就按你讲的，卖一个算一个。你马上让他们发一万个过来，我不赚你的钱，白帮忙，但我现在不给你钱，卖完了再结算。"

韩雪纯想了想，发觉这个沈老大看起来很爽，其实很精，不给钱先拿货，说起来是白帮忙，卖不掉自然是什么忙也没有帮，卖掉了，到底卖多少钱一个只有他自己知道。

"那不行，"韩雪纯说，"大哥要是说白帮忙，那就等于说是不帮忙了。"

这下该沈老大笑了。

"人小鬼大，"沈老大说，"依你，你说怎么做？"

"我按十五块一个给你，"韩雪纯说，"你卖多少我不管。"

沈老大眨巴眨巴眼，又拿计算器按了半天，说不行。

"那就十二块钱一个，"韩雪纯说，"要现钱，不是一万台，是两万台。"

韩雪纯虽然没有按计算器，但心里也在打算盘，深圳那边回收十万块钱还是有把握的，只要沈老大这边能回二十万，也就差不多了。

沈老大又是在计算器上一阵乱按，并不真是希望得到什么数据，而是把计算器当成道具，说服对手的道具。

"十二块一个没问题，"沈老大说，"但是付现金不行。"

韩雪纯没说话，看着沈老大，把眼睛眯成月牙状。

"最多只能付给你一半。"沈老大说。

"二十二万，"韩雪纯说，"留两万做底。"

"十五万。"沈老大说。

"二十二万。"韩雪纯说。而且说的时候依然那么笑，是沈老大很少见到的那种只有南方女人才能有的那种笑。

"十六万，再不能多了，能不能卖出去还两说呢。"

"二十一万，再不能少了，深圳还卖三十元一个呢。"

"好了好了，"沈老大说，"算我心软，一口数，十八万，不行就别怪我不帮忙了。"

"两万个十八万？九块钱一个？"韩雪纯问。这样问着，脸上的笑慢慢消失了。等消失完了的时候，眼泪就下来了。

"哎哎哎，别哭，别哭，你哭什么，我的姑奶奶，好好好，就按你说的，二十万，你发货吧，要快，空运，今天就发。"

李德厚留给刘劲龙的货差不多就三万多一点，虽然最后也没有全部卖掉，但三十万资金还是回来了。工人们差不多卖出去十万，沈老大这边回来二十万。不知道是韩雪纯个人魅力的缘故，还是她的魅力发挥到什么程度的缘故，或者是沈老大本来就是守信用的人，最后沈老大虽然口口声声说这单生意做赔了，但余款四万还是给了韩雪纯，按照刘劲龙和韩雪纯当初立的字据，这四万余款就是韩雪纯个人的劳动所得。用她自己的话说，她这四万块钱是笑来的，哭来的，不容易。

第九章　"卧底"

陈小玫舍不得国营单位的"铁饭碗"，又担心刘劲龙在深圳"有钱就变坏"，而小姨妹陈小清原本就是大集体性质的"火头军"，渴望来深圳，于是，陈小玫就派妹妹来深圳当"卧底"。可是，陈小清到深圳后，立刻被王文轩"俘虏"，哪里还能对姐夫起到"监督"的作用。

1

刘劲龙终于开始说话。

尽管茶水很烫，尽管刘劲龙需要一边吹着一边才能象征性地吸进口里一点茶水，但就是这样，一杯茶也被他喝下去半杯了。刘劲龙似乎已经没有退路，这时候他必须说话。

刘劲龙现在也已经是成功的企业家了，他当然知道，谈判有时候比的就是耐心，很多时候双方都这么僵持着，都不说话，这时候如果谁先沉不住气，率先打破僵局，先说话，往往就意味着谁率先做出让步。可是，在收购湘沅有色金属冶炼厂的问题上，他是不能让步的呀。所以，刘劲龙一直忍耐，一直不说话，现在已经忍到茶都换了，并且新换上来的一杯黄山毛峰都快喝完了，他总不能一直这样沉默下去啊。

要打破僵局就必须开口说话，可开口说话却又不能有丝毫的让步，怎么办？刘劲龙还是决定说心里话。至于他说了心里话之后，丁怀谷是不是能接受他的意见，刘劲龙无法预测。刘劲龙知道，想改变一个人的偏见是非常困难的事情，想改变一个年长的成功企业家的偏见几乎是不可能的。但是，做企业，不就是把不可能变成可能吗？

刘劲龙对丁怀谷说起了掏心窝子的话。"我认真计算过了，"刘劲龙说，"即使将来万一工厂搞不好，那么大一个有色金属冶炼厂，沿着沅江连绵几里，我就是把它炸了，改做房地产开发，也保证不会吃亏。"

刘劲龙说完，周静怡心里一震，心想，刘劲龙啊刘劲龙，这么大一个埋伏，你连我都没有透露啊。事实上，关于怎么说服丁怀谷接受刘劲龙的收购计划，他们小两口昨天一直商量到半夜，可刘劲龙并没有对周静怡说到将来有可能利用冶炼厂的地皮开发房地产的设想，因此，现在刘劲龙突然这么说，周静怡虽然有些振奋，但心里却不是很舒服，她怀疑刘劲龙似乎对她隐瞒了什么。周静怡想，除了这个开发房地产的设想之外，是不是还有其他隐瞒？周静怡忽然想到了刘劲龙的前妻陈小玫。想起此时的陈小玫就在湘沅，就是湘沅冶炼厂的职工。周静怡进一步想，刘劲龙这么执意地要回去收购自己的"娘家"，除了他所说的这些理由外，是不是还包含其他理由？比如包含对陈小玫的情感？

2

按照姐妹两个人的策划，陈小清这次来深圳没有直接去找刘劲龙，而是先找到王文轩。

王文轩的餐厅已经开张，开张之前，将原来的粤西酒楼换了一个名称，改叫"湘江餐馆"，算是不忘本吧。刘劲龙说这个名字起得好，冲着这个名字，他会经常来的。赵一维也觉得不错，至少比以前的粤西酒楼好，粤代表广东，而广东人不善喝酒，所以这两个字搭配在一起本来就荒唐。而王文轩自己则说，他没有想那么多，就想到自己是湖南人，而湘江是湖南的母亲河，再说湘江这两个字本身还能听得过去，所以就这么叫了。刘劲龙建议，既然叫湘江餐馆，那么就应当专门做湖南菜。赵一维说中国的八大菜系当中没有湖南菜。刘劲龙说以前没有，以后可以有嘛。赵一维说难，因为湖南菜与川菜和湖北菜很接近，很难再形成独立的菜系。刘劲龙说不一定，现在老百姓已经把毛主席当成了圣人，电影上说毛主席喜欢吃红烧肉，于是就有人把"毛氏红烧肉"定义为一道菜，这道菜总不能算川菜或湖北菜吧？刘劲龙这样一说，王文轩就有了灵感，说干脆我们就围绕着毛主席喜欢吃的菜来设计自己的菜谱，并且把整个餐馆的墙壁上挂毛主席各个历史时期的各种照片。照片选用黑白的，突出历史感，给人一种怀旧的感觉。刘劲龙说好，这是一个好主意，并且建议王文轩不要说自己是湘沅人，就说自己是韶山人，反正口音差不多，外人听不出来，能听出来的就是老乡，不会戳破的。赵一维也觉得这个想法不错，有文化内涵，说还可以把股市上的朋友带来吃饭，关照王文轩的生意。

有钱好办事，王文轩装修餐馆的钱还是绰绰有余的，于是，一个崭新的"湘江餐馆"就算是正式开张了。一进门就是一幅毛主席夹着《湘江评论》的巨幅画像，仿佛毛主席手上那个"湘江"就是本餐馆的"湘江"，倒也颇具特色，以假乱真。

开张的时候，刘劲龙、赵一维、韩雪纯还有王文轩以前保安队的那些哥们儿自然前来祝贺。按照规矩，来宾都封了红包，只有刘劲龙和赵一维没有封，太熟悉了，反而不好意思封红包了。不过，他们花的钱不比别人少，因为他们送了花篮，而且入乡随俗，学着当地广东人的习惯，为王文轩请了财神。

喝庆祝酒的时候，刘劲龙突然说："你这个餐馆缺少一个东西。"

"什么东西？"王文轩问。

"你怎么不早说，"赵一维说，"早说我们替他补上嘛。"

174

赵一维说的是实话，因为开张之前他们很想为王文轩的餐馆破费一点，可惜想了半天，除了花篮和财神之外，再没有想出别的好东西，现在已经开张了，刘劲龙又说他发现餐馆少了东西，赵一维当然惋惜。

见赵一维这么认真，刘劲龙笑起来，说："缺老板娘，你给他补上呀！"

大家听了，自然哄堂大笑，并要求赵一维罚酒三杯。

托毛主席和财神爷的福，湘江餐馆开张之后果然生意兴隆，但一个星期下来，一盘算，盈利不如预算的好。赵一维正好来吃饭，王文轩把疑虑说给他听。

"出在厨房里，"赵一维说，"收银和采购这两个环节你抓了，但是厨房你没有管，所以漏洞就出在这里。"

"那怎么办？"王文轩说，"我不能分身呀，再说厨房我实在不懂，用了多少油和肉，甚至烧了多少液化气，边角料掌握到什么程度，我一概不知。"

赵一维摇摇头，想不出更好的办法。

正在这个时候，陈小清来了。后来王文轩对刘劲龙和赵一维说，陈小清是苍天派来的。

陈小清一来湘江餐馆，首先就闹了一个笑话。她说她要找王文轩，餐馆的迎宾告诉她，我们老板不在，刚刚出去了。陈小清说我不找你们老板，我找王文轩。迎宾说是啊，我们老板刚刚出去了，去火车站取货了。陈小清又说，我不找你们老板，我就找王文轩！两个迎宾小姐互相看看，竟然怀疑陈小清神经有问题。正在这个时候，王文轩回来了。

王文轩是从火车站取新米回来。王文轩认为餐馆首先是吃饭的地方，所以米一定要好，而深圳的餐馆，最好的米就是泰国产的所谓香米，湘江餐馆一开始用的就是所谓的泰国香米。王文轩认为，再贵的米也只占了餐馆极小的一点成本，但给客人留下的印象很深刻，所以，在用米的问题上，一定要舍得花钱。但是，吃了两天，王文轩发现所谓的泰国香米只是看上去好看，吃起来味道并不怎么样，没有米的味道。他怕是自己的口味问题，还专门请教了赵一维，赵一维说是的，泰国一年三季稻，哪能长出好米？好比一个男人一晚上睡三个女人，哪能睡出好质量？王文轩听了当然先是笑，然后才悟出其中的道理，相信自己的判断是正确的，泰国香米确实不怎么样。那么，用什么米替代它呢？王文轩没有多少见识，除了深圳之外，几乎没有跑过其他地方，记忆中家乡的新米味道最好。小时候，每年新米上市的时候，乡下的亲戚或个别学生家长都要送新米来让他们全家尝鲜，味道好极了。既然叫"湘江餐馆"，干吗不用家乡的新米呢？王文轩特意给家乡一个在铁路上工作的同学打电话，让他托运两百斤新米来，如果好，再追加。今天上午提货单刚刚到，王文轩想今天中午就让客人吃湘沅的新米，所以刚才就去了火车站，没想到一回来，正好就碰上了陈小清。

"陈小清！你怎么来了?!"王文轩又惊又喜。

"我怎么就不能来？"陈小清说，"深圳是你家开的呀。"

"哪里哪里，"王文轩说，"欢迎还来不及呢。"

王文轩和陈小清这样说着，店里的服务员和厨房的师傅们已经张罗着从出租车的后座和尾箱当中把新米扛进来。由于是在老板面前，所以这些人干得十分卖力，经过王文轩面前的时候，还故意摆出吃力的样子，吭哧吭哧的，脸涨得通红。

"好啊王文轩，"陈小清说，"你真的当老板了呀。保密工作做得不错嘛，连你妈妈都不知道。"

"什么老板，"王文轩说，"小本生意，不像你姐夫。"

"我姐夫怎么了？"陈小清问。

"你姐夫他……哎，刘劲龙知道你来了吗？怎么你一个人来了？刘劲龙呢？"

"别打岔，"陈小清说，"说，我姐夫怎么了？"

"你姐夫……他生意比我大。"王文轩说。

176

"听说他承包了工厂?"陈小清问。

"承包工厂?啊,哈,是啊,是啊,是承包工厂。"

两人吃饭的时候,王文轩对陈小清说了心里话:他们的生意刚刚起步,都不想让冶炼厂的人知道,还望陈小清回去的时候一定嘴下留情,保密。

"放心,我不打算回去了。"陈小清说。

"不回去了?"王文轩问。

"怎么?"陈小清说,"只允许你们来深圳,不允许我们来深圳?"

"不是不是,"王文轩说,"只是有点突然。要是早知道你来,我们也好去车站接你呀。"

"这话还中听。"陈小清笑了。

"对呀,"王文轩说,"你怎么不打个招呼就跑过来?搞突然袭击呀?"

王文轩这样一说,陈小清就不笑了,就把她姐姐担心的事情说了出来。

"多余,"王文轩说,"纯粹是多余。别说刘劲龙跟那个韩雪纯根本就没有什么关系,就是有,靠你来能看得住?"

"这我知道,"陈小清说,"其实我也没有打算看住他们,是我自己想来深圳。"

"你也想来深圳?"王文轩问。

"怎么,不能想呀?"陈小清说。

"那倒不是,"王文轩说,"我跟刘劲龙当初是被逼得没办法,你在厂里做得好好的,怎么也想来深圳?"

"什么好好的呀,"陈小清说,"大集体,火头军,低人一等,受的气还少呀。"

"火头军?对,你在食堂做炊事员。……那好啊!你找到工作没有?我这里正好缺个管厨房的。"王文轩禁不住叫起来。但是,他马上就压低了声音,怕厨房那边听见。然后,他就一直这样压着嗓音

177

跟陈小清说了很多。说得陈小清一会儿点头，一会儿摇头，一会儿想笑，一会儿又十分严肃，反正最后的结果是陈小清答应在湘江餐馆帮着王文轩管厨房，包吃包住，每月的工资一千元，干一年等于在冶炼厂干半年了。

3

王文轩把陈小清安顿好之后，觉得这个事情怎么都应该告诉刘劲龙，但是如果不事先跟陈小清商量好，也不妥当。

说实话，王文轩这时候已经感觉到他和陈小清之间可能会向那方面发展了，如果不是，想都不用想，肯定会找个空当，给刘劲龙打电话，通风报信。但想到自己和陈小清的关系有可能发展，这事情还是要先和她商量。

"你应该给你姐夫打个电话吧？"王文轩问。

"啊，对呀，你给他打电话吧。"陈小清说。陈小清正在查看厨房用品，所以回答的声音比较大。

"那我怎么对他说？"王文轩问。

陈小清出来，来到一个相对静一点的角落。

"说是你请我来的？"陈小清问。

王文轩笑了，笑着摇摇头，说："不好。"

"怎么不好？"陈小清问。

"还是要说实话，"王文轩说，"就是你不说，将来你姐姐也肯定要说。到时候刘劲龙以为我们俩合起来骗他，还怎么做兄弟？"

"那倒是，"陈小清说，"我现在怎么跟我姐姐说呢？说我没有去监视我姐夫，跑到这里监视你了？"

陈小清这样一说，就真是讲笑话了，王文轩也被她逗得笑起来。其实王文轩是不怎么爱笑的人，但自从陈小清来了之后，他好像一直都在笑。

"先不管你姐姐那边，"王文轩说，"你姐姐那边过两天解释也没关系，先考虑怎么跟刘劲龙说。"

"照直说，就说我来了，先到你这里来了。"

"那么他要是问呢？"

"问什么？你这里离火车站近，所以我就先来了。"

王文轩发现，这还真是个说法。不管那么多了，先这么说吧。

王文轩立刻就给刘劲龙打了电话，告诉他，陈小清来了。

"小清来了？她什么时候来的？"刘劲龙问。问的声音也蛮响，好像正在车间里，背景声音比较大，所以他说话的声音也必须大。

"刚来。"王文轩回答。回答的声音蛮小，像说谎。其实也真是说谎，因为陈小清并不是"刚来"的，已经吃了一顿中饭并开始工作了。

"她现在在哪里？"刘劲龙仍然扯着嗓子问。

"在我这里，"王文轩说，"湘江餐馆。"

"啊，那好，那就麻烦你了，我现在过不来，晚上才能过来。你给赵一维打一个电话，约他晚上一起吃饭吧。"

"好吧。"王文轩说。

像这样不具体说明晚上在哪里吃饭，那么肯定就是在王文轩的湘江餐馆。正好，王文轩想，可以吃家乡的新米。

但是，那天的晚饭他们差点没有吃成，因为正当王文轩和陈小清给刘劲龙打电话的时候，厨房的两个师傅带上两个配菜的已经在策划造反了。

"我们不做了。"大师傅说。

"不做了？"王文轩问，"为什么？"

"不为什么，"大师傅说，"做得不开心就不做了。"

"那不行，"王文轩说，"哪能说走就走的？起码你得提前两天告诉我，我好有个准备呀。你们这样突然撂挑子，不是存心让我为难？"

大师傅不说话，但满脸的不服气。

"说得倒好听，"二师傅说，"你都另请师傅来了，还要我们做什么？"

"误会了，"王文轩说，"误会了。她不是我请来的师傅，她是我好朋友的小姨子。就是那个刘老板，你们见过，她是刘老板的小姨子。"

两个师傅你看看我，我看看你，又一起看看陈小清。

"那也一样，"大师傅说，"反正是来当大师傅的。"

"不是当大师傅，"王文轩继续解释，"是管厨房。"

"还是一样。"大师傅说。

王文轩还要解释，大哥大响了，大哥大比人的面子大，先接大哥大。

是刘劲龙打来的。

"不好意思，"刘劲龙说，"刚才正在扯皮。陈小清来了？"

王文轩看看陈小清，先吸一口气，说："是啊，来了。这不，搞的厨房师傅还闹情绪。"

"厨房师傅闹什么情绪？"刘劲龙不明白。

王文轩不说话，也不知道该生气还是该高兴，最后把手机递给陈小清。

陈小清显然是没有用过大哥大，在接过来的时候还稍微迟疑了一下，但还是接过去了，并且知道放到耳朵上。

"龙哥。"陈小清说。

"真是你呀！"刘劲龙说，"你怎么来了呀？你姐姐知道你来了吗？怎么事先也不打个电话？"

陈小清边听边往门口走。站在湘江餐馆门口，停下，把情况简单地说了，"简单"到是因为她不想在冶炼厂那个大集体当炊事员了，想来深圳闯闯。

刘劲龙愣了一下，说也好，然后又说："正好王文轩开了个饭店，你过来正好可以帮他，正好还……"

刘劲龙笑起来。

180

刘劲龙一笑，陈小清脸红了，好在隔着电话，看不见。

陈小清显然已经把姐姐小玫交代的任务抛到了脑后，现在跟刘劲龙说起这里师傅要辞职的事情。

刘劲龙听了后，说要当机立断，厨房里的活不是闹着玩的，既然他们已经有这种想法，干脆马上让他们走。

"那么晚上的生意怎么办？"陈小清担心。

"大不了就停业一天。"刘劲龙说。

"这事要跟文轩说吧？"陈小清还是担心。

"行，"刘劲龙说，"你把电话给他。"

陈小清回到店里，把大哥大交给王文轩，并且示意他出去接。

刘劲龙把意思对王文轩说了，并说他马上过来。

听了刘劲龙的话，王文轩顿时有了底气，马上拿出老板的派头来，让两个大厨和两个配菜的立刻走人，当场炒鱿鱼。那一刻，王文轩感觉特别的爽，特别是当着陈小清的面，这种爽又翻了好几倍。原来炒人这么爽呀，难怪当老板的都喜欢炒人。刘劲龙说得对，王文轩想，大不了就停业一晚上，有什么了不起的？

但那天湘江餐馆其实并没有停业。那天王文轩前脚把几个师傅炒掉，刘劲龙随后就带了两个人过来。带的两个人来的目的不是帮着王文轩打架的，而是帮着王文轩做饭的。那天放下电话后，刘劲龙立刻就问工人当中有没有会做饭的，一问，居然很多人都说会，于是刘劲龙就挑选了两个跟他一起来。当天晚上，陈小清主勺，刘劲龙带来的两个师傅帮忙，加上王文轩和刘劲龙也在旁边当下手，居然没有耽误晚上的营业。

第十章　好人不一定是好商人

　　为了刘劲龙，李德厚去求周献林，周被李为朋友两肋插刀的精神感动，他告诉刘劲龙："你遇到了好人。李德厚就是好人。心肠好，心软，不害人。但是好人不一定是好商人，在绝大多数情况下，心软的人反而做不了生意。"

1

　　刘劲龙的这段话还真有些打动丁怀谷了。丁怀谷微微闭上眼睛一想，中国有十亿农民，每个农民都想成为真正的城里人，而随着政策的宽松和经济的发展，越来越多的农民有能力进城买房，在城市定居，因此，中国的房地产刚性需求不断增长是客观存在的。在丁怀谷看来，中国城市化的过程至少要持续几十年甚至上百年，也就是说，中国的房地产市场在未来的几十年甚至上百年之内总的趋势是向上的。那么，对于一个企业家来说，在适当的时机涉足房地产业或许是个不错的选择。再一想，在风景如画的沅江边上，连绵数里统一规划统一管理的规范住宅小区，配上绿化和环绕小区的林荫小道，不要说湘沅当地人，就是湘潭、长沙等地的有钱人，周末开车去度假也不是没有可能，如果再沿切水线由里到外由低到高分别建设别墅、多层、小高层、高层，整体布局，错落有致，倒也景色宜人，到时候，自己选择其中的一幢别墅养老也未必不是一种惬意。

这么想着，丁怀谷的眼睛里透露出了柔和。他忽然意识到，刘劲龙这么执意要回湘沅收购有色金属冶炼厂，并非完全意气用事，也并非为了光宗耀祖，更主要的，可能还是从商业的角度考虑的。果真如此，那么自己何必要坚决反对呢？

如此，"谈判"似乎出现了松动的迹象。

2

韩雪纯处理存货的资金回来后，刘劲龙一分钱都没有留，立即把这三十万全部还给李德厚。李德厚不要，说你现在刚刚起步，正是用钱的时候，你先用。

"不行，"刘劲龙说，"当初说好的，等我有钱了就还你。"

"你现在算是'有钱'吗？"李德厚说，"这钱不能算你的进账，等你有进账再说。"

刘劲龙坚持要给，说这存货本来就是你的，我现在既然已经帮你销出去了，当然应该把钱给你。

"好，"李德厚说，"好！你跟丁怀谷那老东西确实不是一种人，这个厂卖给你算是找到好婆家了。本来我这个顾问是打算挂名的，现在我打算真帮你做点事情。"

说到做到，李德厚立刻就帮着刘劲龙联系了机芯供货商。也幸亏如此，不然刘劲龙麻烦大了。原来，刘劲龙的老东家丁怀谷比他想象的鬼，本来按照刘劲龙和韩雪纯的计划，不参与无绳电话机的竞争，让丁怀谷和许剑锋打，刘劲龙坐山观虎斗，等丁氏企业和龙威公司两败俱伤了，万德电器再突然杀出来，一下子把市话通铺天盖地抛向市场，打他们一个措手不及，没想到丁怀谷是老生姜，他一面跟龙威公司为争夺无绳电话机的市场斗智斗勇，打得不可开交，另一方面却神不知鬼不觉把手伸向了市话通，并且已经抢在刘劲龙之前跟机芯供货商签订了合同，如果不是李德厚及时出面，刘劲龙恐怕被丁怀谷卖了还不知道。

与丁怀谷签订合同的供货商叫周献林，也是湖南人，湖南汨罗人，现在已经是香港身份，但香港话并没有说好，在香港人面前不敢说，在内地人面前敢说，所以就养成了一个非常奇怪的习惯，在香港人面前说普通话，在内地人面前说香港话，至少是变了味的香港普通话。不要看周献林香港话说得不好，但是文化素质比一般的香港商人高，一般的香港商人，即便是大学毕业，那个大学跟周献林上的大学也不能同日而语。周献林是1977年恢复高考后第一批考上大学的，内地整整十年才有他们那一批，竞争难度自然不一样，假如说现在的大学生是从一年的毕业生中挑选的精英的话，那么周献林他们那一届就是从十年毕业生中挑选的精英，所以，周献林是精英中的精英。虽然是后来去香港的，但做生意有远见，善于审时度势，把握大局，所以发展很快，现在是香港和深圳地区做电话机机芯的大哥大。不用说，周献林跟丁怀谷和李德厚都是老熟人了，但是跟刘劲龙并不熟悉，现在经李德厚一介绍，加上又是同乡，自然跟刘劲龙一见如故，也不说什么香港话和香港普通话了，两人直接说起了湖南话，把吃说成"掐"，把没有说成"冒"。

周献林告诉刘劲龙：你遇到了好人。这个李德厚就是好人。心肠好，心软，不害人。但是好人不一定是好商人，在绝大多数情况下，心软的人反而做不了生意。

"所以，"周献林说，"他把工厂卖给你是对的。"

周献林说得对，李德厚确实是好人，但好人不一定就是好商人。这个话如果反过来说，好商人是不是就不是好人呢？刘劲龙想问，但是不好问，因为他自己现在就是商人，而眼前这个同乡老大哥周献林也是商人，并且显然是一个成功的商人，成功的商人当然也可以说是好商人，如果说好商人不是好人，那么不等于骂他吗？所以，刘劲龙没有问。其实也不用问了，周献林马上就把自己商人的一面表现出来。

"不是我不帮你，"周献林说，"朋友归朋友，生意归生意，既然我已经跟丁怀谷签订合同了，按照协议和商业规矩，我就不能再跟你签合同，否则，我们俩在江湖上都没的混。"

既然周献林这样说，刘劲龙就什么话也不用说了。刘劲龙非常失望，不是对周献林失望，而是对自己失望，对自己工厂的前途失望，并且很快把这种失望变成几乎绝望。他已经把全部希望押宝在市话通上，如果没有机芯，那么市话通就是一个空壳，好比热水瓶没有胆，或者是漂亮的电脑没有软件，再漂亮也是空的。换句话说，他的一切计划都是海市蜃楼。而如果不能拿出市话通，他的工厂就是一部吃钱的老虎机，第一个月工人靠推销积压的电话机，算是顶过来了，没有给他找麻烦，如今积压的产品也基本销售完了，即使再榨，也榨不出八十名工人一个月的工资。不仅是工资，工厂只要存在一天，每天都有七七八八说不清楚的开支，而刘劲龙手中这几十万，是经不起几个月折腾的。

刘劲龙甚至后悔了，后悔当初并没有考虑周全就仓促地买下了李德厚的工厂。本以为捡了一个便宜货，现在才理解李德厚为什么这么急着出卖它了。工厂如果不出产品，就等于家里养了一个吸毒鬼。

刘劲龙现在才深切地体会到老板不是那么好当的了。其中最难的，就是当老板必须作假，明明心里痛苦得流血，脸上却要装作胸有成竹的样子，明明天天晚上睡不着觉，白天却要强打精神装作神采奕奕，好像刚刚中了六合彩一般。

苦啊！

刘劲龙心里的苦能瞒得了别人，却瞒不了两个人，一个是李德厚，另一个就是韩雪纯。李德厚自不必说了，工厂好比是他自己养的亲儿子，太了解了。工厂一天要支出多少钱李德厚知道，周献林已经跟丁怀谷签了机芯供应合同李德厚也了解，所以，刘劲龙此时心里的苦李德厚不用想也清楚。他也有点后悔，后悔把工厂卖给了刘劲龙，本来是想帮刘劲龙的，没想到现在是害了他，李德厚心

185

里好像是做了亏心事一般。但是，后悔也不顶用，工厂已经卖了，不能再收回来，现在唯一能弥补的，就是帮着刘劲龙尽快走出困境。李德厚正在努力。

韩雪纯是凭女人的直觉感觉出来的。韩雪纯发现，最近刘劲龙见到她就笑，但明显是强行挤出来的笑，常常是笑头不笑尾。明明是笑的，但是只要脸一背过去，马上就比哭还难看。韩雪纯相信，刘劲龙一定遇到了什么难事。韩雪纯问了两次，刘劲龙打岔，没有问出来。难道是他老婆那边的事情？韩雪纯想。关于刘劲龙老婆那边的事情，虽然没有任何人对她说，但韩雪纯多少还是察觉出一些蛛丝马迹的。因为韩雪纯现在跟王文轩和赵一维他们也算是一个圈子里面的人了，经常来往，上次去王文轩的湘江餐馆吃饭，发现大师傅换了，换成一个女的，一打听，知道是陈小清，刘劲龙的小姨子，按照常理，既然是刘劲龙的小姨子，那么就应当介绍韩雪纯认识一下，但是没有，不但没有，他们好像还刻意回避这个话题，不正常。再后来，韩雪纯自己主动跟陈小清打招呼，还招致陈小清不冷不热，于是，韩雪纯多少有点察觉。

韩雪纯决定找刘劲龙好好谈谈。

"我觉得您应该把感情上的事情先放一放，"韩雪纯说，"先把生意上的事情处理好。"

"是，"刘劲龙说，"是这样的。"

韩雪纯脸红了一下，问："是不是与我有关？"

刘劲龙茫然了，不知道这事跟韩雪纯有什么关系。

"没有，"刘劲龙说，"绝对没有。"

"真的？"韩雪纯问。韩雪纯在这样问的时候，脸是朝下的，但是眼睛却盯着刘劲龙，如此，眼光就有点暧昧。可惜刘劲龙心里想着机芯的事情，没有在意。

"真的。"刘劲龙说。

"那么陈小清怎么对我有敌意？"韩雪纯问。

"陈小清对你有敌意？"刘劲龙问，"怎么会呢？啊，是啊，她是对你……"

刘劲龙不知道该怎么表达了。

"是不是你老婆怀疑我们之间有什么？"韩雪纯问。

"啊，不是。是。她就是这样，没文化，还小心眼。你千万不要往心里去。"

"我倒没有往心里去，"韩雪纯说，"倒是你自己，一天到晚这么魂不守舍的样子，叫人担心。"

"我魂不守舍？啊，是吧。没有。真的没有。"

"还说没有，"韩雪纯说，"你骗得了别人，还能骗得了我？这些天你老是走神，你自己不知道？"

刘劲龙张着嘴，看着韩雪纯，说不出话。不知道该说什么。

"搞企业不容易，"韩雪纯开始开导刘劲龙，"既然你已经选择这个职业，就要对自己负责，对企业负责，对员工负责。你现在这样因为自己感情上一点点波折，就把情绪带到工作当中，不是很不负责任吗？"

"我？把情绪带到工作中？嘿，不是。不是这么回事！"刘劲龙说。

这下该韩雪纯不说话了，把头抬起来，正眼看着刘劲龙，等待他的解释。

刘劲龙经不起这样的眼神，说了。把周献林已经跟丁怀谷签订合同的事情说了。

刘劲龙说完，韩雪纯半天没有作声。

"看来是我们小瞧丁怀谷了。"韩雪纯说。

"就是。"刘劲龙说。

"你应该早跟我商量呀。"韩雪纯又说。

"是的，"刘劲龙说，"天天想着要跟你商量，但是想也知道你没有什么好办法，白让你跟着操心，何苦呢？"

"你怎么知道我没有好办法？"韩雪纯说，"上次处理那批积压货，还不是本小姐的功劳？"

"那是，"刘劲龙说，"但这次不一样，这次我是一点办法都没有了。"

"周老板跟丁先生签订了合同，就一定不能跟我们再签了吗？不会吧？是不是他想抬高价格？"韩雪纯问。

"这个我也想过了，"刘劲龙说，"不排除这种可能。但问题不在这里，即使周老板现在跟我们也签订一个合同，我们和丁怀谷一起上马市话通，凭实力，凭销售能力，凭市场的关系，我们哪一条也比不上丁氏企业，到时候还是玩不过他，说不定赔得更惨。所以，我们要想斗过丁老板，唯一的办法就是在时间上抢先，用时间换空间，本来我们就是这么想的，现在不但没有抢先成功，却反而被他先签了合同，我能有好心情吗？"

刘劲龙说着，几乎要哭了。

$\mathcal{S}$

刘劲龙这边一筹莫展，王文轩那边却开心得很。

自从陈小清来了之后，厨房成本大幅度降低。比如辣子鸡丁，陈小清来之前，每份辣子鸡丁卖十八块，大鸡要三分之一，小鸡要半只，成本差不多占一半，陈小清来了之后，进了许多鸡骨架，每个两块钱，跟肉鸡掺在一起，每份辣子鸡丁成本只摊三块钱，鸡骨架斩碎后跟少量肉鸡一起往油里一炸，客人根本吃不出是鸡的味道还是鸡骨架的味道，看着分量还比以前足，因此更加受欢迎，竟然成了湘江餐馆的主打菜。

"看来做哪一行都有窍门呀。"王文轩感慨地说。

至于王文轩和陈小清之间的关系，大家没有明说，好像也不需要说什么，自然就是那么回事了。王文轩在餐馆附近租了两套房子，本来是服务员住一套，他自己跟两个师傅住一套，当然，他一个人一间，两个师傅合住一间，现在师傅们撂挑子走了，陈小清顶替师傅的位置，不但顶替师傅掌勺的位置，也顶替师傅住宿的位置。一开始陈小清还有些矜持，不习惯，虽然在内地的时候就听说过深圳这边男女住在一套房子里很平常，但真到自己和王文轩一男一女住在一套房子里了，却又觉得不像话，王文轩说深圳都是这样，没关系，陈小清再看对面服务员那套房子，也是男女合住的，如果她坚持不跟王文轩住一套，倒显得自己没有见识甚至是假正经了，再说，如果不跟王文轩住在一套房子里，难道跑到对门和普通员工住在一起？那不是主动降低自己的身份？于是，就只好住在王文轩的这套房子里。后来，也不记得从哪一天开始，更不记得是王文轩主动的还是陈小清自己主动的，反正两个人住着住着，就从两个房间并到一个房间了，但对外还是保留两个人分别住两个房间的样子，还在两个房间各自保留了床铺。最后，两个人自然是彻底地兼并收购了，干脆扯下面具，把原来的小床搬到对面服务员宿舍的厅里面，他们重新买了大床和家具，正儿八经地过起了小夫妻日子，如此一来，餐馆里面的小师傅和服务员对他们的称呼倒简单了，简单到只相差一个字，"老板"和"老板娘"。

刘劲龙对韩雪纯说："真羡慕他们。"

韩雪纯不接话，主要是不明白刘劲龙说这话是什么意思，是羡慕王文轩和陈小清过起了小夫妻生活呢，还是羡慕王文轩做小老板比刘劲龙做大老板惬意呢？韩雪纯听不懂，所以不好接话。

陈小清是惬意了，彻底惬意了，但是姐姐小玫并不惬意。这时候从电话里知道陈小清并没有去监视刘劲龙，而一头扎到王文轩的餐馆里，非常不高兴。

陈小清向姐姐解释：姐夫的工厂根本就没有开张，哪里能安排我上班？而王文轩的餐馆正好缺人手，我本来就是做这行的，当然在他这里先做着。

陈小清的解释显然是有保留的，比如她没有将自己其实已经跟王文轩好上了的情况说出来。尽管如此，基本目的还是达到了，因为小玫听了陈小清的解释，基本上理解了妹妹的做法。但是，她还是不放心。

"刘劲龙跟那个小骚货怎么样?"小玫问。

不用说,"小骚货"指的是韩雪纯。

不知怎么,陈小清听了居然也不是很舒服,仿佛这个"骚货"说的是她。

"不怎么样。"陈小清说。

"什么叫不怎么样?"小玫问。

陈小清停了一下,不知道是为了思考一下还是故意冷落小玫一下,然后才说:"姐姐,不是我向着姐夫,他一个大男人,又是过来人,身边没有个女人怎么行?你要是不放心,自己过来守着,我一个做小姨子的,能看得住姐夫吗?"

陈小清说的是实话,让小姨子一个人单独监督姐夫,不是等于请鸡看黄鼠狼吗?湘沅当地有一句土话,叫"姐夫看见小姨子,口水淌到肚脐子",姐夫与小姨子,没事都能被旁人说出事情来,哪里还能故意把他们往一起凑。

陈小玫冷静一想,觉得妹妹的话有理。

"我过来?"小玫说,"那不行,他现在工厂还没有开张,开张之后情况也不知道怎么样,我怎么能再把国营单位的工作丢掉呢?"

"那你就把心放宽一点,只要他每月能给你寄钱就行了。"

小玫一听,有道理,男人只要给老婆寄钱,就说明他心里还有老婆,还有这个家,至于身体,就管不了那么多了。眼不见为净。

放下跟陈小清的电话后,小玫没有迟疑,立刻就给刘劲龙打电话,让他每个月至少往家里寄五百块。刘劲龙这些天心情本来就不好,现在听陈小玫以这种口气提出这样的要求,当场就火了。但是,他没有立刻发火,而是强迫自己冷静一下,冷静下来之后,马上就答应了。

"好,没问题。"刘劲龙说。说完,立即通知会计,马上以他个人的名义给陈小玫寄五百块钱去。并嘱咐会计,以后每个月都要寄,千万不要忘记。

处理完这件事情之后，刘劲龙忽然发现：人一旦成为老板之后，自己的感情就不属于自己了，而是属于企业，连给老婆寄钱这样的事情都可以吩咐别人代劳了。

这还真是一个重大发现。

很显然，陈小玫是冤枉刘劲龙了。刘劲龙跟韩雪纯之间什么事情也没有。主要是刘劲龙这些天一门心思在创业上，根本没有想过儿女情长的事情。但是，现在经陈小玫这样反复提醒，他不想也不行了。

这一天下班之后，刘劲龙和韩雪纯都没有走，没走的原因不是为了加班，其实现在没有什么班可加，但他们还是没有走，都在为市话通机芯的事情苦思冥想。无意当中，刘劲龙把自己的目光落在韩雪纯的脸上，他没想到韩雪纯原来竟然这么美，难道是以前熟视无睹？也不是，因为他曾经感叹过周静怡的漂亮，是那种洋气和高贵的漂亮，但是对韩雪纯从来都没有注意过。是因为当初周静怡的光环盖住了韩雪纯，还是因为他一直把韩雪纯当作小孩，根本就没有注意？感谢陈小玫，让刘劲龙发现了身边的美。对韩雪纯，刘劲龙只能用美来形容，而不忍心使用漂亮，因为漂亮包含太多本质以外的东西，比如靠化妆品和名牌衣服也可以获得漂亮，靠口气和动作也能产生洋气，甚至洋气和高贵也可以折算成漂亮，但是美不一样，起码按刘劲龙的理解不一样，刘劲龙认为美是自然的、天生的、单纯的、没有经过修饰的，当然也是不需要包装的，像韩雪纯现在这样就是美。

刘劲龙现在把目光集中在韩雪纯的嘴唇上，他感觉韩雪纯的嘴唇仿佛是用刀雕刻出来的，棱角那么分明，而且雕刻得过分，使棱角有点向上翘，但韩雪纯的嘴唇毕竟是肉长的，而不是雕刻的，所以经刘劲龙仔细观察，还能看见她微微地颤抖，饱含温湿，从而调动了刘劲龙的想象力，让刘劲龙想象出自己的嘴唇贴在上面的感受。温热、柔软，还富有弹性，甚至韩雪纯的舌头会在他嘴里面搅动。

刘劲龙冲动了，是一种想贴上去的冲动。刘劲龙好久没有这种冲动了。他甚至不明白人为什么会有要接吻的冲动。刘劲龙好多年没有跟人接吻了。他好像还是在谈恋爱的时候跟陈小玫接吻过，结婚之后就没有了。刘劲龙记得陈小玫好像问过他，问他为什么不亲她了，陈小玫的意思也不是真想刘劲龙吻她，好像是以此询问刘劲龙是不是还爱她，刘劲龙当时并没有回答陈小玫的这个问题，或者说是回答了，但不是用声音回答，而是用身体回答，直接做，似乎他是德国行动主义先驱劳尔的信徒，相信行动比语言更有说服力。但是，刘劲龙现在退化了，退化成了一个思想者，至少退化成了法国浪漫主义者罗尔，于是就产生了冲动，一种想把自己的嘴唇跟韩雪纯的嘴唇粘在一起的冲动。

刘劲龙是真冲动，以至于他还情不自禁地咽了一口唾沫。

突然，韩雪纯一抬头，把刘劲龙吓了一跳，目光赶快躲闪，拼命地躲闪，就像他曾经做过的一个梦，梦见自己正在大街上跑步，忽然发现自己没有穿裤子，连短裤都没有穿，于是，拼命地想掩饰，但没穿就是没穿，怎么掩饰？简直急死了，也羞死了，最后竟然急醒了，也羞醒了。刘劲龙现在的感觉就是这种情况。他想把自己的目光藏起来，但是这里就他们两个人，而且面对面，怎么藏？往哪里藏？刘劲龙真希望现在也是一个梦，并希望自己赶快从梦中醒来，如果那样，就可以结束难堪了。可惜，这不是梦，而是现实，现实是没有办法"醒"过来的。

刘劲龙慌了。

正在这个时候，电话响了，刘劲龙一下子抓住了救命草，赶快接电话。

"你来一下。"周献林说。

"周总?!"刘劲龙问。像是问对方，也像是问韩雪纯，当然，更像是问自己。

"是，"周献林说，"你来吧。"

"噢，好好好! 我来! 我这就来!"刘劲龙叫起来。叫起来的原因是因为激动，过分地激动，不知道本来就激动，还是因为听了周献林的电话而激动。或许二者皆有吧。

刘劲龙相信肯定是好事情。这样的情况刘劲龙遇到过。那一年刘劲龙和陈小玫结婚，为了能得到一间房子，天天找房产科长，科长烦了，不见他，躲他，气得刘劲龙扬言要把科长的儿子丢进高炉里，据说消息都传到科长老婆的耳朵里了，陈小玫怕科长报复，更不会给他们房子，但是有一天，科长突然主动找他，也是这句话："你来一下。"刘劲龙一去，科长果然就给了他一间房子。所以，现在刘劲龙听周献林以同样的口气跟他说同样的话，他马上就猜到是好事情。

4

确实是好事情。

原来，这些天李德厚并没有闲着，而是天天缠着周献林，让他帮刘劲龙。周献林于是就有点感动，感动李德厚为别人的事情还这么上心，真是一个好人。

"不是我不帮忙，"周献林说，"不管怎么说，我跟刘劲龙还是老乡吧？再说，我也讨厌丁怀谷这个老东西，客大欺店，每次付款的时候都斩头去尾，要不然就拖着不给，我早就想治一治他了。"

"什么叫斩头去尾？"李德厚问。

周献林看看李德厚，不想说。李德厚倚老卖老，揪住不放，一定要问。周献林没有办法，李德厚算是前辈，不能像对待小辈那样不理睬，于是，只好向他解释：斩头就是要求打折，去尾就是砍掉零头。比如拖欠货款三十万，一直不给，周献林只能天天打电话要，实在逼急了，丁怀谷就说没有那么多钱，你实在急着要，就打个折，如果打九折，我马上就给你。怎么办？最后当然是周献林委曲求全，同意，于是，三十万就变成了二十七万。这还不算，等到实际支付的时候，丁怀谷又再生事故，说干脆我给你二十五万算了，尾数两万又被砍掉了。所以，周献林对丁怀谷非常反感，一直想找机会整他一下。

"他怎么能这么做呢？价钱不是早就谈好了吗？"李德厚问，"怎么到了付款的时候还要打折？"

"说的是啊，"周献林说，"你以为做生意的人都像你这么规矩呀？如果不打折，丁怀谷这个老东西拖着就不付款，利息就不说了，没有资金我怎么周转？"

"那你就依他？"李德厚还是想不通。

"不依他怎么办？"周献林说，"老客户了，真翻脸？"

李德厚想想，也是，哪有跟客户翻脸的道理呢？如果跟客户翻脸，不仅把客户得罪了，而且传出去名声也不好，下次谁还敢跟你做生意？

"既然如此，"李德厚说，"这次你何不趁机治他？"

"治？怎么治？"周献林问。

"你把合同给我看看。"李德厚说。

也真是李德厚，如果换上别人，周献林是无论如何也不会把他自己跟一个客户的合同给另外一个客户看的，但李德厚不一样，李德厚不仅是前辈，而且现在已经不是"客户"了，他连工厂都卖了，凭什么当周献林的"客户"？再说，周献林对李德厚也实在是太了解太相信太佩服了，所以，犹豫了一下，还是把合同给他看了。

李德厚看了周献林跟丁怀谷的合同之后，什么话也没有说，合上，递还给周献林。周献林以为这件事情就这么过去了，谁知第二天下班之前，李德厚又来了，什么话也没有说，把一个大包往周献林的大班台上一放，就从包里往外取钱，全是一沓一万的现钱，一共取了三十沓，整整三十万。

"你这是干什么？"周献林问。

"订金，"李德厚说，"按照商场上的规矩，没有支付订金的合同等于废纸。我昨天就注意到了，你跟丁怀谷这个老东西的合同规

194

定一个礼拜之内支付十万订金，到今天晚上正好一个礼拜，他没有支付订金，他那个合同成废纸了。我现在跟你签合同，不是十万订金，是三十万订金，而且是当场支付，现金支付，你要是不跟刘劲龙签，就是欺负人。我就倚老卖老一次，把你桌子掀翻。你信不信？"

周献林没想到老实巴交的李德厚关键时候来这么一手。

"这个、这个……"周献林磕巴了。

"什么这个那个，"李德厚说，"今天你要是不签，你就是不识好歹欺人太甚了！"

说着，李德厚竟然一屁股坐到周献林的大班台上。

"您这不是让我得罪丁怀谷嘛。"周献林说。

"按合同办事，得罪什么？"李德厚说。

"话虽然这么讲，但丁怀谷那个老东西你是知道的，他几回按时付款了？到时候能不斩头去尾就不错了。"

"这就对了，"李德厚说，"他一辈子占你便宜，也该让他付出一次代价了。吃亏是他自己造成的，怨不得你，到哪里讲也怨不得你。"

听着李德厚的话，周献林也觉得解气，但是他仍然没有马上做出决定。最后，李德厚把这三十万现金的来历跟周献林一说，周献林也被感动了。

"刘劲龙真像你说的那么讲义气？"周献林问。

"我编这个话骗你做什么？"李德厚说，"他是你的老乡，不是我的老乡，我凭什么要替他编故事？"

周献林看着李德厚，还是不信，不全信。

"这样，"李德厚说，"你马上给他打电话，当面对质。"

如此，才有了刚才周献林给刘劲龙的那个电话。

这个电话也真及时，要不然，刘劲龙还不知道跟韩雪纯怎么收场。

不用说，真的就是真的，对质不对质都是真的。周献林不傻，是真是假不用说话，一看双方的眼神就清楚了。

"行，"周献林说，"那老东西不仁了一辈子，也该老子不义一次了。"

"不是不义，"李德厚说，"是大义。"

"好好好，大义，大义。"周献林点头称是。

随后，不仅跟刘劲龙签订了市话通机芯的供货合同，而且三人商定，只要丁怀谷一天不主动来支付订金，周献林就一天不告诉他真相，谁要他总是拖欠的，活该！

按说，这下刘劲龙可以高枕无忧了吧？

5

刘劲龙跟李德厚、周献林他们分手后，第一个想到的就是给韩雪纯打电话。当然，打电话的目的不是重续刚才中断的感觉，而是告诉她好消息，告诉她机芯问题已经得到解决的好消息。但是，这么晚了，往哪里打？刘劲龙一看时间，已经夜里十二点半了，如果这个时候打传呼，就是韩雪纯不怕打扰，她父母也怕打扰。于是，刘劲龙一边压抑住自己激动的心情，一边想着一定要为韩雪纯配一部大哥大。

第二天一上班，刘劲龙就把好消息告诉韩雪纯。

韩雪纯比刘劲龙想象的冷静，她想了想，说："这个事情要严格保密。丁怀谷那个人我了解，怪招多得很，我们千万要小心。"

"他还能出什么怪招？"刘劲龙说，"即便他今天上午把订金打过去，也是违约了，并且我有预感，丁怀谷倚大卖大，只要周总不催他，他就会永远这么拖着，一直拖到我们的产品生产出来了，急了，再去找周献林算账。"

"如果那样当然更好，"韩雪纯说，"但这只是你能考虑到的情况，而丁怀谷常常能搞出一些你想不到的情况出来。上次我们从他

196

那里出来，已经把他得罪了，但同时他也不会小瞧我们了，所以，我觉得我们还是要小心。"

"小心是应该的，"刘劲龙说，"但事情还是要做。现在一定要加强管理，这些工人在李德厚手下散漫惯了，不调教不行。机芯是解决了，但光有机芯还不行，还要生产出合格的产品。你是学管理的，这件事情还要你操心。"

"我有个想法，"韩雪纯说，"虽然你已经答应李德厚，继续留用这批工人，但并不代表一个不能炒，有几个人实在不像话，留在里面反而起坏作用，我的意思还是要炒掉。"

刘劲龙没有说话，他在想。这样想了一会儿，说："可以，但是要策略一点。第一，我们事先要跟李德厚通气；第二，要立刻就办，在新产品正式生产之前办，这样不至于走漏风声。"

韩雪纯说好。刘劲龙立刻就要给李德厚打电话，一看时间还早，还想让他多睡一会儿，于是就又等了等，等到九点半，才给李德厚打电话。

两人先说了一些闲话，自然是刘劲龙说一些感谢的话，李德厚说感谢的话就不用说了，关键是要把事情做好，不管怎么说，万德电器以前是我创立的，虽然现在易手了，但总感觉到自己还有一份责任，所以总希望公司好。

刘劲龙本来是当闲话说的，但说着说着，就真感动起来。

"您看，"刘劲龙说，"您不但操心，还把那三十万垫上了。我这里马上就要开工，还真抽不出钱还您。"

"我就知道会这样，"李德厚说，"不当家不知道柴米贵，当初你还我三十万的时候，我就叫你不要还，现在帮你垫上也是天意。"

"要不然这样，"刘劲龙说，"如果您愿意，这三十万就算您入股吧。"

李德厚没有说话。

"没有别的意思，"刘劲龙说，"您要是不愿意就算了。"

"这事以后再说吧，"李德厚说，"入股的事情不是小事情，我

197

们都必须考虑周到。别的不说，就是周献林那边，如果知道我在你这里还保留一定的股份，他会怎么看？会不会认为昨天我们是在演双簧戏？其实我入股不入股无所谓，如果你真要是考虑扩股，我倒觉得你应该为手下的人多考虑考虑，毕竟，事情还是要靠大家做。"

"您说的是韩雪纯吧？"刘劲龙说，"我知道。我是要考虑给她股份的。"

刘劲龙在这样说的时候，立刻就想起韩雪纯那像用刀刻的嘴唇，竟然有些冲动，仿佛他并不是在与李德厚通话，而是在与韩雪纯通话。于是，刘劲龙竟然走了一下神。不过，他很快就回过神来。回过神来之后，就发觉有点不对劲，因为他说完之后，李德厚没有反应。按照刘劲龙的理解，他说完之后，李德厚一定会说一些话的。比如说是的，是要考虑韩雪纯，小韩这姑娘不错，或者说是的，是要考虑韩雪纯，但也要考虑其他骨干，比如技术骨干等等。但是，刘劲龙说完后，那头李德厚没有说话，没有说任何话。

"怎么？我说得不对了？"刘劲龙问。

李德厚继续停顿了一段时间，欲言又止。

"没事，有什么想法您老尽管说。"

"啊，没什么，"李德厚说，"你说起韩雪纯，我就想起她了。总觉得她太聪明了，也太乖巧了，似乎一点毛病都没有。"

这话刘劲龙爱听，而且也正是他心里想的，所以，现在听李德厚这样一说，竟然觉得这个李德厚似乎暗示他娶了韩雪纯一样，美滋滋的。

趁着高兴，刘劲龙把他打算炒掉几个人的意思对李德厚说了。

"哪几个人？"李德厚问。

刘劲龙看着韩雪纯刚才给他的名单，一个一个念给李德厚听。

李德厚听了，叹了一口气，说："我就知道是这几个家伙。"

"你怎么知道？"刘劲龙问。

"他们几个是我的远房亲戚，"李德厚说，"仗着这点，不做好事，尽做坏事，我早想炒掉他们，但碍着亲戚的面子，一直没有这么做，现在你们如果炒掉他们，最好。"

李德厚这样一说，刘劲龙反而犹豫了。

"那就算了吧，"刘劲龙说，"这么大的厂，也不在乎养几个人。"

"这不是养几个人的问题，"李德厚说，"关键是他们在里面不起好作用，对其他人有负面影响。你还是照炒，我躲一下，出去旅游一趟，让他们找不到我，不关我的事情。"

刘劲龙略微想了一下，说："那好。您是公司的顾问，您这次出去旅游，票据收好，回来公司为您报销，算出差，也顺便帮公司拜访一下客户，好吗？"

李德厚笑笑，没有说好，也没有说不好。

后来，韩雪纯在解聘这几个"老鸟工人"的时候，果然遇到了麻烦，他们说韩雪纯没有资格解聘他们，当初他表姑父在转让这个厂的时候，有言在先，必须继续留用他们。韩雪纯说，是继续留用，但留用不等于永远不得解聘，现在国营单位的铁饭碗都砸了，何况我们这是私营企业呢？再说，全厂这么多工人，为什么不解聘其他人，单单解聘你们？你们自己做得怎么样，自己心里有数。几个"老鸟"理屈词穷，竟然耍赖，说"就是不走，看你能把老子怎么样。"

韩雪纯没想到他们来这一手，还真不知道把他们怎么样。但是，在韩雪纯看来没有办法解决的事情，在刘劲龙看来就非常好解决。刘劲龙先给深海商业大厦那个保安队长打电话，让他带几个弟兄过来。保安队长原来是王文轩的上司，通过跟刘劲龙做身份证生意，现在也是刘劲龙的朋友了，上次王文轩的湘江餐馆开业的时候，大家又见面一次，知道刘劲龙是大老板了，现在接到刘劲龙的电话，自然是受宠若惊，二话没说，立即赶到。几个"老鸟"一看"正规部队"来了，当场就软了，立刻就灰溜溜地打铺盖卷走了。后来其他工人对韩雪纯说，幸亏是从外面请来的保安，自己内部的保安，太熟悉了，拉不下脸，几个"老鸟"也正是利用这一点，才敢嚣张。

韩雪纯把工人的话传给刘劲龙听，刘劲龙说："对付不讲理的人，就要用不讲理的办法。"

韩雪纯早知道刘劲龙在老家是因为打架被开除出来的，对他的做法见怪不怪，只是提醒刘劲龙要请来帮忙的那几个保安吃饭。刘劲龙说不好，帮了忙，立刻就请人家吃饭，反而小瞧他们了，记着这份情就行了，这才是朋友。韩雪纯于是就感叹，刘劲龙跟什么人都能交朋友。

也幸亏李德厚有远见，出去旅游了，后来据说那几个"老鸟"还专门去找李德厚，如果李德厚没有外出，这些亲戚找上门，他是管还是不管？如果管了，刘劲龙是给面子还是不给面子？如果不管，那么李德厚将来在家乡亲戚面前怎么做人？所以，李德厚出去旅游是对的，实践再次证明，生姜确实是老的辣。

清除"老鸟工人"之后，工厂又补充了一些新工人和技术人员，正式上马市话通。为了保密，刘劲龙还搞强化管理，实行"封门制"，工厂的大门二十四小时关闭，工人天天加班加点，一切活动在厂区内进行，不许接待客人，严格控制请假外出人员，全体工人身份证集中统一保管。应该说，这些做法当时也引起了一部分工人的不满，并且在今天看来，有些做法甚至是违法的，比如"统一保管"身份证，严格地讲就是违法的，但是，当时刘劲龙真这么做了，而且行之有效，使他们迅速生产出大量的市话通，并且没有走漏风声。至于丁怀谷那边，刘劲龙估计得没错，丁怀谷那边至今还没有动静。为了不至于惊动丁怀谷，自那天晚上分手之后，刘劲龙和周献林再没有见面，但电话倒是经常联系的。周献林告诉刘劲龙："丁怀谷这个老东西占便宜占习惯了，我要是不催他，他以为这个订金我不要了，好啊，我还真不要了，现在给我都不要了！"刘劲龙听了自然心花怒放，觉得一切都在按他预想的方向发展，甚至比他预想的还要好。他本来以为，过不了几天，丁怀谷就会向周献林支付订金，如果那样，虽然周献林可以拒绝接受，但必须说明道理，如此，丁怀谷肯定就能获得刘劲龙已经抢先生产市话通的信息，刘劲龙没想到丁怀谷到现在都没有支付订金，所以就没有跟周献林接触，周献林根本就用不着跟丁怀谷说明道理，丁怀谷当然不会知道周献林已经把市话通机芯给刘劲龙了，而且刘劲龙已经大量生产市话通了。

　　大约是形势的发展比预想还要好的缘故，刘劲龙的心情也空前地好起来。说实话，刘劲龙长这么大心情还从来没有这么好过，他现在比当初新股抽签猛赚一笔还要开心，或许，刘劲龙想，我天生就是当企业家的命，做企业已经超出赚钱的境界，比直接赚钱还开心，这难道不是做企业家的命？

　　或许是心情太好了，刘劲龙现在晚上闲着的时候老是想着韩雪纯，具体地说就是老是想着韩雪纯的嘴唇，那棱角过分分明的嘴唇。想着如果把自己的嘴唇贴在韩雪纯的嘴唇上，会是什么样一种感觉。常常，刘劲龙就是伴随着这样的想象而进入梦乡，并且进入梦乡之后这种想象没有停止，而是继续深入发展，发展到他不但跟韩雪纯接吻，而且跟韩雪纯拥抱，跟韩雪纯相互抚摩……醒了之后就下决心一定要向韩雪纯表白。但是，当白天真见到韩雪纯的时候，总感觉她是个单纯的孩子，自己是有妻室的人，向一个单纯的孩子下手实在有悖于道德，于是又只好忍着。直到有一天，赵一维在他面前表达他对韩雪纯的爱慕，刘劲龙才如梦初醒。

6

　　赵一维做股票已经做出事业来了，现在除了实际操作之外，还经常搞一些理论研究，并且理论联系实际，发表一些高见。刚开始是自己写点文章，投稿，当然，是关于股票方面的稿，算是证明自己并不是一个纯粹的投机商，同时还是一个知识分子。后来就有一些报纸杂志主动向他约稿，约他写一些关于大势研判或个股分析方面的文章。赵一维本来是搞着玩的，慢慢地发现这里面居然还有商业价值，因为经常有些人找他，给他好处，让他说某某股票好还是不好。赵一维当然不是那么不值钱的人，不会谁给钱就说谁好，如果那样，跟婊子不是差不多了吗？赵一维仍然按照自己的判断说话，写文章。但是，实践证明，他的判断往往并不一定准确，事实上他也没有看到什么人能说准确的，如果真有什么高人能预测股市的涨跌，还"说"什么，干脆借高利贷买就是了，每次只要有百分之五的收益，一年下来也吓死人的。不过，毕竟还有那么多人居然靠"说"股票吃饭，于是，赵一维就对这些人进行了研究，发现他们的绝招就是在任何情况下都不把话说死，都只说一些模棱两可的话，这样，他们就总是对的。赵一维忽然发现原来几乎所有的股评人士都是算命先生，不管是对大势的判断，还是对某只具体股票的分析，都尽量说一些可以做多种解释的话。赵一维小时候就见过一个算命先生，他判断求签者到底是父亲先亡还是母亲先亡的时候有一个绝招，就是说"父在母先亡"，可以解释为"父亲在母亲之先亡了"，也可以解释成"父亲仍然健在但母亲先亡了"。赵一维现在就参照这种说法，在向公众推荐一只股票时，不是说让人家买，而是说"关注"，如果你买了，并且果然涨了，当然是赵一维的功劳，万一不但没有涨，反而跌了，也不能怪赵一维，因为他只让你"关注"，谁让你买了？反过来也一样。总之，怎么说都是赵一维有理。这样，赵一维就等于掌握了一门法宝，一门做大当今中国股评人士的法宝，当有人再给他好处的时候，赵一维也敢坦然接受了。为什么不坦然接受呢？反正都是一些模棱两可的话，说了也没有关系，不如坦然接受。如此，赵一维很快也成了一名著名股评人士，而且进步很快，快赶上电视明星了，经常在电视上为股民表演算命。

　　出名之后，赵一维感受到两个好处，一是成功欲望得到极大满足，二是自信心大大增强。比如对韩雪纯，赵一维其实早就喜欢，可以说第一次韩雪纯帮着他们租房子买二手家具的时候赵一维就喜欢上了她，主要是因为长得太像他当初在克拉玛依暗恋的那个女同事了，所以，赵一维第一眼看到韩雪纯的时候，就心里一颤，以为看花眼了。当然，韩雪纯比赵一维在新疆的那位女同事年轻，因此也就更加动人一些。但是，那时候赵一维一无所有，总感觉自己在深圳像个流浪汉，过了今天不知道明天会怎么样，而韩雪纯父母就在深圳，有根有底有户口，是地道的深圳人，自己高攀不上，因此，当初赵一维对韩雪纯的想法，就与在克拉玛依时对那位女同事一样，只是暗恋，不敢真想。难道自己就是这命？特别是后来听说韩雪纯与刘劲龙有些暧昧，更是想到"朋友之妻不可欺"，便早早地断了念头。然而，时过境迁，如今赵一维发财了，大小也算是名人了，想法有所改变。首先，赵一维现在有实力了，所以变得自信了；其次，韩雪纯并不是刘劲龙的"妻"，刘劲龙是有老婆的，刘劲龙的老婆就是陈小清的姐姐，所以，不存在"朋友妻"的问题。所以，赵一维认为自己有资格追韩雪纯。

赵一维清楚，有资格做的事情不一定就能做成，甚至也不一定能做。有了必要条件还不行，还要有充分条件，赵一维现在就在寻找追韩雪纯的充分条件。

赵一维到底是受过高等教育的，又走南闯北，并且从小就看过不少爱情小说，知道男女之间的事情关键是建立感情，也就是说，要多接触。这一天赵一维给刘劲龙打电话，说好长时间没有聚了，是不是应该到王文轩的湘江餐馆聚一聚。

"好啊，"刘劲龙说，"我给文轩打电话，晚上去吃饭。"

不用说，赵一维醉翁之意不在酒，真实的意图是想见韩雪纯。赵一维当然也考虑过直接打电话约韩雪纯，但想到韩雪纯在刘劲龙手下工作，如果赵一维绕过刘劲龙直接给韩雪纯打电话，假如韩雪纯接电话的时候正好刘劲龙在旁边，问是谁，韩雪纯告诉他是赵一维，赵一维就非常没有面子了。所以，赵一维宁可麻烦，还是主动约刘劲龙，因为他知道，在一般情况下，只要刘劲龙来了，自然就会带上韩雪纯，只要刘劲龙带上韩雪纯，赵一维就能找到跟韩雪纯单独说话的机会，而只要有单独说话的机会，赵一维就准备做出友好的姿态，并以此试探韩雪纯对他的态度，如果韩雪纯对他也表示同样的态度，那么赵一维准备正式跟刘劲龙谈这件事情，请刘劲龙从中帮忙，算是给刘劲龙一个面子，也同时堵住刘劲龙的嘴。

应该承认，赵一维在这个问题上的考虑还是比较周全的，但是，他的计划一开始就不顺利，因为那天晚上刘劲龙根本就没有带韩雪纯来。

刘劲龙没有带韩雪纯来可能有多种原因，但最主要的原因还是陈小清。陈小清来深圳的初衷是接受她姐姐陈小玫的指派来监视刘劲龙和韩雪纯的，这种情况虽然赵一维不知道，但是刘劲龙知道，后来韩雪纯也知道了，既然知道了，那么当刘劲龙和王文轩他们再聚会的时候，韩雪纯当然就主动回避，刘劲龙也不想让她参加，所以，那天晚上他们在湘江餐馆聚会的时候，自然就没有韩雪纯。

韩雪纯没有来对赵一维的情绪可能会有影响，但是对王文轩和陈小清一点影响都没有，不但没有，而且可能因为他们正处在悄悄同居阶段的缘故，那天情绪反而特别的高涨。

照例，王文轩请刘劲龙和赵一维自己点菜。刘劲龙点了一个辣子鸡。王文轩吩咐陈小清做辣子鸡要用真料。赵一维不懂，问什么叫真料，王文轩笑笑，把平常是用鸡骨架的秘密说了。王文轩说完，刘劲龙也来了兴趣。

"还有这个名堂？"刘劲龙惊奇。

"名堂多呢，"王文轩说，"比如看上去是纯瘦肉的肉丸子，其实里面掺了豆腐，别说客人吃不出来，我自己都吃不出来。"

"那好，"刘劲龙说，"你今天上两份辣子鸡，看我能不能吃出来。"

赵一维从王文轩和陈小清的对话当中看出他们的关系不一般，于是就问："你跟陈小清是不是好上了？"当时陈小清正好去了厨房，去安排那个不掺假的和掺假的两份辣子鸡去了，包房里只剩下他们三个男人。赵一维这样问的时候，刘劲龙还多少感到一点不自在，因为毕竟，陈小清是他的小姨子，他头脑当中还绷着一根弦，姐夫一般不拿小姨子开玩笑，但是，出乎他意料的是，王文轩竟然笑了，并且明显是开心加不好意思的笑，笑着点点头，说："就是那么回事吧。"这下，刘劲龙就不仅仅是吃惊了，而且不知道该说什么了。

"你们……"刘劲龙问。

王文轩继续笑，继续那样不好意思地笑，并且笑着点点头。

"这个……小玫知道吗？"刘劲龙又问。

王文轩还是笑，还是那样不好意思地笑，但却是笑着摇摇头。

"那你……那你还是应该跟小玫说一下吧。"刘劲龙说。

"等等吧，"王文轩说，"现在就说，我们怕嫂子说我们太快了点。"

"这是好事情呀，"赵一维说，"这么大的事情你居然都瞒着我们？不行，罚酒！"

"罚酒，罚酒。"王文轩更加笑得开心，甘愿罚酒。

"不行，"赵一维得寸进尺，"你一个人罚还不行，把陈小清叫过来，一起罚。"

"好好，我去叫。"王文轩说。说着，就站起来，准备去厨房叫陈小清。

刘劲龙略微犹豫了一下，还是一把抓住王文轩，说："算了，既然小玫不知道，最好我也装作不知道。"

刘劲龙的话仿佛是给本来热烈的气氛泼了一瓢凉水，顿时冷下来不少。赵一维没有说什么，但心里不是很高兴，想着王文轩跟他是这么好的朋友，这点责任都不愿意承担，自己跟韩雪纯的事情还能指望他帮忙？

后来的酒菜再没有吃出一开始的味道了。

刘劲龙不傻，他也意识到气氛的不对劲，但他的用意绝对不是像赵一维想象的那样是怕担什么责任。都是成年人了，无论王文轩跟陈小清之间发生什么事情，也不会让他刘劲龙承担什么责任。刘劲龙当时的真实心态是想到了他自己，他自己已经感到和陈小玫过不下去了，主要是分居时间太长，连亲情都淡了，何况爱情。相反，倒是自己和韩雪纯，本来根本没有事情的，被陈小玫反复提醒，现在居然天天晚上做梦都想了。既然如此，刘劲龙想，搞个王文轩成为陈小玫的妹夫，自己夹在中间不是别扭嘛。如果不是赵一维在场，而只有刘劲龙和王文轩两人在场，说不定刘劲龙就把心里话对王文轩说了，但有赵一维在场，他不好说，所以就表现为一定程度的心不在焉。

7

这一天，刘劲龙突然接到王文轩的电话，很急，让他赶快来湘江餐馆。刘劲龙以为又像上次厨房大佬突然撂挑子一样，有人搞事，顿时精神一振，问要不要多带几个人过来。王文轩说不用，就你自己过来，快过来。

出租车上，刘劲龙一路猜测着是怎么回事。

猜到最后，想着肯定是自己的老婆陈小玫过来了。

王文轩这么急着叫他立刻过去，却又不让他带人，肯定不是遇到了有人砸场子要打架这样的事情；王文轩不说明是什么原因，肯定是电话里面说不方便。有什么话不方便说呢？只能是自己的老婆陈小玫突然杀过来了，而王文轩一方面是自己的好兄弟，另一方面又是陈小玫的未婚妹夫，夹在中间，两边都不好得罪，这时候这个召唤电话说不定就是陈小玫"命令"他打的，并且此时的陈小玫估计就站在王文轩身边，"监督"着王文轩，王文轩没有办法，只好照办，也没办法对刘劲龙说明原因。

刘劲龙马上就想到了韩雪纯。如今只要刘劲龙一想到陈小玫就马上想到韩雪纯。倒过来也差不多，只要一想到韩雪纯，也马上就想到陈小玫。看来，这个问题必须解决，老是拖着对三个人都不好，而且早晚要出事情。可是，他这边跟韩雪纯的关系并没有挑明，还不知道人家韩雪纯是什么态度，那边不可能就无事生非地和陈小玫张罗着离婚吧？再说，眼下自己和韩雪纯八字还没有见一撇，工厂的事情又千头万绪，革命尚未成功，在这个节骨眼上，刘劲龙不可能忙离婚的事情，也真不希望陈小玫突然来插一杠子。但是，是福不是祸，是祸躲不过。是疖子总要烂头。晚痛不如早痛。既然陈小玫现在已经杀来了，自己就必须面对，躲过初一躲不过十五，既然躲不过去，不如硬着头皮上。总不能自己的老婆大老远地来了，自己躲着不见吧？

刘劲龙一路想着该以什么样的态度面对陈小玫，甚至想到了今天晚上该怎么住宿。想到最后，只能和她一起住。哪怕明天就离婚，陈小玫今天还是自己的老婆，还必须和她住在一起。

一想到晚上就要和陈小玫住在一起，刘劲龙就微微有些激动，坐在出租车上，下面居然有了反应。刘劲龙自己都觉得奇怪。既然不喜欢她了，既然喜欢上韩雪纯了，怎么还对陈小玫有反应呢？刘劲龙于是就发现自己还是动物，哪怕是心里想着韩雪纯，却也能与陈小玫做那种事情。既然如此，刘劲龙想，说明自己对陈小玫还是有感情的，起码没有到反感的程度。那么，只能服从天意了。如果真是陈小玫来了，并且她把国营单位的工作看得比他轻，这次来了就不走了，那么，自己就好好与她过，就继续把韩雪纯当成同事，当成好朋友、好妹妹。相反，如果陈小玫还是把国营单位的工作看得比自己的丈夫重要，来了再回去，继续丢下他一个人在深圳，那么，他刘劲龙与韩雪纯的关系发展到哪一步，就是天意了。

这么想着，出租车就已经到了湘江餐馆大门口。

刘劲龙一看，王文轩早早地站在门口等着他。刘劲龙一边付钱下车，一边心里想，果然不是打架，如果是打架，王文轩哪里有闲心站在门口等他。但是，也不是陈小玫来了呀，如果是陈小玫来了，现在站在门口等他的就绝对不是王文轩，而是陈小玫，至少是陈小玫和王文轩两个人。

王文轩见刘劲龙来了，立刻迎过来，没让他进门，把他拉到一旁。

"什么大不了的事，搞得这么神经兮兮的？"不知怎么，确认不是陈小玫来了之后，刘劲龙还微微感到有点失落。至于为什么失落，他也说不清楚。总之，心情不太好。

王文轩没有回答，继续拉，一直把刘劲龙拉到拐弯的地方，先回头看一眼，仿佛是怕被别人跟踪，然后才说："湘妹子来了！"

"湘妹子？哪个湘妹子？"刘劲龙问。

"你说哪个湘妹子？"王文轩反问。

刘劲龙歪着脑袋略微想了想，问："那个骗我们转让费的老板娘？"

王文轩不说话，眼睛对准刘劲龙的瞳孔，点头，一下一下使劲地点头。

"你不会看错吧？"刘劲龙似乎有点不相信，不相信天下竟然有这么巧的事情。

"她烧成灰我都认识！"王文轩恶狠狠地说。

这下刘劲龙相信了，因为王文轩很少有这么恶狠狠的样子。

刘劲龙不说话，使劲吸两口，把手上的烟吸完，再把烟屁股抵在墙上拧几下，拧得彻底熄灭了，粉碎了，然后才说："走！"就径直朝湘江餐馆走去。

"别，别，等一下。"王文轩一边喊着，一边冲一步，上前抓住他。

"怎么啦？"刘劲龙问。问完之后，还没有等王文轩回答，马上就意识到自己的莽撞。

是啊，刘劲龙想，如果这时候这个样子冲进去，把湘妹子一顿暴打，钱是不是能要回来，自己是不是会惹上官司暂且不说，起码，王文轩的生意是没办法做了。毕竟，对王文轩来说，来的都是客啊。

刘劲龙停住了脚，看着王文轩，意思是：那你说怎么办？

但是，王文轩的回答却大大出乎刘劲龙的意料。

王文轩说："她是赵一维的客户。"

刘劲龙头皮发麻，一时间还没有反应过来。

"她跟在赵一维后面炒股票。"王文轩进一步解释说。

这下刘劲龙明白了。事实上，刘劲龙早知道，自从赵一维有了一点名气之后，就充分利用自己的影响力，忽悠一些人跟在他后面炒股。赵一维自己在证券公司营业部开设一个总账户，后面是被他忽悠的人开设许多分账户，俗称"拖拉机"，赵一维就这样"拖拉"着许多人与他一起炒股票。他与证券公司有协议，可以在里面赚交易费返还，还能与庄家配合，帮庄家解套等等，总之，是赚黑心钱。对此，刘劲龙早有看法，曾经对赵一维说过，说天下赚钱的行当那么多，你干吗要赚这种黑心的钱？可赵一维不听，仍然我行我素，刘劲龙对他有看法，却也没有办法。别说是结拜兄弟，就是一个父母生的亲兄弟，他要这样，你刘劲龙也没有办法。人各有志嘛。背后，王文轩也对刘劲龙说过，说他看不懂，赵一维是大学生，相处下来感觉还是很有正义感的，怎么现在变得这么唯利是图了？当时刘劲龙还感叹，环境能改变人啊，不仅能改变人的经济状况和社会地位，还能改变人的价值观和人生观。现在，王文轩一说"湘妹子"是赵一维的客户，刘劲龙就立刻知道是怎么回事了。

"你带我进去看看。"刘劲龙说。

王文轩没有立刻答复，在犹豫。

"放心，我不会发威，就是看看。看到底是不是'湘妹子'那个老板娘。"

"肯定是。"王文轩说。

"肯定我也要看看。"刘劲龙坚持说。

"要是是呢？"王文轩还是不放心。

刘劲龙想了想，说："如果是，我们先把赵一维叫出来，听听他的意见再说。"

王文轩觉得刘劲龙讲得非常合理，既然是赵一维带来的朋友，如何处理，先听听赵一维的意见没有错。于是，王文轩就带着刘劲龙从后门进去，躲在厨房的递菜窗口后面往外看，果然看见赵一维和一大桌子人在吃饭，其中就有"湘妹子"，错不了。

要不是有言在先，刘劲龙可能就怒发冲冠，冲过去左右开弓，但因为刚才和王文轩说好的，所以，这时候他没有冲过去，而让王文轩暗中指使服务员把赵一维叫出来。

赵一维出来后，见刘劲龙也在，很高兴，立刻拉刘劲龙一起去喝酒，动作很大，嗓子也很高。

王文轩则把食指横在自己的嘴巴上，做了一个"小声"的手势。刘劲龙却一脸铁青，像是要和谁打架。

赵一维感到十分疑惑。

等王文轩把情况说清楚，赵一维略微思考了一下，说："这事情算我的。我赔你们两万。不，三万。我赔你们三万。明天就给你们送过来。"

王文轩不说话，看着刘劲龙，仿佛他自己做不了主，这事得由刘劲龙说了算。

刘劲龙则在一旁抽烟，一根接着一根使劲地抽烟。

突然，刘劲龙说："去你妈的！这是钱的事情吗?!"说完，头也不回，看都没看赵一维和王文轩一眼，拦了一辆出租车，走了。

赵一维被刘劲龙骂傻了，没有来得及反应，一直等刘劲龙走了之后，他才反应过来，对王文轩说："莫名其妙，他什么意思？怎么骂人了？"

王文轩赶紧和稀泥，说："他不是骂你，他是骂湘妹子。"

赵一维当然不相信王文轩的解释，但也没说话。

王文轩则想，这"湘妹子"真是跟我们相克，这不，又来祸害我们兄弟了。

老实人也说出了一句非常不客气的话。王文轩对赵一维说："下次你再别把她带到这里来了，我不想看见她。"

"她"，当然指的是"湘妹子"。

8

刘劲龙和王文轩喝酒。

这是自从认识赵一维之后他们俩第一次撇下赵一维单独喝酒。也是自从王文轩开饭店之后他们第一次在湘江餐馆之外的地方喝酒。

刚开始是喝闷酒。当然，喝着喝着，开始说话。

刘劲龙问王文轩和陈小清相处得怎么样，什么时候结婚。

王文轩说相处得还可以。没有当初和幼儿教师的那种撕心裂肺的激情，但也相安无事，平稳发展。

刘劲龙说平稳发展好啊。人的激情是有定数的，现在激情过分了，将来就没有激情，现在平稳发展，将来细水长流，是好事情。

王文轩说："但愿如此吧，我虽然没有结过婚，但也过了初恋的年龄。"还说这都是命。几年之前，哪里想到自己会来深圳，想到自己会当小老板，自己开饭店。小时候有过各种理想，想过自己当老师，当校长，当作家，可就是没想到自己会当老板开饭店。那时候也没有"老板"啊。所以，人其实是自己掌握不了自己命运的，只有天能掌握人的命运。还说以前在冶炼厂的时候，看着刘劲龙与陈小玫谈恋爱，非常羡慕，怎么就没想起来找陈小玫的妹妹陈小清呢？没想到，如今，陈小清却自己找上门来了，并且现在和自己住在一起，两个人马上就要结婚了。命运真是人想不到的呀。

刘劲龙说："是命啊。那时候陈小清在我们眼睛里完全是个小孩子，你当然想不起来与她谈恋爱，但同样还是相差那么几岁，现在你们在一起就是同辈了，看不出她比你小多少的样子。"

王文轩说就是就是，年轻的时候相差几岁就好像相差不少，人到中年相差几岁就看不出来了。

刘劲龙说："你怎么能说'人到中年'呢？"

王文轩说："不到中年也差不多了。小时候一年一年很慢，现在几年几年过得非常快，不相信你看，用不了多长时间，我们就到'中年'了。"

刘劲龙笑笑，说那也是。

王文轩问刘劲龙现在公司搞得怎么样了，现在有什么困难，是

211

不是缺少流动资金，如果缺，多了不敢说，十万二十万他这里还有，必要的时候可以支援一下等等。

刘劲龙说暂时还不需要，再说，如果做企业做到要兄弟资助的份儿上，还不如不做了。又感叹自己以前也没想过做企业，小时候最大的愿望就是国家能打仗，然后自己参军，炸碉堡，当英雄，可是等了这么年，国家并没有打仗，自己不知怎么就做了企业，如今相当于上了贼船，并且船已经下水，漂荡在茫茫的大海里，四面都是水，想反悔都没有退路，只好随波逐流了。要早知道做企业这么难，一天到晚忙得要死还尽操心，当初还不如和王文轩一样开个小饭店，或者像赵一维那样炒炒股票。

一说到"赵一维"，刘劲龙就戛然而止，不说了，两个人又恢复沉默，喝闷酒。

可是，赵一维是他们绕不过的话题，从某种意义上讲，正是因为赵一维，他们今天才凑在一起喝酒的。现在既然已经说到赵一维了，要想把说出来的话再吞回去，估计做不到。即使强行吞回去，也会胀肚子。不如干脆说开了算了。

又喝了两杯，他们重新说话，这次专门说赵一维。

王文轩说："到底是来深圳之后结识的朋友，我怎么都觉得赵一维和咱们不太一样。"

刘劲龙说："首先你自己思想上不要有这个想法，大家都是朋友，都是好兄弟，一样的。"

王文轩说："我总觉得他做的那一行是赌博，是骗人，不是正行。"

刘劲龙说："话不能这么讲，证券是新生事物，不能因为我们自己不懂，就怀疑它、排斥它，再说，我们不就是靠期货和股票起家的吗？不能得了人家好处，又说人家坏话。"

王文轩笑了，说："那是，那是。不过，这次在'湘妹子'的事情上，他赵一维表现得太不仗义了。"

刘劲龙说："这是看问题的角度问题，站在他对'湘妹子'的角度上看，赵一维是非常仗义的。"

"可他对'湘妹子'仗义，对我们就不仗义了呀。"王文轩说。

"也不能这么说，"刘劲龙说，"他不是说替'湘妹子'赔我们三万块了嘛。是我们自己不要，怨不得人家赵一维。"

王文轩有些火了，说："这是钱的事情吗？这时候的三万能跟那时候的一万相比吗？"

"那怎么办？"刘劲龙反问，"难道要人家赔一百万？或者把'湘妹子'送去坐牢？都这么多年了，又只有一万块钱，能送她坐牢吗？要不然把'湘妹子'打一顿？就是不看赵一维的面子，在你的饭店里，我能把吃饭的客人打一顿吗？"

刘劲龙这样一说，王文轩就想到刘劲龙一句话不说地离开湘江餐馆，除了给赵一维的面子外，也照顾了他的面子。至少是照顾了他的生意。所以，气就消下去不少，但仍然不服气，说："反正这次赵一维的表现令我生气。"

"我也生气，"刘劲龙说，"可仔细想想，这也不能全怪赵一维。换位想想，假如你自己是赵一维，碰到这样的事情，你该怎么处理？"

刘劲龙这一问，还真把王文轩问住了。

是啊，王文轩想，换上我是赵一维，碰到这样的事情，该怎么办？不要说让"湘妹子"赔钱或把她打一顿了，就是淡淡地提一下，"湘妹子"肯定都会当面承认错误，然后找机会脱离赵一维的"拖拉机"。所以，从做生意的角度考虑，最好的办法就是什么也不说，宁可自己替她赔三万，也不把事情说破。要不怎么说和气生财呢。

"人在江湖身不由己啊。"王文轩说，"这人要是做了生意，就不是原来的人了，说话办事都要从生意的角度出发。"

"这就对啦。我们想开一点。要学会自己安慰自己。想着如果当初'湘妹子'没有跟我们来那一手，说不定我们还没有今天呢。算

213

了，"刘劲龙说，"再不提这件事情啦。找时间把赵一维约到你的餐馆来，大家重新聚聚，抹掉不愉快，忘记这件事情。"

王文轩说好。说完，就开心地笑起来。

不过，他们之间的裂痕，真的就这么化解了吗？

第十一章　都是户籍惹的祸

当一切大功告成之时，丁怀谷突然带着一大帮人来"接收"公司。原来，他与李景平签订了"转让合同"，因为户籍的原因，万德电器营业执照上的法人代表不是李德厚，而是他儿子李景平。关键时刻，仍然是韩雪纯抓住丁怀谷的破绽，协助刘劲龙迈过一坎。

1

丁怀谷似乎已经被刘劲龙说动了。他忽然觉得自己可能小瞧了刘劲龙。忽然想到刘劲龙已经是一个成熟的商人了。而作为一个成熟的商人，自然可以把情感与生意上的事情区分开。

丁怀谷承认刘劲龙成熟了，就想到自己是不是老了，是不是没有当年的那股闯劲了。可再一想，人这一辈子，钱是赚不完的，生意也是做不完的，对于一个刚刚起步的创业者来说，闯劲固然重要，但对于一个已经成熟的企业来说，宁可发展慢一点，也不能太冒进。进一步想，即使要涉足房地产，也应该在北京、上海、深圳这样的大城市做，起码也应该在沿海城市做，干吗要跑到湘沅这样的内地小城市去做呢？从最近这几年中国房地产市场的发展看，虽然总的趋势是上涨，但上涨的速度并不平衡，上涨规律基本上符合"泰坦尼克原理"，城市越大，上涨幅度越大；城市越小，上涨幅度越小。

215

换句话说，对于发展商来说，同样的资金投入，在大城市特别是北京、上海、深圳这样的大城市，所获得的回报远远高于内地小城市，劲风科技本来就在深圳，即使要投资房地产，干吗要舍近求远去内地的小城市呢？作为一个老企业家，丁怀谷还知道房地产行业有句行话，"第一是地段，第二是地段，第三还是地段"，在丁怀谷看来，"地段"的概念，既适用于一个城市，也适用于一个区域，更适用于一个国家，就是站在整个国家的地域考虑，"地段"也是第一重要的。这么想着，丁怀谷刚刚有点松动的决心，就又重新巩固起来了。

这不奇怪。对于丁怀谷这样一个老企业家来说，面对这样一项大的决策，他是不可能凭"有点动心"就改变主意的。他必须思考再思考，琢磨再琢磨，慎重再慎重。他深知，操作失误引发的损失是可以通过后续操作弥补的，而决策失误引发的损失则是无法弥补的，甚至能导致一个庞然大物轰然倒塌。远的不说，近在眼前的香港百富勤和日本八佰伴就是最好的例子啊。

这时候丁怀谷看着刘劲龙，竟然不经意地笑了一下，因为想起当初他差一点就把刘劲龙的企业扼杀在摇篮当中。

2

跟王文轩分手之后，刘劲龙心情不错。回到工厂，发现韩雪纯竟然还没有走。

"你怎么还没有回家？"刘劲龙问。

"等你呢。"韩雪纯说。

"等我干什么？"刘劲龙问。

问完之后又觉得不妥，但已经说出来的话没办法再收回来，寄希望韩雪纯不要太计较。

韩雪纯果然没有太计较，说："你没回来我不敢走啊。眼下正在节骨眼上，出不得任何事情。"

韩雪纯这么一说，刘劲龙就有点感动，感动韩雪纯真是把刘劲龙的厂当成她自己的厂了。刘劲龙知道，韩雪纯说了一句大实话。眼下万德公司表面上热火朝天，其实蕴藏着极大的风险，全部的资金都用在进料上了，公司账上几乎分文没有，这时候如果冒出什么事情出来，比如出现工伤事故或者火灾什么的，真可能要公司倒闭。

　　"难为你了。"刘劲龙说。

　　"没事。顶过这一阵子就好了。"韩雪纯说。

　　刘劲龙说："你快回去吧，打的回去。"

　　韩雪纯开始收拾自己的小包，准备回家。

　　"要不要我送你?"刘劲龙问。

　　刘劲龙这样一问，韩雪纯本来已经迈开的步子又停下来。

　　"你有什么话要说吧?"韩雪纯问。

　　刘劲龙未置可否，但脸上有话。

　　韩雪纯干脆退回到办公桌前，重新放下包，并且坐下来，专门等着刘劲龙说话。

　　刘劲龙先是长长地出了一口气，仿佛是作为倾诉的前奏，然后把王文轩和陈小清的事情说了。

　　"这是好事情呀，"韩雪纯说，"一边是你最好的朋友，一边是你小姨子，你应当高兴才对呀。"

　　刘劲龙有苦难言，先吸一口气，准确地说只吸了半口气，然后尽情地吐出一大口，说："是啊，可你看我跟她还能过下去吗? 她有一万个理由留在湘沅，不来深圳，可她要是想来深圳，一个理由就够了。只要她想陪伴我，任何理由都拦不住，立刻就能过来。"

　　韩雪纯不说话，十分安静，仿佛她是一尊雕塑。

　　"她要是有你十分之一……现在倒好，我跟她的问题还没有摊牌呢，王文轩倒成了她妹夫了，将来我要是跟她闹上了法庭，王文轩夹在当中该帮谁?"

　　韩雪纯仍然不说话，眼睛也不看刘劲龙，目光锁定一个地方不动，手里绞着坤包的带子，绞过来，又绞过去，仿佛是想把带子弄

217

断，但是又不忍心一下子弄断，所以要来回地慢慢绞。她因此就忽然想起来一个词，绳锯木断。

刘劲龙刚开始也没有看韩雪纯，像是对空气说话，当说到"她要是有你十分之一……"的时候，还是禁不住看了一眼韩雪纯，然后目光就再也没有离开她的脸。从韩雪纯的脸上，刘劲龙又有重大发现，发现韩雪纯的眼睫毛特别的长，不仅长，而且还向上弯曲，是往上翘起来的，以前当面看韩雪纯的时候，看到的是她的眼睛，没有注意眼睫毛，现在是侧面看韩雪纯，才发现韩雪纯眼睫毛长并且向上弯曲的奥秘。刘劲龙下意识地拿韩雪纯的眼睫毛跟自己的老婆陈小玫相比，竟然想不起来小玫的眼睫毛是什么样子了，恍惚之间竟然觉得陈小玫根本就没有眼睫毛。

刘劲龙在这样看这样想的时候，韩雪纯一动不动，仿佛她成了供人体素描的模特，而刘劲龙就是画师，所以她不能动。但是，即便是真正的模特，一点不动也是不可能的，比如要眨眼睛，现在韩雪纯就眨了几下眼睛，韩雪纯一眨眼睛，刘劲龙就发现她长长弯曲着的眼睫毛原来是能活动的，而且活动自如，上下一扫一扫的，比汽车挡风玻璃上的雨刮片灵活多了，于是，刘劲龙的心也被拨动得跳跃起来。刘劲龙感觉到自己的心在怦怦跳，他强忍着，但忍不住。

"我该回去了。"韩雪纯说。

韩雪纯这样说不知道是真的要走还是有意逼着刘劲龙立刻明确表达自己的真实思想，但是，刘劲龙什么话也没有说，什么动作也没有，仍然像傻子一样盯着韩雪纯，盯着韩雪纯活动的眼睫毛。

韩雪纯站起来，拎上那个小包，重新迈开步子，向门口走去，但迈得不是很大，也不是很快，像是有意等刘劲龙叫她停下，最好是拦她停下。果然，等韩雪纯走到刘劲龙跟前时，刘劲龙突然一把抓住韩雪纯的胳膊，一下子把她扳过来，让她的脸正对着自己，然后没有说任何话，也根本没容韩雪纯表示，刘劲龙立刻就把嘴唇紧紧地粘在韩雪纯的嘴唇上。

文学大师托尔斯泰曾经说过，男女之间不存在不包含爱情的友谊。刘劲龙不是文学爱好者，没有看过托尔斯泰的著作，但是大师说的这句话他知道，因为王文轩爱好文学，这句话王文轩对他说过。当年刘劲龙在"裤裆"公园与小流氓打架，获得了陈小玫的友谊，王文轩就曾经说过，说他们的友谊早晚要发展成为爱情。当初刘劲龙不信，王文轩就说了托尔斯泰的这句论断，后来，刘劲龙和陈小玫就果然成为夫妻。这次，王文轩没有对刘劲龙和韩雪纯之间的友谊进行预测，可他们俩的嘴还是粘在了一起，可见，真正的大师论断是不受时间和空间制约的。

3

刘劲龙和韩雪纯的嘴唇粘在一起到底多长时间，现在已经没有人能说得清楚了，不仅别人说不清楚，就是他们俩自己也说不清楚。但是，有一点是清楚的，那就是第二天一整天，韩雪纯安安静静地坐在办公室，几乎没有出门，像是在细细品味昨日的温情，或者是昨天晚上做了什么见不得人的事情，现在不敢出去见人，而刘劲龙正好相反，像是吃了大量的兴奋剂，根本就静不下来，一会儿到生产车间，一会儿到包装车间，甚至还跑到职工食堂去看看，后来据一些工人描述，那一天他们老板高兴得像春天的狗，到处乱窜。幸好，这样的情况没有维持太长的时间，仅仅一天，第二天他就兴奋不起来了。

第二天一上班，刘劲龙还没有来得及兴奋呢，丁怀谷来了。而且还不是他一个人，前呼后拥一大堆，浩浩荡荡，煞是壮观。

不要说，这阵势还真把门卫给镇住了，竟然不敢拦他，只是抢在前跑去向刘劲龙报告。

跑来报告的是个老门卫，认识丁怀谷。

"丁老板？快请！"刘劲龙说。

不管怎么说，丁怀谷曾经是刘劲龙的老板，之前刘劲龙的不辞

219

而别就已经不礼貌了，前段时间从周献林那里截住机芯的订单，更是冒犯了这位前辈，所以刘劲龙此时多少有点心虚。刘劲龙想，丁怀谷一定是昨天才去给周献林打订金，并催要机芯，但周献林是既不会收他的订金，更不会给他机芯，于是，丁怀谷就问为什么，这样七问八问，当然就把事情问清楚了，然后，今天一大早，他就带着一帮人，浩浩荡荡来兴师问罪了。只是他不明白，既然如此，周献林怎么不事先给他打个电话来通知一声，搞得他措手不及呢？不过，现在不是想这个问题的时候，现在丁怀谷已经来了，刘劲龙必须立刻应对。

刘劲龙已经想好了，无论丁怀谷怎么发火，怎么暴跳如雷，甚至歇斯底里，刘劲龙自己的态度一定要好，彻底地好，热情招待，虚心赔罪，甚至挤出眼泪，表示承认错误，痛改前非。今天的刘劲龙已经不是当年湘沅的那个毛头小伙子了。今天他是深圳一家企业的老板，新的环境和位置逼得他必须学会控制自己，必须学会妥协，必须学会让步，必须学会当孙子。但是，孙子可以当，可订单是绝对不能改的，也没有办法改了，机芯都已经做成产品了，相当于种子都已经在地里长成庄稼了，马上就要收割了，怎么改？好话可以说，改变事实不可能。

这么想着，刘劲龙就更有理由对丁怀谷热情。

"不用请了，"丁怀谷说，"我自己来了。"

让刘劲龙不解的是，此时的丁怀谷丝毫没有兴师问罪的样子，倒是一脸的笑容，像是内地政府官员在春节团拜会的时候对待香港台湾客商一样。

这老狐狸卖的是什么药？刘劲龙想，不管是什么药，反正我都是热情接待，刀枪不入。

刘劲龙这时候夸张地迎上前，老远地就伸出双臂，跟丁怀谷握手。

在那一刹那，刘劲龙还真有点担心，担心丁怀谷会立即板起脸，破口大骂，甚至抬手给他一个大耳刮子。如果那样，刘劲龙还真有点下不了台。毕竟，这是当着韩雪纯的面；毕竟，这是在他自己的工厂里呀。

但是，没有，丁怀谷没有板脸，也没有拒绝跟刘劲龙握手，更没有抬手给刘劲龙一个大嘴巴，而是同样热情地握住刘劲龙的手，并且还来回地摇了几下，大声说："好，好！我早知道你是个人才。果然不出我所料，接手才几个月，就把一个工厂整得像模像样。好！好！！人才呀！怎么样？继续回到我身边跟我做怎么样？工资我给你翻一倍。"

话虽然是笑着说的，口气也是热情友好的，但内容却是荒唐的，甚至是在骂人。

既然好，既然刘劲龙有能力把自己的工厂搞得这么好，干吗要回到你那里为你打工呀？这不是疯话吗？让一个企业老板放着自己的企业不管，去给你打工，还说工资翻倍，这不是骂人吗？

尽管是疯话，尽管是骂人的话，但刘劲龙并没有生气，起码表面上没有生气，不过他肯定是有点担心，担心这次自己是不是做得过分了，把丁怀谷气疯了，如果那样，那么就真对不起这个老先生了，再说，年轻人做事情，做得这么绝，把自己的老东家气疯了，传出去口碑也不好呀。别人不说，就说东北的沈老大，如果知道这件事情，还不把刘劲龙骂得狗血喷头。

"好啊，"刘劲龙故作潇洒地说，"难得丁老板还能看得起，还这么幽默。"

"不是幽默，"丁怀谷说，"我是说正经的。听说你把第一批投放市场的市话通已经基本上生产出来了？好！感谢你！这样一来，龙威那边连汤也没的喝了，许剑锋这小子又要被老板炒鱿鱼啦。没办法，有些人天生就是被炒鱿鱼的命，天生就不知道天高地厚，乳臭未干，会要一点点小聪明，就自以为不得了了。"

刘劲龙当然听出丁怀谷指桑骂槐的味道来，但是他不打算计较，毕竟，对于胜利者来说，还是应该容忍失败者骂几句难听话的，况且丁怀谷这么一大把年纪，又曾经是自己的老板，生意上吃了哑巴

221

亏，有苦说不出，嘴巴上讨点便宜完全可以理解，自己大可不必与他在嘴巴上计较高低。

"来，我来向你介绍一下，"丁怀谷说，"这位是陈力恒大律师，这位是万德电器老东家李景平先生，现在李先生已经把他手上的万德电器卖给我了，我今天就来正式通知你，同时感谢你这些天对我万德电器的整治，为了表达我对你的感谢，正式接管后，我会考虑继续聘用你，并且给十万元人民币作为特别奖赏。"

丁怀谷说完，那个被称作陈力恒的律师就向刘劲龙出示转让协议。

这是一份正规的协议书。协议的甲方是万德电器法定代表人李景平，乙方是受让人丁怀谷，白纸黑字，一清二楚，转让价格是人民币三百万整，差不多比刘劲龙从李德厚手中转让过来的价格贵一倍。但考虑到当初刘劲龙转让来的时候万德公司是个空壳子，现在已经开发出市话通，并且新产品即将投放市场，这样的价格似乎也合理。

这真是晴天霹雳！

一切简直像天方夜谭！

刘劲龙强迫自己不要倒下，强迫自己冷静再冷静。他想，这一切难道是真的吗?!

刘劲龙在看这份合同的时候，韩雪纯也凑上来，所以，等刘劲龙大致浏览完了之后，韩雪纯差不多也浏览完了。这时候刘劲龙和韩雪纯相互看了一下，韩雪纯真担心刘劲龙会做出什么过激的事情来，比如会把协议撕掉。好在没有，刘劲龙显得非常平静，仿佛这一切早就在他意料之中，当然，这种平静是装出来的，是他作为企业家必须强迫自己做出来的。

"您想怎么样?"刘劲龙问。

"不怎么样，"丁怀谷说，"该说的我已经说清楚了。从现在开始，这间工厂是我的了。看，我连骨干都带来了，来正式接管自己的工厂。"

刘劲龙注意到了，所谓的骨干，正是被刘劲龙炒掉的那几个"老鸟工人"。

"谁能证明这份转让协议有效？"韩雪纯说，"谁能证明这个字确实是李景平先生签的？"

这时候，刘劲龙和韩雪纯发现律师从背后轻轻推了一下李景平，李景平一个激灵，说："我，我就是李景平，这个字是我签的。"

"哦，你就是李景平？"韩雪纯问，"李景平是什么人？你凭什么卖这个工厂？你怎么不去把深圳广场也卖掉呀？你怎么不跑到北京把天安门广场也卖掉呀？"

"李景平先生是李德厚先生的儿子，"律师说，"是万德电器的法定代表人。"

"哦，是吗？"韩雪纯说，"谁能证明他是李德厚的儿子？他还可以说自己是李嘉诚的儿子呢，是不是可以把和记黄埔也卖掉呀？"

"这个……你不要胡搅蛮缠。"律师蔫了一些。

"要想当李嘉诚的儿子，得李嘉诚承认；要想当李德厚的儿子，也要李德厚承认。单凭他自己这样说，行吗？你们香港律师楼就是这样处理财产纠纷案子的吗？"韩雪纯开始反击，并且反击有效，因为律师明显软了下来。

这时候，还是老生姜出来解围。丁怀谷说："不管李景平是不是李德厚的儿子，反正他是万德的法定代表人，所以就有权转让。"

丁怀谷说完之后，得意地朝前后左右看看，像是给他带来的几个人打气，也像是等待这些人的喝彩。果然，律师、李景平还有他带来那几个"骨干"听丁怀谷这样一说，顿时精神不少，一起点头称是，并说"对呀""是呀"一类的话。

韩雪纯不气不恼，平静地看着他们起哄，然后，正眼瞪着丁怀谷，问："是吗，丁老伯？您是前辈了，应该知道，像股权转让这样的事情，并不是一个法定代表人就能决定的，必须是全体股东一致同意，股东的决定才是最终决定，他李景平有股东相应的决议书吗？再说，受让方您是代表什么人签订的这份转让协议？如果您代表的是丁氏企业，据我所知，作为一个台湾企业，收购大陆的企业没有这么便当吧？需要经过相关部门的特别批准吧？这些手续你们办了吗？拿出来我看看。"

韩雪纯这样一问，对方律师就彻底蔫了，蔫得往后退了退，似乎想表明这不关他的事情。

李景平更是大眼瞪小眼，看着丁怀谷，那意思是：这下不关我的事情了吧？

"我不是代表丁氏企业的！"丁怀谷大声说，"我代表的是固源实业！你知道，固源实业是大陆的企业，大陆企业收购大陆企业不需要什么特批。"

丁怀谷说完，他的律师又重新精神了一点，具体表现就是胸脯往前挺了一挺。

"我知道固源实业，"韩雪纯说，"我还知道固源实业确实是大陆企业，更知道大陆企业收购大陆企业不需要特批。"

韩雪纯这样一说，丁怀谷就开始得意了，而丁怀谷一得意，他那帮"骨干"就得意得开始庆贺了。这时候，倒是刘劲龙紧张起来，紧张地看着韩雪纯，一脸疑惑仿佛怀疑韩雪纯怎么关键时刻替对方说话了。

"但是，我还知道，你根本就没有资格代表固源实业。你是固源实业的什么人？固源实业与你有什么关系？你是固源实业的法人代表吗？固源实业是你的吗？要不要我们一起去海关和工商税务部门说清楚？说明固源实业其实就是你丁怀谷的企业？说明你在深圳的企业是两块牌子？说明你就是利用这两块牌子把明明是台资来料加工企业的产品通过固源实业'合法'内销？这是不是变相走私？"

丁怀谷满脸苍白，额头冒汗。

"我不跟你说，"丁怀谷强撑着不让自己倒下，说，"走，我们先走。"

丁怀谷他们一走，刘劲龙一刻也没有等，一把把韩雪纯拥入怀中，一顿狂吻，全然不顾旁边还有那么多人。

第十二章　爱人不能分享

刘劲龙与韩雪纯超出友谊似乎必然。但刘是有老婆的人，这使得他们的关系只能偷偷摸摸。不仅让韩雪纯没有安全感，也让赵一维毫无顾忌地追求韩雪纯，并且拜托刘劲龙从中撮合。这样一来，就把刘劲龙推到了难堪、无奈、无助的境地。

1

丁怀谷也开诚布公地对刘劲龙亮出了自己的观点：第一，一个企业还没有收购，就想到将来"万一做不好"，这本身就表明你自己都没有十分的把握和足够的信心；第二，公司转行做房地产开发，这是另一个重大的带有战略性转变的决策，需要另外专门讨论，不能与眼下的收购冶炼厂问题混在一起讨论；第三，即使将来要打算进军房地产市场，也要选择中心城市或沿海城市，比如在深圳当地或附近地区，而不应当选择湘沅这样的内地小城市。

丁怀谷说完，眼睛直盯着刘劲龙，现在他要看刘劲龙怎么回答了，仿佛他一下子把烫手的山芋抛给了刘劲龙，看他怎么接。同时，丁怀谷也瞟了一眼周静怡，不是担心周静怡没有做好会议记录，而是观察周静怡的反应，或许，他下意识里是想考证周静怡到底是不是真的向着刘劲龙。即使向着刘劲龙，面对他这样说理充分的质问，看她怎么帮刘劲龙回应。

周静怡一直低着头，即使在丁怀谷和刘劲龙都没有说话，她并不需要做记录的时候，也一直把眼睛盯在记录簿上，仿佛她仍然在认真记录。这时候，舅舅丁怀谷瞟她一眼的举动，周静怡察觉到了。她忽然产生了摇摆，觉得舅舅的话十分有道理。她甚至又想到了陈小玫，想到刘劲龙执意回湘沅收购冶炼厂的举动或多或少与陈小玫有关。她想到劲风科技也是她自己的企业，她必须对企业的根本利益负责，在丁怀谷与刘劲龙之间，她应该做到不偏不倚，客观公正。同时，周静怡也告诫自己不要小心眼，不要太"女人"，不要因为想到刘劲龙的收购计划可能与陈小玫有关而影响自己的判断。所以，这时候周静怡假装根本没有注意到丁怀谷的眼神，继续盯着记录簿，不发言，不接话，甚至不接眼神，尽量摆出一副客观中立的样子。

2

风波虽然过了，但刘劲龙想想还是后怕。他没想到丁怀谷这么狡猾，甚至不得不佩服丁怀谷高，实在是高！刘劲龙甚至怀疑丁怀谷早就知道刘劲龙他们这么做了，故意装着不知道，故意不给周献林打订金，就等着这一天，等着刘劲龙他们得意够了，并且把市话通生产出来了，才亮出自己最后的底牌，一网打尽。

试想一下，这次如果不是丁怀谷对大陆的相关政策和规定研究不透，又恰好请了香港的律师而不是大陆律师，如果不是韩雪纯当过他的秘书，知道底细，碰巧被韩雪纯抓住了丁怀谷的把柄，而任由丁怀谷把万德电器"收购"过去，虽然凭李德厚的人品，肯定会把当初刘劲龙支付的收购款退给他，但刘劲龙这几个月不是白白地给丁怀谷这个老狐狸打工了吗？

太可怕了。

这么想着，刘劲龙就意识到一定要变更企业的法定代表人，否

226

则早晚还是要出事。今天李景平是把企业转让给丁怀谷，让韩雪纯挑出了出让方的破绽，抓住了受让方的把柄，明天如果李景平做一个假的"股东会决议"，把企业"转让"给一个大陆公民，不是很麻烦？另外，还有后天呢？刘劲龙思考了一下，跟韩雪纯商量，第一，赶快联系李德厚，请他管住自己的儿子，再不要闹这样的事情了；第二，尽快更换公司的法定代表人。

韩雪纯完全同意刘劲龙的意见，同时提醒刘劲龙，第一件事情比较好办，估计李德厚还是能管住自己儿子的，再说从刚才的情况看，李景平也不像是什么坏人，可能是受到丁怀谷的挑唆和诱惑，一时糊涂才做了傻事，估计不会马上再来闹事。倒是第二件事情比较难办，因为深圳市政府有规定，刘劲龙没有深圳户口，不能担任企业的法人代表。

"这个我知道，"刘劲龙说，"上次李德厚已经对我说过了，但是我听说最近政策有松动，说只要公司股东当中有深圳户籍人士就行，你帮我去问问看。"

后来事情的发展果然如韩雪纯所料，李德厚知道这件事情之后，立刻赶回深圳，把儿子狠狠地骂一顿，并让他专门向刘劲龙当面赔礼道歉。刘劲龙表面上原谅了李景平，并热情地称兄道弟，像完全没有事情了，暗地里还是想着一定要更换法人代表，因为他发现李景平确实不算是坏人，但肯定是个没有主见的人，这样的人一旦掌握重要的资源，比如继续担任万德电器的法人代表，犯浑的时候危害性不一定比真正的坏人小。所以，刘劲龙下决心要变更公司法人代表。但这件事情比较麻烦，而且是无法逾越的麻烦。韩雪纯打听到的情况仍然是不行，新政策是有传闻，但并没有正式实施，实行一项新政策需要一定的程序，不是一天两天能解决的，也不知道哪一天才能实施，所以，刘劲龙仍然不能担任公司的法人代表。其实这也不是韩雪纯打听到的情况，刘劲龙在吩咐韩雪纯打听的同时，他自己也从其他途径打听过了，结果跟韩雪纯掌握的情况一样。刘劲龙于是就有气，说既然绝大多数都是外地人，都是非深圳本地户籍，既然鼓励外地人在深圳投资或创业，为特区经济建设和发展做贡献，为什么又不让外地人担任企业法人代表？

但是，气归气，气是不能解决问题的，还必须接受现实，凭刘劲龙这样，是没有能力立刻改变深圳特区相关政策的。

"不是不让外地人办企业，"韩雪纯安慰他说，"只是不让外地人担任企业法人代表。"

"那不是一样吗？"刘劲龙说。

"不一样，"韩雪纯说，"你可以把户口迁过来呀，只要你把户口从湖南迁来深圳，你就是深圳人了，就可以把公司转到自己头上了。"

"对呀！"刘劲龙说。

于是，刘劲龙像是发现了新大陆，又把主要精力放到迁户口上。

刘劲龙迁户口的过程比他的创业过程艰难许多。首先，他不是人才，至少按照当时深圳市人民政府相关的政策他不是人才。在当时，人才的第一个标准就是学历，第二标准还是学历，第三标准仍然是学历，是大学本科学历，起码也要大学专科学历，而刘劲龙只有高中学历，相差太远，想通融或打擦边球都不成。其次，即便刘劲龙是人才，那么当时深圳市关于人才引进的一个内部政策，一般不接受县级以下的人才，虽然现在湘沅已经是一个市了，但也只是县级市，当时连县级市都不是，只是一个货真价实的县，既然是"县"，那么，即便刘劲龙是"人才"了，户口也难进深圳。所以，尽管刘劲龙费了很大的劲，最后还是没有把自己的户口弄进深圳来，既然户口没有弄进来，那么刘劲龙就不能担任自己企业的法人代表，严格地讲这个企业还不是刘劲龙的，只能算是李景平的。说实话，因为这个问题，还极大地影响了刘劲龙发展万德电器的积极性，因为他总有一块无法消除的心病，他不知道哪一天李景平又冒出一个什么事情来，如果那样，自己拼命发展的企业不等于是为竞争对手创造财富吗？就像上一次，好不容易开发生产出来的市话通，差一点就被丁怀谷连锅端掉，太可怕了。特别是后来李德厚生病住院，虽然并不是什么大病，却也把刘劲龙吓得半死。刘劲龙悄悄地对韩雪纯说："万一李德厚死了，我跟李景平能说得清楚吗？"

"不会这么巧吧？"韩雪纯安慰说。

这就是韩雪纯的好处，遇到危险时，她毫不畏惧，冲锋在前，比如这次，一个弱小女子对付丁怀谷来势汹汹一帮大男人，居然面不改色心不跳，比刘劲龙都镇定，而没有事情的时候，她又从不挑起事端，总是安慰刘劲龙，尽量把话往好处说，不往坏处说。刘劲龙于是就认定，韩雪纯是天底下最好的女人，最漂亮的女人，最能在事业上助他一臂之力的女人。现在这个女人已经基本上属于他了，因为自从那天韩雪纯击退丁怀谷，刘劲龙当众亲吻韩雪纯之后，他们也步王文轩后尘，过起悄悄的同居生活。不对，严格地说，刘劲龙和韩雪纯不是同居，而是偷情，因为韩雪纯每天晚上还必须回家睡觉，说不上"居"。

但是，偷情不是比同居更有味道吗？

虽然有味道，但刘劲龙还是不甘心。刘劲龙发现他跟韩雪纯的关系就好比是自己跟工厂的关系，工厂他虽然买下了，但是法人代表还不是他自己，总有一种名不正言不顺的感觉，而且蕴藏着极大的风险；韩雪纯虽然跟他经常偷情，但还不是他的合法妻子，也是名不正言不顺，并且也时刻可能出现危险，比如哪一天她看上一个小伙子，或一个小伙子看上她，怎么办？

别说，刘劲龙的担心很快就兑现了。

这一天王文轩约刘劲龙和赵一维一起吃饭。

这是刘劲龙和王文轩事先说好的，意在抹平他们与赵一维的间隙。

照例，还是在湘江餐馆，韩雪纯由于名不正言不顺，自然没有资格参加，而陈小清倒名正言顺了，虽然她和王文轩也不是合法夫妻，但却是公开的同居关系，比韩雪纯的偷偷摸摸强，所以有资格参加。再说，陈小清和王文轩很快就要结婚了，现在的陈小清已经基本上算是正式的老板娘，再加上王文轩手上本来就有钱，所以陈小清已经不掌勺了，已经由大师傅变成专职的管理人员，有时间跟他们一起吃饭。

其实陈小清参加他们更好，还热闹一点，而且，也好有个玩笑开。

几杯酒下肚，赵一维也似乎冰释前嫌，谈笑风生，借着酒劲，按事先策划好的路子把话往那上面引，说："你们二位老兄一个有儿子了，一个马上有老婆了，也得为老弟想想呀。"

王文轩说："你现在是名人了，还找不到老婆？"

"那不一样，"赵一维说，"深圳的这些女人，不知根不知底，一个一个现实得要命，来无影去无踪，不敢交心呀。不像你跟陈小清，一个地方来的，一个厂的，又是刘劲龙的亲戚，当然放心。"

赵一维这样一说，陈小清自然高兴，因为这里不是湘沅，现在也不比从前，说实话，她在王文轩面前总有点心虚，毕竟，王文轩是个地道的老板，而她是个打工的，总觉得自己在王文轩面前不踏实，生怕王文轩哪一天嫌弃她，现在按照赵一维这样的说法，那么王文轩就非她莫娶了，所以陈小清有理由开心。

"说得也是，"陈小清说，"老婆还是知根知底的好，要不然我回湘沅帮你张罗一个？"

"对，"王文轩说，"让小清回去为你张罗一个。"

"那不行，"赵一维说，"你回湘沅为我张罗，跟你是知根知底了，对我还是陌生的呀。"

"那不一样吗？"王文轩说，"你还不相信我们？"

"相信，"赵一维说，"但不一样，知根知底是一种感觉，并不一定真的相信谁或不相信谁。"

陈小清一听，是有几分道理，于是问："那你什么意思？"

"我的意思是最好找一个在深圳有根有底的。"赵一维终于开始慢慢露底牌了。

"在深圳有根有底？"陈小清问。

"在深圳有根有底。"赵一维说。

"什么人算是在深圳有根有底呢？"陈小清问。在陈小清看来，深圳人差不多都是外地人，起码他们这个湘江餐馆里的工作人员和就餐人员都是外地人，哪里有什么知根知底的呢？

赵一维不说话，眼睛下意识地瞟了一下刘劲龙。刘劲龙没有反应。刘劲龙自从跟韩雪纯名不正言不顺之后，一直想着跟陈小玫离婚，他认为只有跟陈小玫离婚了，他才能跟韩雪纯结婚，而只要他跟韩雪纯结婚之后，他就能按照照顾夫妻分居的政策解决深圳户口，即便不能立刻解决，排队几年总行，也可以让韩雪纯先担任工厂的法人代表，反正是两口子，比安在李景平名下强，但是，他又实在找不到跟陈小玫离婚的理由，所以，他现在最怕见陈小清，仿佛陈小清是陈小玫的影子，见到陈小清就等于见到了陈小玫。他甚至怕见王文轩，但是毕竟是好朋友，是亲戚，也不能不见，可只要见了，刘劲龙就尽量少说话，甚至不说话，想心事，想着他跟韩雪纯结婚的心事，想着他跟陈小玫怎么离婚的心事，所以，现在赵一维偷偷瞟他一眼，刘劲龙根本就没有注意。

刘劲龙没有注意，王文轩注意到了。

"对呀，"王文轩说，"韩雪纯呀，韩雪纯父母都是深圳人，虽然她自己不是在深圳出生的，但是在深圳生长的，应该算是知根知底的了，对不对，刘劲龙？"

"啊，韩雪纯？是啊，知根知底，知根知底。"

陈小清一听"韩雪纯"，也是一惊。这个名字她太熟悉了，在湘沅的时候就熟悉，从某种意义上说，陈小清正是因为这个名字才来深圳的，现在听王文轩这样一说，略微一想，觉得太绝妙了，如果韩雪纯跟赵一维对象上，那么自然就表明跟刘劲龙之间没有关系了，如此，她也就等于圆满完成姐姐当初布置的任务了，她也就对得起姐姐陈小玫了。

"好！这个主意好！嫂子支持你！"陈小清说。

陈小清说完，赵一维、王文轩还有陈小清，就一起盯着刘劲龙，三双眼睛像六个探照灯，照着刘劲龙，搞得刘劲龙像被审讯的犯人。

"啊，好，支持，支持，支持。"刘劲龙说。

事实上，关于他和韩雪纯，刘劲龙早就想对王文轩说的，可一想到王文轩如今是陈小清的未婚夫，刘劲龙又实在不能说。说了，即使不考虑王文轩万一哪一天不小心说给陈小清听，也担心会给王文轩带来不必要的麻烦。所以，刘劲龙至今没有在王文轩面前透露半个字。这下好了，王文轩并不了解刘劲龙的心思以及他与韩雪纯的关系，还一个劲儿地帮着赵一维说合，搞得刘劲龙完全孤立了，还有苦说不出。

"还不快敬酒！"陈小清说。

"敬酒，敬酒。"赵一维说。说着，真给刘劲龙敬酒。

对于赵一维来说，这肯定是杯甜酒，但是对于刘劲龙来说，这酒是苦酒，实在太苦了，但是，当着王文轩的面，特别是当着陈小清的面，他能说自己已经与韩雪纯好上了吗？

刘劲龙咬着牙把酒喝下去。那滋味！

第十三章　无可奈何变法人

李德厚生病住院，刘劲龙吓得半死。万一李德厚离世，刘劲龙能和他儿子李景平扯得清楚吗？但刘劲龙同样没有深圳户籍，担任不了企业法人代表。万般无奈，只好把万德电器过户到韩雪纯名下，并更名为"深圳劲风科技发展公司"。

1

刘劲龙一下子被丁怀谷问住了。他发现自己犯了一个错误。关于将来可能利用冶炼厂的地盘开发房地产的事情，他自己也没有考虑成熟。主要是这件事情操作起来并不容易。即便发生他假设的那种情况，在冶炼厂被收购过来之后万一经营不好，冶炼厂也不是他想炸就可以炸掉的，更不是他想在原来的地皮上开发房地产就能开发房地产的。首先是土地使用性质不同，工业用地不能随便变更成住宅用地，这个他知道；其次涉及城市的整体规划，把一个工厂变成一片住宅小区，需要修改整个城市的整体规划，这不是一件说做就能做的事情，这个他也知道。再说，假如真到了那个地步，所涉及的问题也不仅仅是工厂变住宅这么简单，起码还涉及几千职工包括离退休职工的出路问题、欠款的偿还问题等等，任何一方面都是一道难于逾越的坎，他想每一道坎都顺利通过，绝非易事。所以，这个想法完全是八字不见一撇的事情，刘劲龙谁都没有说，包括没有对湘沅市有关方面的人说，也没有对周静怡说。刚才因为和丁怀谷的谈判陷入僵局，刘劲龙被逼急了，才把这个不成熟的想法抛出来。本想以此打动丁怀谷的，没想到不但没有说服丁怀谷，去反而被丁怀谷连提三个问题，狠狠将了刘劲龙一军，搞得刘劲龙现在几乎没有退路了。

幸好，丁怀谷是台湾人，虽然来大陆多年了，但对于大陆的许多事情了解并不深入，他所提出的三个看似尖锐的问题，也仅仅是涉及公司自身发展层面的问题，属于对内范畴，还没有说到诸如土地使用性质、城市整体规划、职工安置和偿还欠款等外在障碍，就这样，都已经令刘劲龙难以应答了，更别说可能涉及的国家政策突变和具体操作过程中当地黑白两道各路神仙人为之刁难等一系列问题。说实话，此时的刘劲龙也意识到了收购计划可能并不如他当初想象的那么简单。他忽然发现，这就是现代企业管理制度的好处。遇到重大决策，必须经过董事会一致通过，既避免了独资企业老板个人靠拍脑袋决策的非理性失误，也避免了过去有些国营单位反正是国家的资产没人心疼所谓集体研究纯粹走过场的非科学决策，像现在这样，虽然只有三个人的会议，其实只是两个人的交锋，但由于两个人各自代表了自己在公司的股份并承担对应的责任，所以，双方都本着对自己资产负责的态度，能在很大程度上避免决策的盲目性。并且，通过这样的直接交锋，也能促使刘劲龙把所有的问题考虑得更周全一些，避免将来被动。

刘劲龙提议休会。

丁怀谷以胜利者的姿态微笑着看看刘劲龙，又看看周静怡，然后点头同意。

丁怀谷清楚，这第一个回合，他赢了。

2

思前想后，刘劲龙做出一个重大决定：先把工厂从李景平的名下转到韩雪纯的名下，然后跟陈小玫摊牌，离婚。

刘劲龙这个决定是他自己做出的，他不能跟任何人商量。赵一维自不必说了，自从那天在湘江餐馆赵一维当面拜托刘劲龙在他和韩雪纯之间当红娘，并且刘劲龙也当面"答应"之后，他现在整天想着怎么躲避赵一维，哪里还敢跟他说话？更不要说跟他商量自己跟韩雪纯之间的事情了。王文轩本来跟刘劲龙是最贴心的，但是考虑到他现在是陈小玫的准妹夫，跟他商量自己跟陈小玫离婚的事情，不是给他添乱吗？至于韩雪纯，刘劲龙自然要跟她商量，但是也不能完全说心里话，只是问韩雪纯："如果我跟陈小玫离婚了，你能嫁给我吗？"韩雪纯听了之后，马上就伤心地哭了，说："刘劲龙，你这是什么话？你以为我是那么随便的女孩吗？不喜欢你我能随便跟你这样吗？我是不想给你添麻烦，不想给你增加压力，才装得无所谓，事实上，哪个女人不想跟自己心爱的人结婚？"这话要是刘劲龙刚来深圳的时候听到，肯定不信，一个年轻漂亮的深圳女大学生，能真心实意地跟我一个被开除的工人过一辈子吗？但是，现在刘劲龙听这样的话，信，完全相信。因为现在刘劲龙是老板了。刘劲龙自当上老板之后，最大的变化就是自信心空前地增长。年轻漂亮怎么样？深圳人怎么样？大姑娘怎么样？大学生又怎么样？不都是可以归纳为"资本"吗？但资本有什么了不起？我没有资本吗？刘劲龙想，我虽然不是大学生，也没有深圳户口，甚至也不好说年轻了，但是我有工厂呀，工厂不也是一种资本吗？当然是，而且是更直接的资本，所以，大家扯平了，刘劲龙有理由自信，或者说，有理由相信韩雪纯的话。

"如果这样，"刘劲龙说，"那么我就先把工厂从李景平名下过

235

户到你的名下，然后再跟陈小玫离婚，我们俩结婚。"

"为什么要先过户工厂？"韩雪纯问。

"这个问题我想了好久，"刘劲龙说，"第一是避免节外生枝，不要我跟陈小玫的事情闹得不可开交的时候，李景平又来一杠子，到时候我顾哪头？再说我被丁怀谷搞怕了，这个老生姜，没准哪天急了，雇人把李德厚杀了，李景平还不是被他玩得团团转？到那个时候我该怎么办？所以，关于法人代表的事情，我是一天也不想耽误了，而我现在没有深圳户口，不能转到自己名下，不转到你名下转到哪个名下？第二，我必须做最坏的打算，我和陈小玫离婚的事情不可能顺利，万一最后跟她闹上法院，法院判财产平分，我怎么办？难道把万德电器的一半股权给她？真要是给她陈小玫也认了，问题是陈小玫得到这么多财产之后，马上就有很多男人追她，难道我还要为她准备这么大一笔嫁妆？所以，事先把工厂过户到你的名下，到时候我就说工厂是你的，我是给你打工的，这样，就能保全万德电器了。"

韩雪纯听了，半天不说话，最后说："我觉得陈小玫也不容易，既然你跟她离婚，经济上多少也应该给她一些补偿吧？"

韩雪纯这样一说，刘劲龙就更加坚信自己的选择英明正确，因为他发现，韩雪纯不仅美丽能干，而且心地善良，一点也不贪。

"那是肯定的，"刘劲龙说，"给她的补偿我自然会考虑，但不能把公司平分了，再说她要一半的公司股权也没有用呀。万一她想报复我，把一半的股权卖给丁怀谷，怎么办？"

韩雪纯这下再没有什么可说的了，只是说都听你的，你说怎么办就怎么办，你是男人，大事不糊涂，等等。

说实话，这恰恰是刘劲龙最希望看到的态度，他希望自己的女人能干，能在事业上助他一臂之力，甚至在关键时刻能挺身而出，但是，他又不希望女人太有主见，什么事情都想做丈夫的主，太能做主的女人不好，不像女人了。现在像韩雪纯这个样子，能干但不做主，最合刘劲龙的心思。

法人代表更换的事情非常顺利，因为李德厚的全面配合，李景平任由调遣，加上韩雪纯是深圳常住户口，有关方面大约是考虑到肥水没流外人田，办起法人代表更换手续特别有效率，要不是韩雪纯主动提出顺便更换公司名称会更快。

韩雪纯向刘劲龙建议，既然更换法人代表，干脆连公司的名称也一并更换，换成一个带有刘劲龙名字的公司名称，因为毕竟公司实际上是刘劲龙的，她只是挂名。

不用说，韩雪纯的这个建议让刘劲龙非常称心，更加坚信把公司过户到她的名下是完全正确的。最后，万德电器公司正式更名为"深圳劲风科技发展有限公司"，注册资本由原先的一百万元人民币变更成五百万元人民币，法定代表人由李景平变更成韩雪纯，股本结构当然也由李景平一股独大变更为韩雪纯一股独大，经这样一改，万德电器完全脱胎换骨了。

正当刘劲龙打算跟陈小玫摊牌，以便正式娶韩雪纯为妻的时候，没有眼力的赵一维哪壶不开提哪壶，居然追问起他拜托刘劲龙的事情。

赵一维虽然没有眼力，但做事情还多少有一点分寸，或许是不好意思吧，他没有直接向刘劲龙提这件事情，而是通过王文轩提。

"是啊，"王文轩说，"他不是答应得好好的嘛，怎么给忘了。没关系，我给他打电话。"

刘劲龙接到王文轩的电话，半天没有作声，最后冒出一句话："我们见面说吧。"

"好，你来吧。"

"不不不，"刘劲龙说，"我们另外约一个地方。"

"哪里？"王文轩问。

刘劲龙想了想，实在找不出更合适的地方，就说："到我公司来吧。"

王文轩说好，然后就向陈小清"请假"，打的来到刘劲龙的工厂。

还没有进厂，王文轩就深切地感觉到工厂的巨大变化。首先是工厂大门进行了重新装修，比以前大气多了，一看就比过去正规；其次是招牌换了，以前的招牌是大门口挂一个长方形的金属牌子，上面写着"深圳市万德电器有限公司"，现在牌子没有了，换成一堵墙，这堵墙被设计成一个斜面，浅咖啡色的墙面，镶嵌着一大排深咖啡色草书字"深圳劲风科技发展有限公司"，字体是毛主席的狂草，尤其是"劲风"两个字，完全取自于毛主席当年的"暮色苍茫看劲松"中的"劲"字，苍劲有力，气派非凡，而且颜色搭配谨慎，不张扬；再就是门口的保安，一律换成武警部队的专业军人，服装显然是从香港订购的。

　　保安不认识王文轩，于是先向他敬礼，然后问找谁。王文轩报出姓名之后，保安立刻用内部电话通报，然后再次向王文轩敬礼，并说"对不起，里面请，我们老板正等着您呢"。最后是其中的一个保安一直护送着王文轩到刘劲龙的办公室。

　　说实话，还没有见刘劲龙的面，单就这进门的一套程序，王文轩自然就觉得自己已经矮了一截，想着分开还不到一年，同样在一个城市，起点一致，自己仍然是一个饭馆的小老板，成天柴米油盐酱醋茶，而刘劲龙，则已经是一家大企业的大老板了，王文轩不禁有点惭愧。

　　刘劲龙倒没有摆大老板架子，门早已经开了，见王文轩一来，马上就从大班椅上站起来，快速走到前面来，拉住王文轩的手，用力摇几下，并排在沙发上坐下。而如果不是王文轩，是其他人，比如是他公司的部门经理，那么肯定不会这样。如果那样，通常门是掩上的，等部门经理敲门了，刘劲龙说进来，对方才敢进来，进来之后，刘劲龙一般是不抬头，继续把眼睛盯在大班台上的文件上，不管有没有文件要看，也不管那是不是"文件"，刘劲龙都会让对方在他面前等待一会儿，或者说是诚惶诚恐一会儿，然后刘劲龙才说"坐"，这样，对方才敢在刘劲龙对面的会客椅子上坐下，但还不敢坐结实，常常是虚坐，就是半边屁股坐踏实了，另外半边屁股实际上并没有受力，以便为随时的起立做好充分准备。但是今天没有，今天刘劲龙接待王文轩的规格，完全是接待大客户或政府官员的标准。

两人照例说了一些闲话，主要是王文轩问刘劲龙为什么会发展得这么快，刘劲龙说碰巧了，第三代电话机推出去之后，他没有再在第四代上下功夫，而是及时转产开发市话通，又抢了先，所以一下子就发展起来了。

"还是你有本事，"王文轩说，"不像我，只能开餐馆。"

"开餐馆也不错呀，"刘劲龙说，"民以食为天嘛，到哪个时代都少不了吃。"

"那不一样，"王文轩说，"跟你没有办法相比。"

"也不能这么说，"刘劲龙说，"大老板操大心，小老板操小心，不当老板不操心。对你我来说，生活已经不是问题，多操心是好事情吗？说实话，大老板不一定就比小老板幸福，你说是不是？"

王文轩没有回答是还是不是，他在等着刘劲龙谈刚才他们电话里面谈到的问题，也就是赵一维想跟韩雪纯搞对象的问题，现在见刘劲龙闲话说起来没完，王文轩不想回答刘劲龙关于大老板小老板的问题，而是暗示刘劲龙该说正事了。

第十四章　设　　套

为达到离婚目的，刘劲龙故意给王文轩看营业执照，声称自己如果不娶韩雪纯，他就等于是打工的。同时，利用陈小清急于嫁给王文轩的心态，诱使陈小清回去做姐姐的工作。没想到，刘劲龙在给别人设套的同时，也给自己设下一个牢牢的套。

1

刘劲龙主动给苟市长打电话，竟然让苟市长产生一种受宠若惊的感觉。苟市长升官心切，一心想往更高的位置上进步，奋斗了几十年，好不容易坐到县级市市长的位置上，要想再往上升，唯一的办法就是做出突出的政绩，而眼下最能体现成绩的，无非是使有色金属冶炼厂摆脱困境，做得好，不仅能避免职工到市政府门口静坐甚至越级上访等一系列令他头疼甚至有可能丢官的事件发生，而且还能为全省的国企改革探索出一条新路子，一跃成为全省的典型，而一旦成为全省的典型，他在官场上更上一层楼就不再是天方夜谭了。所以，眼下刘劲龙就是他的"组织部长"，升官心切的人接到"组织部长"主动打来的电话，当然受宠若惊。

刘劲龙首先再次重申自己的一贯立场，说他收购决心已定，请市长放心，只是还要走一些必要的程序等等。

苟市长自然是表示感谢，说些家乡人民欢迎你、盼望你之类的话，然后问："哪些程序？"

或许，在苟市长看来，只有他们政府机关才有"程序"，对刘劲龙他们这样的私人老板来说，哪里需要什么"程序"。他甚至认为，国企改革的一个重要好处，就是精简机构、简化程序、提高办事效率，难道深圳的私营企业又"改"回来了？改成这么复杂了？

刘劲龙实话实说，说企业并不是他一个人的，还有另外一个股东，虽然他自己是第一大股东，平常任何事情都是他一个人说了算，但涉及兼并收购股权投资这样的大事情，还是要与第二大股东充分沟通的。

"哦。"苟市长不知道是表示失望还是表示理解，这样"哦"了一声。

"如果方便，"刘劲龙说，"我想带着他一起再去湘沅做一次考察。"

"方便，绝对方便。你们哪天来？我派车去长沙接你们。"

"不用了。我们自己开车去。"

"那好，你们动身的时候说一声，随时保持联系。"

刘劲龙说好。两个人就这样说定了。

2

王文轩的担心是多余的。关于王文轩刚才在电话里面谈到的问题，刘劲龙早已经考虑好了，他刚才对王文轩说这些闲话，事实上也不能说是"闲"，而是他整个说法的一部分，这部分的作用就是取得心理优势，现在，他的目的已经达到了，他可以往下说了。

"有件事情我没有来得及告诉你。"刘劲龙说。

"什么事情？"王文轩问。

刘劲龙没有立刻回答王文轩是什么事情，而是先朝门上看一看，仿佛是确认门是不是关好了，然后才压低嗓子说："这个公司并不是我一个人的。"

王文轩身子往后仰了一仰，仿佛是调整自己的眼睛和刘劲龙脸之间的焦距，进一步看清楚刘劲龙，以便判断他是不是在开玩笑。当他判断出刘劲龙不是在开玩笑之后，说："我说呢。"

"是啊，"刘劲龙说，"单凭我一个人，这么短的时间，哪能做这么大。这里面有一大半是韩雪纯的。"

"谁?!"

"韩雪纯。"

"韩雪纯?"王文轩问。

"韩雪纯。"刘劲龙确定地说。

"她是大老板?"王文轩问。

刘劲龙认真地点头，一下一下认真地点头，点得非常到位。

王文轩长长地出了一口气，仿佛是终于明白了许多道理，明白刘劲龙为什么回避赵一维的问题了，明白为什么不到一年时间怎么整这么大一个企业了。

为了证实自己的说法，或者说是为了表明自己对王文轩的充分贴心，刘劲龙这时候走到大班台后面，拉开抽屉，取出公司营业执照，递给王文轩。王文轩清楚地看到，上面的法定代表人是"韩雪纯"。

"这么说你是给她打工?"王文轩问。

"说起来当然可以叫合伙，"刘劲龙说，"但事实上就是给她打工。"

"她怎么这么有钱呢?"王文轩又问。

"那就不知道了。"刘劲龙说。

既然刘劲龙说不知道，那么王文轩就自己分析。分析可能是她父母的钱，分析他和刘劲龙才来深圳一年多，就整这么多钱了，那么人家从小就在深圳长大了，整的钱不比我们多? 这么一分析，王文轩就确信韩雪纯真是大老板了。

"不好。"王文轩说。

"什么不好?"刘劲龙问。

"你给人家打工不好。"王文轩说。

"所以我着急呀!"刘劲龙说,"现在说起来我搞了一个大企业,表面上看我也是个大老板,其实我心里苦呀!这事还不能对别人说,只能对你说,就是对你,也挨到今天才说,实在是有苦说不出呀。"

"怎么会搞到这个地步呢?"王文轩被刘劲龙感动了,也为刘劲龙着急了。

"我也不知道,"刘劲龙说,"身不由己吧。一开始是工厂没有流动资金了,韩雪纯主动往里面垫,一次两次,越垫越多,后来我根本就偿还不起了,就跟她商量把钱折算成股本,最后就这么一步一步她变成大股东了。"

"是不是她早有预谋?"王文轩问。

"不会吧,"刘劲龙说,"谁知道呢。"

王文轩再次吐了一口长气,说:"知道不知道就这么回事了。你打算怎么办?"

"我当然是不甘心了,"刘劲龙说,"所以才请你过来,帮我好好筹划筹划。"

王文轩体味到了一种自己被高度信任的责任,并且责任重大。

"要不然这样,"王文轩说,"我手头上还有一些闲钱,赵一维不知道能不能腾出一点,我们替你把韩雪纯的钱还上。"

刘劲龙摇摇头,说:"不行。"

"怎么不行?"王文轩问。

"你们没有这多钱,"刘劲龙说,"你看看营业执照,五百万呢,你们能拿出三四百万出来?"

王文轩哑了。作为好朋友,关键时刻让他拿出自己资金的一部分支持刘劲龙他能做到,但要是让他拿出自己的全部资产,甚至是倾家荡产,他做不到,谁也做不到。但是他肯定不能这么说,所以只好沉默。好在他没有沉默太长的时间,刘劲龙就替他解围了。

刘劲龙说:"你就是能拿出来这么多钱也不行,股份的转让跟其他东西不一样,必须要原股东同意,韩雪纯不同意,再多的钱也没用。"

"你跟韩雪纯商量过?她不同意转让?"王文轩问。

"那倒没有,"刘劲龙说,"我根本就没有这么多钱,商量也白商量。"

二人又陷入苦思冥想状态。这个时候刘劲龙为王文轩点上烟,又从小冰柜里面取出饮料,并帮他把饮料打开,递到他手上。

"就没有别的办法了?"王文轩问。

刘劲龙摇摇头,说:"没有。"

"再想想。"王文轩不甘心。

"想了,"刘劲龙说,"什么招都想了。昨天我还在想,如果真像小玫说的那样,韩雪纯跟我好了,是我的老婆了,那就好了。如果她是我老婆,那么等于企业还是我自己的。"

王文轩眼睛定格了一下,说:"这倒是个好主意,可韩雪纯干吗?"

"她倒是没问题,"刘劲龙说,"上次从你那里回来,我找机会把赵一维的意思对韩雪纯说了,她说她不喜欢赵一维,喜欢我,搞得我都不敢给赵一维打电话。"

"难怪呢。"王文轩说。

"什么难怪?"刘劲龙问。

"赵一维还在等信呢。"王文轩说。说完,自己苦笑了一下。

"你自己是怎么想的?"王文轩问。

"我自己没有什么想法,"刘劲龙说,"关键是我考虑小玫怎么想。她一直怀疑我跟韩雪纯之间有什么事情,其实真没有什么事情,但现在还真给她想出事情来了,你说怪不怪?"

王文轩看看刘劲龙,可能是想到了他们老家的那句话,"人的嘴巴是最毒的",但是,只是这么想了,他并没有这么说。

"其实即使我们离婚了,"刘劲龙说,"我也不会丢下小玫不管的。以前每月给多少钱，以后我还会给多少，而且，为了让她放心，我甚至可以一次性给她二十万。”

“这个我信，”王文轩说，“可陈小玫能答应吗？”

“不知道，”刘劲龙说，“我连说都不敢说，怕伤她心，所以先跟你商量一下，如果你跟陈小清都觉得这样不行，那么我连说都不用说了。”

“这个我不好说，”王文轩说，“我要好好想想。”

“你想是一方面，”刘劲龙说，“你不管怎么想，最后肯定是向着我的，会为我考虑的，所以光是你一个人想不公平，最好你跟陈小清一起想，不管怎么说，陈小清肯定是向着她姐姐的，你们俩一起商量一下，看有没有一个两全其美的办法。”

刘劲龙最后这一番话算是给王文轩戴了一顶高高的高帽子，现在王文轩想不向着刘劲龙都说不过去了。这时候王文轩站起来，情不自禁地跟刘劲龙握住手，又在刘劲龙的肩膀上使劲地拍了两下，说：“行，我回去跟小清好好商量商量。然后回去了。”

王文轩刚走，刘劲龙马上就给陈小清打电话。

“小清吗？我刘劲龙呀，文轩到家了吗？”

“龙哥呀，还没有。你们说什么呢，这么长时间？”

刘劲龙故意停顿了一下，说：“说什么，还不是说你的事情嘛。”

“说我的事情？”陈小清紧张了一下。

“是啊，当然是说你的事情。”

“说我的什么事情呀？”陈小清问。

刘劲龙又停顿了一下，仿佛是故意吊陈小清的胃口，等吊够了，才说：“我让他和你早点结婚，把结婚证领了。深圳这个地方，诱惑多得很，年轻漂亮的女大学生源源不断，文轩大小是个老板，又天生一副书生相，我怕夜长梦多啊，觉得你们还是早结婚好。你说呢？”

“是啊是啊，龙哥，我也是这么想的呀。”

“你这么想可以，”刘劲龙说，“但是你不要说，一个女孩子，主动说了就没有身价了，你有什么想法，跟我说，别的我不敢保证，但是敢保证王文轩会听我的。"

"这我相信，"陈小清说，"谁都知道你是为他打架才留厂察看的，谁都知道他因为跟你来深圳才混出息的。"

"没事，"刘劲龙说，"不管怎么说你是刘伟健的小姨，要不是我，你也不会来深圳，更不会跟王文轩在一起，我不护着你谁护着你?"

刘伟建是刘劲龙和陈小玫的儿子，刘劲龙这时候只说陈小清是刘伟健的小姨，而没有直接说她是小玫的妹妹，其实是有含义的。但是，陈小清这时候只想着她跟王文轩的事情，她并没有注意到刘劲龙说话的细节。当女人陷入爱情的时候，智商最低，哪里能注意到刘劲龙的潜台词。

"那是那是。"陈小清说。

3

王文轩回到湘江餐馆后，发现陈小清今天对他特别客气，笑眯眯的，却只字不提刘劲龙刚才来电话的事情，也不问他与刘劲龙见面的事情，像是心里隐藏了一个令人喜悦的小秘密。

王文轩觉得不对劲。王文轩并不知道刚才刘劲龙已经给陈小清打电话了，所以王文轩估计他一回来，陈小清马上就会追问他跟刘劲龙谈得怎么样，因为关于赵一维想追韩雪纯的事情，不仅是他王文轩的任务，也是陈小清的任务，而且从某种意义上说，主要是陈小清的任务，她怎么会突然不关心了呢?

"你怎么不问我?"王文轩问。

"问什么?"陈小清反问。反问的时候，还是那样笑眯眯的，像刚刚干了坏事。

"韩雪纯的事情呀。"王文轩说。

"哦，对，韩雪纯，韩雪纯答应了？"陈小清问。

"答应什么呀？"王文轩问。明知故问。

"答应跟赵一维呀。"陈小清说。

王文轩不说话，先摸出一根香烟，叼在嘴上，正在找打火机的时候，陈小清已经把火打着凑上来，一脸殷勤。

王文轩看看她，接上火，先吸一大口，然后吐出来，说："是答应了。"

"答应了？！好。好！答应就好！"陈小清高兴地叫起来，马上就想到了好事逢双。

"韩雪纯答应嫁给刘劲龙。"王文轩说。

陈小清的笑容还没有完全消退，还凝固在脸上，但很快就退去，像科普电影上用快镜头播放动物尸体腐烂的过程。

"你说什么？！"陈小清吼起来，仿佛刘劲龙跟韩雪纯搞在一起全是王文轩的错。

王文轩不说话，接受批判，等暴风骤雨过了之后，才一五一十把情况说清楚。

"现在离婚容易，"王文轩说，"刘劲龙真要想离，不管你姐姐怎么闹，也不管闹到什么程度，最后肯定是离成的，但如果那样，我就为难了，你说我是该帮着刘劲龙呢还是帮着你姐姐？帮着你姐姐，整个冶炼厂的人还不全部骂我忘恩负义重色轻友？帮着刘劲龙，你姐姐不愿意，你也肯定不愿意，如果那样，我们俩的事还有戏吗？"

真是心有灵犀，陈小清也正好想这个问题，她想到刘劲龙头先打来的电话，想到她与王文轩的关系正处在关键阶段，想到如果刘劲龙真跟陈小玫闹起来，王文轩出于冶炼厂那边的舆论压力，也不敢向着她姐姐，而只能向着刘劲龙，如果那样，那么自己跟王文轩的关系还能维持下去？如果维持不下去，旁人不说，就说她娘家人这边怎么看？

难道刘劲龙刚才打电话来就是这个意思？陈小清想。

王文轩见陈小清不说话，胆子稍微大了一点，继续说："其实你姐姐跟刘劲龙的关系你也知道，这些年根本也没有生活在一起，名存实亡。"

"那不是，"陈小清说，"他现在每个月还给我姐姐寄钱呢。准时得很，从来不耽误。"

"是啊，"王文轩说，"刘劲龙讲了，即使离婚，钱还照样给，甚至给得更多，所以离婚不离婚对小玫可能差不多，但是对刘劲龙就大不相同了。"

陈小清还是没有说话，但明显在喘粗气，胸口一鼓一鼓的，心潮澎湃。

"你将来不会也变心吧？"陈小清问。

"那不会，"王文轩说，"我们还没有结婚，不存在这个问题，而且现在这个问题如果不解决好，我们也没有办法结婚。再说，刘劲龙这也不能说是变心，你姐姐这么多年不跟刘劲龙在一起，刘劲龙一个大男人，就是不跟韩雪纯好上，也会跟其他人好上，跟韩雪纯好上还是最好的结果，起码能保全公司，将来刘伟健出国啥的，经济上也好说，要是把刘劲龙整穷了，对谁都没有好处。"

这话陈小清相信，别人不说，起码对王文轩就没有好处，凭王文轩跟刘劲龙的关系，他能看着刘劲龙受穷吗？

"我要回去一趟。"陈小清说。

"好，你回去，"王文轩说，"这种事情在电话里面是说不清楚的。"

"你跟我一起回去。"陈小清说。

"干什么？"王文轩问。

"你说干什么？"陈小清反问。

王文轩摇头，表示不知道。

"打结婚证呀，"陈小清说，"我可不敢再跟你这样不清不楚地过日子了。"

陈小清这样一说，王文轩还真为难了。王文轩也不是不想打结

248

婚证，但是他和陈小清的户口都在湘沅，按照规定，要办理正式的结婚手续，必须回湘沅办，如果在深圳能办理，他早办理了，可如果他们俩都回去，那么湘江餐馆怎么办？正因为如此，所以他们的手续是一拖再拖。

"餐馆怎么办？"王文轩问。

"餐馆餐馆，你就知道餐馆，"陈小清说，"大不了停业几天，天塌下来了？"

"那可不行，"王文轩说，"做生意不怕差，就怕停，一停下来，老客户还以为我们转让了，甚至以为是破产了，下次还会再来吗？"

"那我不管，你看着办。"陈小清说。

最后，王文轩想了半天，好话也对陈小清说了半天，才商定，陈小清一个人先回去，回去跟她姐姐说清楚，或者说是回去做姐姐的工作，等到她姐姐和刘劲龙的问题解决了之后，再办理她跟王文轩的结婚手续，等到办理结婚手续的时候，也就是按照湘沅话说等打结婚证的时候，找找关系，如果王文轩能不到现场更好，万一后门走不通，一定要王文轩回去，也等一切前期工作做完之后，他回去打个照面就回来，估计也不至于要湘江餐馆停业。

陈小清走的时候，刘劲龙赶来送行，顺便请她给儿子和陈小玫带了一大堆东西，并且趁王文轩去买站台票的时候，刘劲龙悄悄地对陈小清说："你跟王文轩的事情包在我身上！"陈小清瞪着眼睛回答："如果你要骗我，我就杀死你！"听得刘劲龙心惊肉跳，连连点头。

1

天知道陈小清对陈小玫是怎么说的，更无法想象陈小玫第一次听见这个消息的时候是怎样的暴跳如雷和歇斯底里，然后陈小清又是怎样一步一步做陈小玫的工作，陈述利害，让她慢慢权衡，慢慢接受现实，认命，最后终于同意放刘劲龙一马。

当然，陈小玫最终答应离婚，与另一个人有关。这个人就是她的初恋情人张志彬。

原来，在刘劲龙之前，陈小玫是有男朋友的。这个男朋友就是张志彬。

与刘劲龙相反，张志彬是在优越环境下长大的。张志彬的爷爷是位老革命，并且是位有文化的老革命。可是，正因为有文化，所以虽然资历很老，却职位不高。与他一起参加革命的人，因为没文化，不得不冲锋陷阵，奋力搏杀，绝大部分牺牲了，没有牺牲的，早早地当了营长、团长，而张志彬的爷爷因为有文化，一到部队就做了卫生员，所以，到了全国解放，同期参加革命的幸存者都当了县长、市长，唯有张志彬的爷爷，当了医院院长。官虽然不大，但资历很老，所以，张志彬也有资格进了冶炼厂，并且当了化验员。

当初是张志彬主动追陈小玫的，而陈小玫似乎并不喜欢张志彬，却也不反感，甚至还觉得张志彬条件不错，因此也就没有明确反对，两个人就那么不冷不热地相处着，并没有正式公开。而就在这个时候，冒出了刘劲龙。刚开始，陈小玫出于感激，帮着刘劲龙弄到了"应知应会"，让他进了冶炼厂，后来，陈小玫发现自己与刘劲龙在一起想说什么就说什么，想做什么就做什么，非常自在，不像与张志彬在一起，不知道说什么，更不知道怎样说，一切都很别扭，加上刘劲龙的穷追不舍，又有"恩人"这层关系，陈小玫最终还是选择了刘劲龙。如果张志彬为此与刘劲龙打架，或许陈小玫能回心转意，可是，张志彬痛哭流涕，虽然博得了陈小玫的同情和于心不忍，心里更加觉得张志彬不如刘劲龙"男人"。也许是炉前工女儿的缘故吧，陈小玫发觉自己更喜欢刘劲龙这样敢作敢为说话痛快办事果断为人仗义的男人，于是，虽然对张志彬心存愧疚，却仍然毅然决然地嫁给了刘劲龙。

当初，两个人分手的时候，张志彬对陈小玫说："跟着刘劲龙，他会不断地闯祸，不断地给你制造麻烦。"

陈小玫当初回答是："生命在于折腾，我就喜欢他闯祸，喜欢他制造麻烦。"

张志彬的生性懦弱不仅表现在他不敢当面与刘劲龙争女朋友上，还表现在他认死理上。陈小玫嫁给刘劲龙后，张志彬暗暗发誓一定要找一个超过陈小玫的。不仅要求长相比陈小玫好，还要求对方与陈小玫一样必须是国营大厂的正式职工。可他挑选女方，女方也挑选他，这样七挑八挑，高不成低不就，就把时间耽误了，并且随着年龄的增长，越来越难找比陈小玫更加漂亮、工作条件更好的姑娘，最终，当陈小玫与刘劲龙的婚姻发生危机的时候，张志彬居然还是单身一人。

陈小清的聪明在于，她一回湘沅，马上就找到张志彬，问："你到底是不是真爱我姐姐？"

张志彬憋了半天，脸都憋红了，最后也没有说出一个字，只是非常认真地点了点头。

"好，"陈小清说，"如果是真的，那么你现在就可以重新追她了。"

回到姐姐那边，陈小清又对姐姐陈小玫说道理。说张志彬这么多年一直等着你不容易，说年轻的时候喜欢轰轰烈烈可以理解，人到中年了，安安稳稳过日子最实在。说得陈小玫想起当初分手的时候张志彬对她说的话，才感到自己很对不起张志彬，才发觉张志彬当年说得对，才相信自己其实并不适合刘劲龙，才意识到只有跟张志彬才能安安稳稳过日子，现在，既然刘劲龙主动移情别恋，要与自己离婚，而张志彬那头却一直等着呢，于是，思前想后，加上妹妹陈小清深入的思想工作和张志彬的重新奋起直追，陈小玫终于答应与刘劲龙离婚。不过，条件是苛刻的。儿子刘伟健归陈小玫，刘劲龙一次性支付抚养费一百万元，少一分钱也不行。

陈小玫先是在电话里面跟王文轩说，然后王文轩跟刘劲龙说了半天，说儿子是陈小玫的命，如果你再不把儿子给她，不等于是要她的命吗？刘劲龙没有打算要陈小玫的命，只好同意把儿子给陈小玫，想着韩雪纯还年轻，还可以为他生儿子，况且儿子不管名义归哪一个，是自己的始终都是自己的，跑不了。至于抚养费，刘劲龙没有觉得一百万是个不可接受的数目，心里想着没有分走自己公司的一半，已经很不错了，于是同意陈小玫说的这个数，但是不打算一次性支付，怕一次性支付完了，自己跟儿子就像断了关系一样。王文轩通过陈小清把刘劲龙的这个意见转达给陈小玫后，陈小玫坚决不同意，说一定要一次性支付一百万，行就行，不行拉倒，大不了就是拖，反正她也不怕拖。

陈小玫不怕拖，刘劲龙怕拖。刘劲龙现在整个公司已经过户到韩雪纯的名下，如果拖时间长了，万一哪一天韩雪纯被别的什么人拖跑掉了，翻翘起来比李景平还难对付。最后，刘劲龙只好全盘接受陈小玫的要求，一次性支付一百万，与陈小玫把婚离了。

陈小玫的事情办完之后，王文轩跟陈小清立刻就办理了结婚手续，一切似乎比他们预想的还要顺利，但是，当这一切完成之后，却在大家认为最不会出现问题的环节出现了最严重的问题。

韩雪纯不跟刘劲龙结婚了！虽然没有明说，但总是拖着不办。结婚是两个人的事情，韩雪纯不积极，刘劲龙一个人积极是没有任何用途的。

冷暖自知，在"偷情"的问题上，刘劲龙也明显感觉到韩雪纯的推诿。本来，刘劲龙跟陈小玫办理离婚手续之后，他和韩雪纯就用不着"偷情"了，可以公开地同居了，然后就是结婚，跟王文轩和陈小清走的道路一样，但是，韩雪纯却反其道而行之，总能找出各种理由不再与刘劲龙偷情了。

刘劲龙感觉到了危险，不仅感觉到了感情上的危险，而且还感觉到了财产上的危险。

刘劲龙把这种危险感悄悄地告诉王文轩。王文轩现在跟陈小清已经是正式的夫妻了，所以晚上两口子在床上热乎之后，余情未了，王文轩又告诉了陈小清。陈小清说："活该！"

刘劲龙告诉王文轩的时候，还有所保留，就是只对王文轩说韩雪纯可能要背叛他，但并没有说哪方面背叛，比如没有说到关于公司股权上可能的背叛。其实，刘劲龙也不好对王文轩说得太详细，因为那天在刘劲龙的办公室，他已经对王文轩说公司的股份大部分是韩雪纯的，还把营业执照都给王文轩看了，现在就是想把话说回来，也得有一个过程，不能一下子转得太快。

刘劲龙只能自己救自己，私下跑到工商管理局，询问他这种情况该怎么办。工商局的答复是：他们只相信原始登记记录，如果需要变更，必须由公司股东会提出申请，全体股东一致同意，并且亲自到工商局当面核对身份证当面签字然后经过公证才能办理股权变更和公司法定代表人的变更手续。

其实这个程序不问也罢，当初公司股权和法定代表人从李景平名下转移到韩雪纯的名下的时候，刘劲龙亲自经历过，清楚得不能再清楚了，现在又私下跑到工商局询问，可以理解为一种下意识的行为，就好比一个人老婆跑掉了，到处找找不到，最后竟然在自己的钱包里面翻了半天一样。

刘劲龙立刻想到了再次变更法人代表，但变更给谁呢？深圳的新政策仍然没有实施，变更给他自己肯定不行，变更给王文轩也不行，因为王文轩也不是"人才"，同样没有深圳户口，也不能担任公司法定代表人。至于赵一维，或许还算是"人才"，但是，他的户口也没有能进深圳，因为关于进户口，深圳还有一个规定，就是只能进内地较为发达地区人才的户口，而不能进老少边穷地区人才的户口，比如新疆的、西藏的、内蒙古的或海南的人才户口就不能进深圳，据说不是歧视那些地方的人才，而是要保护那些地方的人才，保护那些地方的人才不流失。所以，赵一维虽然确实是"人才"了，但是他这个"人才"前面有帽子，属于"老少边穷地区人才"，同样不能进深圳。再说，即便赵一维没有这个帽子，即便他的户口已经从新疆的克拉玛依迁到深圳来了，刘劲龙也不好意思找他，因为赵一维恰好对韩雪纯有那种意思，现在让刘劲龙的公司从韩雪纯过户给赵一维，不等于是揭人家的痛处吗？不是更加滑稽可笑吗？想了半天，刘劲龙竟然想到了变回去，也就是重新由韩雪纯变更回去给李景平。想完，自己都笑了。就是不怕被人笑，也不可行，既然像韩雪纯这样的人都有可能背叛刘劲龙，那么，还有什么人不可能背叛他呢？

那一段时间，刘劲龙几乎成了鲁迅笔下的祥林嫂，见人就咨询，别说，他比祥林嫂幸运，还真咨询上了。这一天他问深海商业大厦的庄经理，庄经理说："不需要更换法人代表，而只需要更换股权，法人代表可以继续让韩雪纯当，但绝大部分股权转移到你自己名下。虽然深圳市人民政府明确规定不允许非深圳户籍人事担任深圳企业的法人代表，但并没有同时规定非户籍人士不能成为公司股东，换句话说，就是没有规定不允许非深圳户籍人士在深圳投资，因此，可以理解为允许非深圳户籍人士成为深圳企业的股东，并且是大股东，你可以钻这个空子，把绝大部分股权转移到你自己的名下。只要股权转让到自己名下，是不是法人代表无所谓。"

"对呀！谢谢谢谢！太谢谢了！"

刘劲龙千恩万谢离开庄经理办公室后，欢天喜地地回到公司，想了半天该怎么对韩雪纯说，却怎么也找不到合适的借口。最后，只好摊牌，对韩雪纯说："要不然立刻跟我结婚，要不然我把公司的绝大部分股权转移到我自己的名下。"

韩雪纯的回答比较温和，说："凭什么要把我的股权转移给你？"

"你说什么?!"

刘劲龙立刻感觉自己的胸口被一团浓血堵住了，排不出来。他扶着大班台，努力不让自己倒下，然后费力地吐出几个字："你再说一遍?!"

韩雪纯明显地恐慌了一下，但很快就调整过来，没有再说什么。

其实也根本就不用"说"，现在股权在韩雪纯的名下，没有韩雪纯亲自出面，并且当面签字，任何人变更不了，她无须说任何话。

第十五章　锒铛入狱

　　刘劲龙终于和陈小玫离婚了，但是，韩雪纯却不答应嫁给他了。刘劲龙恐慌，在庄经理的指点下，刘要求把绝大部分股权转移到自己名下。韩雪纯说："我的股份凭什么转移给你？"刘劲龙忍无可忍，一拳下去，把韩雪纯打成植物人，自己也锒铛入狱。

1

　　刘劲龙做梦也没有想到苟市长会到湘沅与湘潭交界的公路边来接他。

　　按照约定，刘劲龙出发之前通过电话向苟市长作了通报，此后，苟市长每隔几个小时就给刘劲龙打一次电话，问他到了哪里，一路是不是顺利等等，并且，随着路程的接近，苟市长打电话询问的频率越来越快。最初一次是出发三小时之后接到苟市长的电话，最后一次的电话询问间隔时间缩短到只有二十分钟。在最后一次的通话中，苟市长告诉刘劲龙："我在前面十分钟的地方等待你。"大约正好过了十分钟，刘劲龙就看见国道旁边停了一排车，最前面一辆是警车，打着警示灯，远远看上去，以为是出了交通事故，驶近一看，才知道是苟市长的车队，是专门来迎接他的。

　　司机提前放慢了速度，等到走近了，刘劲龙一喊停车，司机便将奔驰600稳稳地停在警车的对面，这边刘劲龙还没有下车，那边第二辆车门已经打开，上面走下来一个人，正是苟市长。

刘劲龙有些诚惶诚恐，赶快下车，夸张地跑了两步，手臂伸得老长与苟市长握手。丁怀谷不知道是有意还是无意，慢了半拍。这边刘劲龙与苟市长和市政府秘书长刚刚握手完毕，马上就回身，向市长和秘书长介绍丁怀谷。只有周静怡，一个人悄悄地下车，没有凑上去与领导握手，而是抬起头，认真察看了头顶上像巨大牌坊一样横在整个国道上的标语："湘沅人民欢迎你！"周静怡觉得好奇，也觉得好玩，往前走两步，回身，抬起头一眼，标语却变成"湘潭人民欢迎你"了。

2

刘劲龙震惊了。他不说话，也不吃饭，想不通。想不通韩雪纯为什么要背叛他，想不通现在的人为什么会变得这么可怕。

但是，只要仔细想，还是能想起一些事情。

刘劲龙想起两件事情。第一件事情是当初李德厚对韩雪纯的评价。当初刘劲龙出于好意，要把李德厚为他垫付给周献林的三十万转换成股权的时候，李德厚说他自己是不是股东无所谓，倒是公司里面的骨干，可以吸纳为股东，这样对公司的长期发展有利。李德厚当时这样说了之后，刘劲龙马上就想到了韩雪纯，说实话，他也仅仅想到了韩雪纯，而根本就没有想到其他人，并且想到了，也就说出来了，说是要考虑给韩雪纯股份。但是，他说出来之后，李德厚并没有如刘劲龙想象的赞同，甚至连附和一声都没有，而是沉默了许久，说韩雪纯太聪明了，太乖巧了，考虑问题太周全了，与她的年龄不相称。当时李德厚这样说的时候，刘劲龙根本就没有多想，至少没有往坏的方面想，现在果然出事了，刘劲龙再一想，当初李德厚是不是已经察觉到什么，但是又不敢肯定，所以，才在沉默许

256

久之后这样暗示他呢？

　　第二件事情是关于刘劲龙和韩雪纯的"第一次"。刘劲龙和韩雪纯的"第一次"是那天韩雪纯帮他击退丁怀谷之后，也就是刘劲龙当众亲吻韩雪纯的那天晚上，在刘劲龙的宿舍里面完成的。说是"第一次"，但仅仅是对韩雪纯而言的，对刘劲龙不是，他儿子都有了，怎么还有"第一次"？事实上，刘劲龙自己的"第一次"是与陈小玫之间发生的，准确地说，是他与陈小玫谈恋爱的时候在湘沅的"裤裆"公园里发生的。由于条件限制，所以，刘劲龙的"第一次"是仓促完成的，除了慌张紧张和像做小偷一样之外，没有留下其他感觉，于是，刘劲龙心里一直有一个暗暗的期盼，期盼着有机会再尝试一下"第一次"。虽然不可能再是他自己的"第一次"，但起码是对方的第一次，比如是韩雪纯的第一次。自从他对韩雪纯有了那个想法之后，他就一直盼望着跟她的"第一次"，盼望着现在以一个成熟男人的眼光审视女人的"第一次"。也就是说，他想知道女人"第一次"之前到底是什么样子，然后经历过"第一次"之后，又是什么样子。但是，当他那天在宿舍里真的与韩雪纯发生"第一次"的时候，却发现她根本就不是"第一次"了，不仅见到的不是"第一次"之前的样子，而且经历"第一次"之后，还是老样子，所以，刘劲龙就知道那并不是韩雪纯的"第一次"。刘劲龙当时很失望，但是并没有说，怎么说呢？自己当时还是有妇之夫，好意思要求韩雪纯是"第一次"吗？所以，不但没有说，还在心里安慰自己，想着如今女孩喜欢运动，即使没有性经验，处女膜也有可能是破裂的，很多杂志上不都是这么说过吗？但是，现在出了这样的事情之后，刘劲龙就怀疑自己当初其实是大意了，这个韩雪纯当时其实根本就不是什么"女孩"，而是"女人"了。韩雪纯是什么时候成为"女人"的，怎么样成为"女人"的，刘劲龙一概不清楚。他想知道，并且问过韩雪纯，但韩雪纯外表单纯，实质比刘劲龙成熟，所以，自然是问不出来。

　　李德厚来看望刘劲龙。刘劲龙一下子流出眼泪来。刘劲龙从上中学开始就没有再流过眼泪了，但是这次流了，并且流了很多眼泪。刘劲龙觉得奇怪，为什么王文轩来看他的时候他没有流眼泪，而李德厚来看望他他就流眼泪了呢？难道李德厚跟他比王文轩还亲吗？显然不是。那是为什么呢？事后刘劲龙认真想过这个问题，想出的结论是：因为刘劲龙看见李德厚就想起李德厚当初对他的暗示，所以，他就感到特别的委屈，同时也感到特别的后悔，后悔当时头脑发热，不清醒，没有认真听李德厚的话音。

李德厚劝刘劲龙想开一些，并说："韩雪纯这样做也不是'背叛'，可能本来就不属于你的，何有'背叛'？"

刘劲龙问李德厚："为什么这样说？您是不是早就知道什么？"并且问："当初您那样评价韩雪纯是不是想暗示什么？"

李德厚叹了一口气，说："是。"

"但当时我也不敢确定，所以就不敢明说。"李德厚说。

"您是怎么看出来的？"刘劲龙问。

李德厚又叹了一口气，说："不是我看出来的，是丁怀谷这个老狐狸看出来的。丁怀谷这个老东西跟我虽然积怨很深，但有怨就有恩，毕竟是老朋友。我把工厂卖给你之后，和他之间没有利害关系了，怨恨一下子淡下去不少，就偶尔通通电话，互相骂几句。除了骂之外，我们还说到过你，说到过许剑锋，也说到韩雪纯。这老东西对你的印象不错，对许剑锋一般，对韩雪纯他说捉摸不透。他这么一说，我就想起来了，想起来沈老大对我说的话了。"

"沈老大？"刘劲龙问，"沈老大对你说什么话了？"

李德厚看着刘劲龙，并没有马上回答他。

"说吧，"刘劲龙说，"我都这样了，没有什么不能承受的了。"

"也没有明说，"李德厚说，"只是说韩雪纯蛮有手段的，还说深圳的女人比他们那里的开放等等。反正当时沈老大给我的印象是他跟韩雪纯之间有什么瓜葛一样。但是没有明说，只是我自己分析的，所以就没敢告诉你。"

刘劲龙没有说话，他想起来了，想起来工厂转让之后，李德厚为了躲他那几个"老鸟工人"，曾经去内地转了一圈，好像还去了沈阳，见了沈老大。

他还想起来了，想起了韩雪纯为推销积压电话机，专门跑到沈阳一次，跑到沈阳找沈老大，最后沈老大果然帮她推销了两万台电话机，而且连尾款都没有拖欠。

李德厚最后说："其实从她对丁怀谷突然背叛的这件事情上看，韩雪纯对你的背叛也在情理之中啊。"

刘劲龙听了，又想起了更多，想起当初他们离开丁氏企业的时候，本来并没有打算跟丁怀谷翻脸，还打算刘劲龙自己先辞职，等过了一段时间之后，韩雪纯再辞职，不要搞成"集体辞职"，可韩雪纯突然违背两个人商量好的计划，坚定地与刘劲龙一同辞职，搞得刘劲龙当初很感动，可在今天看来，韩雪纯当初这么做其实是非常绝情的。李德厚说得对啊，刘劲龙想，既然韩雪纯当初能对丁怀谷那么绝情，那么，今天她为什么就不会对我同样绝情？既然她已经不是处女，既然她为了利益都能和沈老大有一腿，那么，她能把我与她之间的偷情看得有多重呢？

送走李德厚，刘劲龙不得不承认，生姜还是老的辣呀。这李德厚或许闯劲不如当年，但看人确实很透彻啊。

8

刘劲龙和韩雪纯闹翻的事情公司内外很快都知道了，甚至全行业都知道了。

说实话，大家心里都有数，都同情刘劲龙，但是没有用，一点也奈何韩雪纯不得。后来，经王文轩和李德厚出面调解，提出两个解决方案，一是韩雪纯跟刘劲龙结婚；二是要她至少让出一半的股份出来，转移到刘劲龙的名下。关于这两个方案，王文轩和李德厚首先征求刘劲龙的意见。刘劲龙说第一个方案没有可能，娶这样的

259

女人做老婆，不等于晚上跟一条毒蛇睡觉吗？你们还是让我多活几年吧。第二个方案，刘劲龙认为也不可能，明明是我自己的股份，凭什么要给她一半？王文轩和李德厚自然又苦口婆心地说了半天，说如果不这样，那么就等于把全部的股份白白给韩雪纯了，说能争取回来一半总比全部白给她好吧。最后，刘劲龙大概是清醒了一些，强迫自己吞咽苦果，勉强点头，同意第二个方案。

刘劲龙的工作做通之后，王文轩和李德厚找韩雪纯说，可韩雪纯根本就不跟他们说，干脆躲着不见他们。最后，好不容易在办公室把韩雪纯堵住，没想到韩雪纯的态度比刘劲龙还要硬。反问王文轩和李德厚："明明是我自己的股份，凭什么我要转移一半给他？你们想讹诈吗？"

李德厚一听，当场喘不过气。王文轩也给呛得嘴巴哆嗦。只有刘劲龙还算清醒，或者说他已经听过一次这样的话了，有一定的免疫力，所以并没有喘不过气，也没有哆嗦，而是本性回归，就像当年在"裤裆"公园对付小流氓一样，上去就给韩雪纯一拳！

要说这一拳也真够重的，比他当初在"裤裆"公园打长头发重多了，也比那年在冶炼厂门口打江用权的重，事实上，他当场就把韩雪纯打倒了，昏倒。

也幸亏昏倒了，如果韩雪纯没有昏倒，还站在那里，还像当年江用权那样对刘劲龙胡说八道，那么，刘劲龙肯定会继续打，一直把韩雪纯打死也不是没有可能的，因为当时刘劲龙还说："老子豁出来工厂不要了，打死你再说！"

虽然没有被打死，但是韩雪纯也没有醒过来，就一直昏倒在那里。当然，最后还是被送到了医院，可到了医院她仍然没有醒，竟然就那么一直处于昏迷状态，成植物人了！

这下不得了，韩雪纯父母还有什么乱七八糟的人立刻就要找刘劲龙拼命。还好，他们并没有抓住刘劲龙。

尽管韩雪纯家里人没有抓住刘劲龙，但警察很快就抓住了刘劲龙。其实说"抓"不公平，因为知道警察要找他后，王文轩立刻就陪着刘劲龙去自首了。

不用说，刘劲龙以故意伤害罪被起诉，判刑入狱。

王文轩替刘劲龙请了律师，但法官仍然判刘劲龙有罪。王文轩甚至还私下花钱找法官沟通，法官说：即便我相信你说的这一切都是真的，刘劲龙仍然有罪。

王文轩回头咨询律师，律师也说是这样的，股权纠纷属于经济案，故意伤害属于刑事案，由经济案演变成刑事案，性质变了，无论如何致人伤残都是要承担刑事责任的。

"能判多重？"王文轩问。

"这要看伤害的程度，"律师说，"如果韩雪纯死了，刘劲龙没准能判极刑，现在她成了植物人，估计十年八年也是可能的。"

"这么重？!"王文轩问。

律师点点头，说："另外就是看被伤害者家属的态度，如果对方主动撤诉或要求从轻处理，默认刘劲龙并不是故意伤害，而是过失伤害，那么情况就好多了。"

"那好，"王文轩说，"现在救人要紧，麻烦你帮着跟他们商量一下。"

后来律师果然就跟对方商量妥了，只要刘劲龙保证不再对劲风科技发展有限公司的股权提出要求，他们可以考虑网开一面。

王文轩又费劲地做刘劲龙的工作，刘劲龙不同意，说宁可判十年八年，也不能把一个企业白白地给韩雪纯。王文轩劝他面对现实，说即使他不接受律师的调解方案，股权也还是在韩雪纯的名下，不可能自动转移到你的名下。你这是何苦呢？

李德厚也来劝。李德厚说："留得青山在，不怕没柴烧。接受教训，从头再来。好在你对陈小玫和刘建伟已经有了交代，已经是不幸之中的万幸了。"并且李德厚告诉刘劲龙，丁怀谷也是这个意思。

听说丁怀谷都关心他，刘劲龙自然有一些感慨，同时感叹这个世界上人与人之间的关系真是时刻变化的，昨天是朋友，今天可能是敌人；今天是敌人，说不定明天就是恩人，既然如此，人与人之

261

间争来争去、整来整去到底又有多大的意义呢？这么一想，刘劲龙似乎又看开了不少。

最后，不知道是李德厚和丁怀谷的面子大，还是刘劲龙自己想通了，终于接受对方的条件。但即使是这样，刘劲龙还是判了刑，以过失伤人罪判了三年有期徒刑。

奇怪的是，当这一切似乎尘埃落定之后，韩雪纯突然奇迹般地醒过来了！更让人没有想到的是，醒过来的韩雪纯居然很快就结婚了，而新郎不是别人，居然是赵一维！

4

王文轩这才记起，他们粮食旅店"三结义"当中的另一个好兄弟赵一维已经好长时间没有露面了。这倒不能说是赵一维躲着他们，而是刘劲龙和王文轩自己不好意思见赵一维。哥仨最后一次在湘江餐馆聚会的时候，当着陈小清的面，赵一维曾拜托刘劲龙帮忙牵线，成全他跟韩雪纯的美事，当时刘劲龙也答应了，并且受到陈小清的积极赞许，但是刘劲龙回去之后，再也没有音信，后来赵一维憋不住，打电话托王文轩催一下，王文轩亲自跑到刘劲龙的办公室，才知道原来刘劲龙自己跟韩雪纯好上了。这样一来，不但刘劲龙自己不好面对赵一维，搞得王文轩也不知道怎么向赵一维解释。好在赵一维还是有脸面的人，因此也就比较有自尊，并且知趣，王文轩没有主动答复，赵一维也就没有再追问，也算是给了刘劲龙和王文轩一个缓冲期。再后来，就是刘劲龙和陈小玫闹离婚的事情，又是刘劲龙和韩雪纯反目的事情，闹得刘劲龙和王文轩焦头烂额，虽然他们都没有忘记赵一维，但是想到本来是赵一维看上韩雪纯的，现在刘劲龙和韩雪纯之间闹得不可开交，自然都下意识地回避赵一维，没想到一切似乎尘埃落定之后，他却突然冒出来了，而且是以这种方式和这种身份冒出来，真的把王文轩弄糊涂了。

是巧合还是早有预谋？王文轩想不通。他跟陈小清探讨。陈小清更搞不清楚，只是一个劲儿地说太可怕了，深圳太可怕了，什么样的怪事都能发生。这要是在老家，低头不见抬头见，再找不到老婆，宁可打一辈子光棍，也不会挖结拜兄弟的墙脚。

王文轩非常不满地瞪陈小清一眼，心里想：这是找老婆这么简单的事情吗？

王文轩去探监，犹豫了半天，还是把赵一维和韩雪纯结婚的事情对刘劲龙说了。刘劲龙倒没有王文轩和陈小清那么吃惊，只是让王文轩打听打听，看赵一维这半年都在干什么。王文轩觉得刘劲龙的想法对路，与其坐在家里瞎琢磨，不如打听点实际情况。

王文轩现在也算是老深圳了，加上开饭馆本身就是个与人打交道的行业，别说，还真打听出赵一维这半年的作为。原来，赵一维现在在深圳已经彻底出息了，不但自己炒股票，当股评人士，经常上电视，而且事实上已经成了一个私募基金的主，威风着呢。也就是王文轩一天到晚忙，不看电视，要看也就是随餐馆顾客和服务员的愿，看一些香港的言情片和武打片，很少看严肃题材的电视节目，否则，他一定能看见赵一维在电视上一本正经地给广大股民高谈阔论。

王文轩没有看经济频道，但是有人看，比如当初把餐馆转让给他的那个老板，姓马，马老板现在就专门炒股票，也偶尔回来光顾原来属于自己的餐馆，跟王文轩也算是朋友了，他就知道赵一维的一些情况。

马老板告诉王文轩，如今股评也已经职业化了，并且是一种新人辈出的新职业。这几年股市虽然不怎么样，但股评新秀却涌现不少。特别是电视股评推广后，使有些股评人士一下子成了电视明星。这也不奇怪，在电视上露面的机会多了自然就成了明星，既然前几年做广告的都做成了明星，"燕舞小子"不就成了明星吗？那么这几年做股评的当然也可以并且应该能够成为明星。这叫作各领风骚三五年。事实上，如今电视也商业化了，电视台为了提高收视率，千方百计地迎合观众的口味，既然中国有那么多人热衷于炒股，电视台自然要多开几个频道，因此，电视台在制造出一个又一个股评明星的同时，也制造了自己的空前的收视率。

"所以，"马老板说，"你那个兄弟现在已经是电视明星了。"

王文轩点点头，表示他知道，但是点头的幅度不是很大，因为他知道得不是很清楚，以前他虽然也听说过，但是听赵一维自己说的，还以为他是瞎吹呢，今天听马老板这样一说，信了。

马老板还告诉王文轩，说由于竞争激烈，很多证券公司现在都采用返还佣金的方式吸引客户，于是，有些股评人士在一些证券营业部开设工作室，拉一些大户，想以此赚取佣金。像赵一维这样名气比较大的股评家工作室规模相当大，甚至不止一个工作室，这样手中掌握的资金就相当大，在股市上能呼风唤雨，想让哪只股票涨，这只股票马上就涨；想让哪只股票跌，这只股票真的立刻就跌。

马老板在说这些的时候，陈小清也在场，但是她还不如王文轩，王文轩对股票还多少有些认识，毕竟，他是靠股票起家的嘛，而陈小清不是，陈小清听马老板的话像听天书，但是，有一点她是清楚的，赵一维现在是大老板了。

王文轩再去探监，把听到的情况讲给刘劲龙听，刘劲龙听了之后非常平静，反而安慰王文轩，说平心而论，如果不是赵一维，我们根本就发不了财，所以，劲风科技真要是给了赵一维，也算是肥水没有流到外人田。

王文轩没想到刘劲龙把问题看得这么开，难道是坐牢坐的？难怪有人说牢房是所大学校呢。

"赵一维是兄弟，"王文轩说，"我就不说了，那么韩雪纯呢？她凭什么占你工厂？凭什么把你送到牢里？"

刘劲龙笑。

"你还笑呢！"王文轩生气。

"不笑怎么着？"刘劲龙说，"韩雪纯就更该得了。你想，要不是韩雪纯，当初李景平那个坎我都过不去，哪能有什么劲风科技？

264

再说，她毕竟还没有结过婚，日也让老子日了，打也让老子打了，送我坐三年牢还不应该吗？"

王文轩怀疑刘劲龙疯了，但是仔细观察，又实在不像是疯了，说话还蛮有逻辑性，那么，王文轩想，难道是我自己疯了？

"那就这么算了？"王文轩不服。疯了也不服。

"不算了怎么办？"刘劲龙说，"不就三年嘛，这已经是大半年了，表现好一点，提前释放，明年就出来了。再说反正我跟小玫也离婚了，儿子那边也有一百万，没有后顾之忧，无牵无挂，坐两年牢怕什么。"

说完，刘劲龙还悄悄地告诉王文轩：他是牢头，不吃苦。

王文轩回来对陈小清说，看样子刘劲龙还蛮高兴。

陈小清愣了半天，说："龙哥才是男人，真正的男人。"

王文轩听了不舒服，问："你的意思我不是男人？"

陈小清板着脸，说："明天我去给龙哥送饭，送他最爱吃的辣子鸡丁。"

第十六章　苍天开眼

王文轩探监，告诉刘劲龙，韩雪纯醒了，并且嫁给了赵一维。刘劲龙说："要不是赵一维，我们还是穷光蛋。至于韩雪纯，如果没有她，我也迈不过李景平那道坎。她日也让老子日了，打也让老子打了，老子不亏。"正当刘劲龙淡然接受一切的时候，一个神秘女人的出现，仿佛苍天开眼，扭转乾坤。

1

苟市长及湘沅人民的热情自不必说。市长亲自去地界迎接，书记出面宴请，一切按照接待上级主要领导人的标准进行。丁怀谷该玩就玩，该吃就吃，该喝就喝，不动声色。刘劲龙像做新郎，满面春风，一脸兴奋，有时候甚至感到不知所措。唯有周静怡，想到了一个最实际的问题：如此盛情，如果不兑现收购，不要说刘劲龙，就是她周静怡，都有些不好意思了。

热闹一天之后，刘劲龙冷静下来，一面让政府办公厅的人带着丁怀谷和周静怡游山玩水考察冶炼厂周围环境，一面向苟市长提出了最终条件：第一，收购计划不是缩小，而是扩大，要求对湘沅有色金属冶炼厂和湘沅铁矿两家国营企业整体收购；第二，整体收购之后，允许湘沅冶炼厂搬迁到湘沅铁矿，两个企业统一管理资源共

266

享，而原有色金属冶炼厂的厂址转住宅开发。

刘劲龙能开出这样的条件，显然是事先做过深入的调查研究，也得益于丁怀谷的启发。该条件的实质一是基于国际铁矿石价格持续高涨，原本效益不如冶炼厂的湘沅铁矿将来可能成为新的利润增长点，因此，整体收购对公司实现可持续发展有利；二是湘沅铁矿虽然远离市区，但地域开阔，容纳一个新的集约化的有色金属冶炼厂没问题，而冶炼厂的旧址改做住宅开发，不仅能产生巨大的经济收益，还能通过将来的物业管理和商场开发为安置下岗职工做出贡献。

到底是湘沅本地人，对当地情况了解，更由于丁怀谷的阻挠，迫使刘劲龙做了大量功课，所以，这次他提出的条件非常具有针对性。来之前，刘劲龙曾与周静怡商量过，并且两个人一致商定这个计划暂时不对丁怀谷说，等丁怀谷去湘沅实际考察之后，或者说对湘沅产生好印象之后再说。到那个时候，他们相信丁怀谷一定会改变看法，同意收购计划。刘劲龙和周静怡原本以为问题会出在湘沅方面，以为苟市长他们不会接受刘劲龙提出的苛刻条件。

"如果那样，"周静怡说，"收购失败的责任就不在我们了。"

但是，让刘劲龙和周静怡都没有想到的是，问题仍然出在丁怀谷这边。

从湘沅回来之后，湘沅那边传来消息，对方最终接受了刘劲龙的两个条件，可是，丁怀谷仍然态度不变，并且更加强烈，除了之前陈述过的几个理由之外，这次还加了一条：苟市长他们那么铺张浪费，一看就不是做实事的人，坚决不能与他们合作。这下，傻眼的不是刘劲龙一个人了，还包括周静怡。

2

刘劲龙算是想通了，彻底想通了，但事情往往就是这样，当你完全不抱任何希望的时候，希望却奇迹般地出现了。

这一天，有个非常时髦的女人来探监。

时髦的女人？刘劲龙想不出来是谁。陈小玫和陈小清都算不上时髦，肯定不会是她们。韩雪纯现在是真正的大老板了，并且也是大老板的夫人，或许有可能变时髦了，但是，韩雪纯现在能来看望我吗？笑话！

一见面，把刘劲龙吓一跳，原来是周静怡！

"怎么是你?!"刘劲龙问。

"怎么就不能是我？"周静怡反问。

刘劲龙不喜欢周静怡，总是这么咄咄逼人，一点都不温柔，没有女人味，比不上韩雪纯。虽然韩雪纯心如蛇蝎，但至少表面上还像个女人。刘劲龙现在在监狱里，是牢头，并不吃亏，但就是想女人。他妈的，居然经常梦见韩雪纯这个坏女人，甚至有一次居然梦见陈小清，自责半夜，觉得对不起王文轩，可就是一次都没过梦见自己的前妻和眼前这个时髦的周静怡。

刘劲龙想，男人只有在梦里才是最真实的。

"我是来替你打官司的。"周静怡说。

"替我打官司？"刘劲龙问，"我有什么官司？我的官司不是了结了吗？"

"没有了结，"周静怡说，"第一，既然韩雪纯突然醒过来了，而且现在这么活蹦乱跳的，我怀疑当初她的'植物人'根本就是伪装的，即便不是伪装的，那么至少后果没有那么严重了，所以，你的过失伤害罪应当从轻判。第二，我有人证和物证，证明韩雪纯是非法侵占。人证主要是李德厚父子和周献林，他们都可以直接或间接地证明你确实跟原股东发生过股权转让；物证是银行对账单。既然韩雪纯说公司股权是她的，那么当初入股万德电器的时候，入资凭证在哪里？这不是个小数目，她总不会是提着现金来入股的吧？即便是提现金来入股，那么也应该有一个收据，现在她既没有银行对账单，也没有现金凭证，凭什么说股权是她的？虽然公司名称变更了，但不影响银行对账单和其他原始凭证的法律效力。现在原始凭证能证明你刘劲龙当初确实跟李德厚就万德电器股权转让事宜发生过资金支付行为，而韩雪纯提供不出任何关于她入股万德电器或劲风发展的原始单据。法律是以事实为根据，事实情况证明你才是劲风科技的产权所有者，韩雪纯是非法侵占者，她的行为已经构成犯罪。"

刘劲龙没有说话，脸上也没有任何表情，但他显然听清楚周静怡所讲的这些话了。不但听得很清楚，而且心里明白是怎么回事，正因为如此，所以他才什么话都不说，什么表情都没有。他还没有想好自己该说什么，呆呆的。

"你不要以为我想巴结你，"周静怡说，"是李德厚求了我舅舅。如果是李德厚自己的事情，他再求也没有用。可这不是李德厚自己的事情，是你的事情，李德厚因为你的事情求我舅舅，舅舅就觉得李德厚太厚道太仗义了，如果他不答应，就感觉自己不厚道不仗义了，传出去不好听，所以，舅舅就答应了，并且让我办理这件事情，还不让告诉你这是他的意思。"

"你舅舅？丁怀谷？"刘劲龙问。

"是。"周静怡说。说的时候脸上没有表情。

"那你呢？"刘劲龙问，"你帮我是完全遵守你舅舅的意思，还是你自己心甘情愿？"

"都有。我知道，你不喜欢我。但也不要自作多情，我也没打算嫁给你。但你这个人可以做朋友。你蛮仗义，还有正义感。我也是因为正义感和仗义才全力以赴的。你放心，你的事情我们已经走了上层关系，大家都认为你是冤枉的，你只要不乱说，不再犯脾气，不仅会出来，而且还会收回你自己的公司。"

刘劲龙又不说话了，脸上露出笑容，丝毫没有感激，却多少有点玩世不恭，仿佛周静怡不是在帮他，倒是求他帮忙一样。

"你听清楚没有？"周静怡问。

刘劲龙仍然没有说话，就那么玩世不恭地笑着，半天，才问周静怡："你就真的对我一点意思都没有？"

"没有！"周静怡坚定地说，说得斩钉截铁。

"哈哈哈哈哈……"刘劲龙笑起来。不是微笑，是狂笑。

周静怡被他笑得不自在，脸都红了。

"我对你说实话吧，"刘劲龙说，"我对你有意思了，刚刚有。我忽然发现你其实是个很不错的女人。骨子里面值钱。不是那种不值钱的女人。"

听刘劲龙这样说，周静怡不知道该高兴还是该生气，当然，更不知道怎样回应。

刘劲龙忽然严肃起来。他非常严肃地看着周静怡，非常严肃地问："你在白天赏过月吗？"

周静怡第一次感到自己很傻，居然听不懂刘劲龙这话是什么意思。

从监狱出来，一路想着刘劲龙的话，周静怡还是不明白他那话是什么意思。下意识地抬起头，朝天上看了看，没想到空中果然挂着大半个月亮，活像苍天睁开了眼。

周静怡想起来了，这种情况叫"天眼"，她小时候听外婆说过。

神了！周静怡想。

3

周静怡说得不错，法律确实是以事实为根据。由于李德厚、丁怀谷出面做证，周献林和王文轩提供旁证，并且有银行的对账单，法院最终判深圳劲风科技有限公司股权回归刘劲龙。但是，法院对周静怡关于撤销刘劲龙刑事处罚的请求未予支持，法院认定刘劲龙打人致伤的事实成立，但鉴于他的认罪态度，考虑到韩雪纯已经苏醒，后果并不严重，法院改判监外执行。如此，只需要办理相关手续，刘劲龙相当于当庭释放。

对于这个结果，周静怡并不接受，说既然韩雪纯醒了，最多就是轻微伤，怎么能判三年？哪怕是监外执行的三年。

委托律师征求当事人刘劲龙的意见。刘劲龙说："在整个案子的审理过程中，法官并没有错。相反，在当时的条件下，判我三年已经是从轻的了。所以，现在改监外执行，我看可以。算是对法官善意的报答，给他们一个面子。真要是彻底纠正了，不等于让法官认错？法官也是人，当然会出错，但是，我也不是真和哪个法官有仇，找这个麻烦干什么？得饶人时且饶人，只要人能出来，工厂归还给我，就行了。"

律师点头，可以理解是同意刘劲龙的观点，也可以理解成他并不同意刘劲龙的观点，却尊重当事人的意见。

周静怡摇头。不仅不同意刘劲龙的观点，甚至认为刘劲龙不可理喻。但她也不得不尊重刘劲龙自己的意见。

刘劲龙出来之后，全力以赴地追周静怡，追得很"霸蛮"，天天堵在丁氏企业的门口，穿一身雪白的西装，手捧一束红玫瑰，把自己打扮得像香港影视明星周润发。

有人认为他神经病。有人怀疑他作秀。当然，更多的人被他的真诚所感动。想着深圳是一个女多男少的新型城市，每年有那么多的女大学生和研究生前赴后继地"孔雀南飞"，留下的全部都是"开屏"的，如今的女孩思想解放并且比上一代务实，与其找个同龄人慢慢创业，将来是不是能事业成功暂且不论，即便是真成功了，自己也变成黄脸婆了，到那时候，谁敢保证老公不变心？要想老公不变心，自己肯定累断筋。所以，不如现在就趁年轻嫁给一个已经事业有成的老板。考虑到刘劲龙作为一名刚刚离婚的企业家，如果要征婚，估计大把的美女趋之若鹜，假如要排队，从劲风科技一直排到丁氏企业也说不定，哪里需要他这样死皮赖脸地倒过来追周静怡呢。

不过，有一个人真正理解他，这个人就是王文轩。

王文轩对陈小清说："你知道刘劲龙为什么死追周静怡吗？"

陈小清想了想，不是很确定地说："因为我姐姐已经和张志彬结婚了？"

王文轩摇摇头，说不是。

"那是为什么？"陈小清问。

"是他不想欠周静怡的人情，"王文轩说，"刘劲龙这次能从牢房里出来，能重新收回劲风科技，说实话，我没有功劳，功劳全部是周静怡的。可以说，是她周静怡给了刘劲龙第二次生命。刘劲龙无以回报，唯有娶她做老婆。"

王文轩说完，陈小清恍然大悟，一个劲儿地点头，说："是是是，是这样的。"

"这正是我所担心的呀。"王文轩接着说。刘劲龙最不能欠别人的人情。

这下陈小清不点头了，再次瞪着大眼睛看着自己的老公，不知道他为什么说担心，担心什么？

王文轩说："感恩思想并不等于爱情啊！"

陈小清愣了一下，说："就你酸！感恩怎么不是爱情啊？古今中外的文学作品上有那么多英雄救美的故事，最后美女为了报恩，都嫁给了英雄，她们哪一个不幸福？今天时代不同了，倒过来了，女人也可以当英雄，男人也可以怀着感恩的心情娶有恩于自己的'剩女'做老婆，谁敢保证周静怡嫁给刘劲龙将来不幸福？"

王文轩无话可说。难道他能说周静怡嫁给刘劲龙会肯定不幸福？

陈小清继续说："再说，有爱情怎么样？没有爱情又怎么样？爱情是一回事情，婚姻是另外一回事情。现在的年轻人谈恋爱，有几个是当成未婚妻或未婚夫相处的？或者说，有几对是奔着结婚谈恋爱的？说什么没有爱情的婚姻不道德，狗屁！爱情是精神层面的，婚姻是物质层面的，两码事。以爱情作为婚姻的基础，别说谁也无法判断到底是真爱还是假爱，就算是真爱，又能保持多少时间？我看还不如感恩牢靠。"

王文轩没想到陈小清说起婚姻和爱情的话题来居然还这么一套一套的，看来，这么多年的姑娘不是白当的，婚前的几次恋爱也不是白谈的，确实有思考啊。从社会实践看，陈小清说的确实是事实。别人不说，就说她陈小清自己，当初果断地与退伍军人分手，后来主动嫁给我王文轩，物质的影响显然比精神大。退一步说，假如我王文轩没有离开湘沅来到深圳，或者来到深圳之后没有混成老板，她陈小清也未必这么主动地嫁给我。看来，婚姻确实是物质的呀。再说，爱情确实是不牢靠的。再漂亮的女人，也是会慢慢变老变丑的，所以，再热闹的爱情也有枯萎的时候，假如说爱情是婚姻的基础，那么，是不是等爱情枯萎了，婚姻就该结束了？倒是感恩思想，可能永远不变，特别是对于刘劲龙，根据王文轩对刘劲龙的了解，刘劲龙这个人最讲义气，最不愿意欠别人的人情，这次既然周静怡给了他第二次生命，那么，只要生命不止，相信他会记恩一辈子的，所以，他们俩结合，可能更牢靠，未必不幸福。

既然如此，王文轩就决定去劝劝周静怡。

王文轩和周静怡虽然早就认识，但从来都没有说过话，直到这次为了刘劲龙的事情，两个人才经常碰到一起，互相点头，打招呼，算是正式说上了话。凭着这点交情，王文轩感觉自己和周静怡说不上话，起码到不了推心置腹的程度。但是，为了刘劲龙，王文轩也顾不得那么多了，他打算豁出去。

王文轩打通了周静怡的电话，说想约她聊聊。

周静怡问："是刘劲龙托你的吗？"

王文轩说："不是。是我自己想找您聊聊。请您千万不要告诉刘劲龙。"

两个人见面，王文轩一肚子想好的话，居然一句都说不出来，最后好不容易说出来了，居然是道歉，说他兄弟刘劲龙给周静怡添麻烦了，对不起等等。把周静怡说笑了起来。周静怡一笑，王文轩顿时放松不少，把刘劲龙是真心的，刘劲龙这个人很好，你跟了他不会吃亏等等说了一通。说完，他自己一头汗，周静怡则一脸轻松。

"是我应该谢谢你，文轩大哥。我真为刘劲龙高兴，他能有你这个铁杆朋友是他的造化。"周静怡说。

听口气，她已经是刘劲龙的老婆了，那么我还费这么大的劲说什么？那么，刘劲龙还天天穿着一身白西装手捧鲜花在作什么秀呢？

后来，一直到刘劲龙与周静怡正式结婚了，周静怡才私下里对陈小清说，她其实并不是不想嫁给刘劲龙，可就是要杀杀这小子的威风，要不然，结婚之后，刘劲龙狗脾气一犯，又不知道天高地厚了。

第十七章　牛脾气对上狗脾气

刘劲龙出狱后，疯狂追求周静怡，令人费解。王文轩说："他是不想欠周静怡一辈子人情。"刘和周结婚后，与丁怀谷成了亲戚，可在收购湘沅冶炼厂的问题上，两个人互不相让。王文轩请周献林调解，因为周献林是他们的机芯供应商，有面子。周献林说："他们一个是牛脾气，一个是狗脾气，都不是好脾气。"

丁怀谷无儿无女，周静怡不仅是他的外甥女，而且是他的继承人。周静怡嫁给刘劲龙之后，为避免家族内部恶性竞争，丁怀谷主动提出两家公司合并，并把整个企业交给刘劲龙打理，丁怀谷只按股份行使第二大股东的权利。所以，这次在刘劲龙打算收购家乡有色金属冶炼厂的问题上，丁怀谷是有否决权的。

丁怀谷油盐不进，居然把湘沅人民的热情款待说成是铺张浪费，还说坚决不与苟市长他们这样的人合作，这就等于把刘劲龙逼上了绝路。

刘劲龙对周静怡说："既然人家已经答应我们提出的苛刻条件，我们却仍然变卦，那不等于耍人家了？"

周静怡也觉得这样于情于理都是说不过去。她认真做丁怀谷的工作，反复讲解新条件的意义。但作用不大。主要是丁怀谷这个人太固执，他认准的事情，是不会因为别人做做工作就能改变的，加上他对大陆这边的人情世故和改革开放之后的新文化说了解并不完全了解，说不了解又多少有一些了解，这就更加让他认死理，无法说服。

此事也自然引起他们周围好朋友的关注。比如王文轩和李德厚。

特别是王文轩，新任厂长的电话居然打到他这里，说厂里当初对王文轩做出的开除决定以及对刘劲龙做出的留厂察看决定是错误的，是前任厂长假公济私公报私仇，现在新的领导班子打算纠正错误，下红头文件为王文轩和刘劲龙恢复名誉，甚至还要帮他们补办社保关系等等。听着这样的电话，王文轩当然高兴，同时也很紧张，搞得刘劲龙没有及时回去办理"零收购"，好像是他王文轩在里面起了坏作用一般。王文轩深感自己有责任在其中发挥正面作用，多次请大家去他的湘江餐馆喝酒吃饭，希望缓和气氛，起沟通和调解作用，无奈他人微言轻，在丁怀谷面前几乎不敢大声说话，连个平等的地位和心态都没有，他的出面，哪里能起到什么作用。

新上任的厂妇联主任原本与陈小清并不是很熟悉，却也做了陈小清的工作，电话里面说根据她的一贯表现，厂里已经决定把她的身份从小厂职工转为大厂的正式职工，还说亲不亲故乡人，湘沅冶炼厂毕竟是你们的"娘家"，现在你已经是大厂的正式职工了，更要胳膊肘朝里拐，多做做王文轩的工作，让王文轩正面影响一下刘劲龙，现在厂里几千人就等着刘劲龙回去收购了等等。

陈小清原本在冶炼厂只是一个大集体性质的食堂职工，毫无地位，今天接到妇联主任这样的电话，忽然有一种一步登天的感觉，发觉自己原来也是很重要的，至少在这个时候对自己原来的工厂非常重要。特别是关于她的身份已经从小厂转为大厂正式职工的消息，更是让她振奋，就跟老电影上某个人被长期审查，突然有一天宣布恢复党籍一样。于是，陈小清的自信心得到提升，决定有所作为，做一些与自己新身份相匹配的事情，她积极开动脑筋，为王文轩献计献策。尽管事后证明她所出的主意大多数是馊主意，但其中一条却产生了意想不到的效果。

这一天，陈小清又想起来一个主意，她向王文轩建议：请李德厚找周献林在丁怀谷与刘劲龙之间调停。理由是：周献林是他们共同的大客户，说话好使。

　　大约是陈小清的主意太多了，王文轩已经产生审美疲劳，所以，刚开始对她的这个建议并没有在意，可王文轩天生耳朵根子软，经不住娇妻的软磨硬泡，再说见陈小清这么兴奋，王文轩不忍心扫她的兴，于是，完全抱着死马当成活马医和完成任务的态度，找到李德厚，把陈小清的意思说了。

　　王文轩是第一次正式找李德厚，因此李德厚很重视王文轩的意见，听了之后，认真想了想，说走，我带你一起去见周献林，你自己当面对他说。本来王文轩是不想去的，感觉自己与周献林不熟，不好说，可一想到刘劲龙骑虎难下的痛苦相，想到新任厂长亲自给他打电话，想到老婆陈小清那份带有兴奋的焦虑，也就豁出去了，跟着李德厚一起去找周献林。

　　周献林周对李德厚还是很尊敬的，与王文轩也认识，出于礼貌，耐心地听了他们的意思。可听了之后，立刻摇头。

　　"不行？"李德厚试探着问。

　　"不行。"周献林非常肯定地说，"丁怀谷这老东西我知道，顽固得很，他认准不行的事情，天王老子出面说情也没有用。别说我周某人没有那么大的面子，就是有天大的面子，这老东西也不会买账。再说，投资是大事情，不能感情用事，也不是说情的事情。"

　　李德厚点点头，承认周献林说得对。但王文轩不同意。王文轩说："这不是感情用事。这项目确实好。刘劲龙说得很清楚，市里答应债转股，借银行的钱转化成股份了，不用偿还了，冶炼厂也就没有包袱了，加上是'零收购'，不用掏钱，等于是白捡一个大厂，还同意与湘沅铁矿整体收购，现在矿石吃香啊，行情看涨，掌握铁矿资源还有战略意义，另外，矿区面积大，政府答应把冶炼厂从市区搬迁到湘沅铁矿，原来冶炼厂那么大一片沿江土地，开发房地产肯定赚钱。"

　　王文轩说完之后，李德厚像不认识一样看着他，他没想到老实

277

巴交的王文轩居然还这么能说，说起来一套一套的，有些话居然是他李德厚都说不出来的。

周献林则说，即便是"零收购"，钱还是要投的，起码拖欠职工的工资要先行支付，再说，不投钱没法启动啊。说完，他略微思考了一下，直接给刘劲龙打了一个电话，要他马上过来一下。刘劲龙问什么事情，周献林说你过来之后就知道啦，还说王文轩和李德厚也在这里。

刘劲龙一听，有些疑惑，不明白王文轩跑到周献林那里去做什么。他们两个扯不上啊。

放下电话，刘劲龙似乎自言自语地问周静怡。周静怡也觉得奇怪，说不用想了，你去了之后自然知道，并说要陪刘劲龙一起去。刘劲龙说好，两个人就一起匆匆忙忙地赶到周献林那里。

周献林开门见山，对刘劲龙说，不要指望丁怀谷了，你先说服我，如果你连我都说服不了，根本不用费劲去说服丁怀谷了，如果你有本事说服我，不用找丁怀谷了，我投资，我们几个人另外成立一家公司，然后用这家新公司去收购湘沅有色金属冶炼厂和湘沅铁矿，我们一起做，绕开那个老狗日的。

"老狗日的"当然是指丁怀谷。也只有他周献林才敢这样称呼。

周献林说完，大家心里一亮。

是啊，吵了这么多天，怎么就没有想起来另辟蹊径呢！丁怀谷是劲风科技的第二大股东，对劲风科技的重大投资和兼并收购当然有否决权，但湘沅市认的是刘劲龙这个人，而不是他麾下的劲风科技公司，只要刘劲龙出面，另外组建一家公司，绕开丁怀谷，问题不就解决了吗？

王文轩还没有明白是怎么回事，李德厚已经听出话音来了，马上就表态，说："行，我看周老板的这个主意行。我怎么没想起来呢，干脆绕开丁怀谷，刘劲龙你领头，自己另外成立一个公司，我们在座的都投资。"

周献林说："先别这么说，我还没有决定。刘劲龙还没有说

278

服我。"

刘劲龙这时候已经露出一点兴奋，他说："周总讲得对。投资是大事情，我也不打算说服谁，这也不是说服的事情。但事实是明摆着的。除了王文轩刚才说的这些条件之外，这次我们去湘沅，对职工分流的事情也做了安排。一部分职工跟随工厂搬迁，一部分原地转行做物业管理和商场工作，工龄满三十年或年龄达到五十岁的提前退休，关系转到社会保障局。说实话，我还要感谢丁老伯，要不是他的极力阻挠，把我逼到这个份儿上，我还考虑不到这么周全。现在骑虎难下的不仅是我，还有苟市长，要不是丁老伯把他逼到骑虎难下的地步，我的这些条件他们还不会答应呢。"

第十八章 义为商之先

在周献林、李德厚、王文轩等人的支持下，刘劲龙另外注册公司，绕过丁怀谷，完成对湘沅冶炼厂的收购，并且，刘劲龙委托赵一维工作的证券公司投资银行部做财务顾问。赵一维感叹刘劲龙的仗义，同时反问自己：怎么混到需要刘劲龙关照的份儿上？晚上回家，赵一维注视自己的女儿，却越看越像刘劲龙！但面对严重产后抑郁的韩雪纯，赵一维无话可说。一切仿佛是天意。

1

赵一维过得并不舒心。上电视做股评这一行虽然风光，名利双收，但正因为如此，所以竞争十分激烈，淘汰周期非常快，正常情况下各领风骚一两年，赵一维中途还插手劲风科技离开一段时间，再回头，位置已经被更年轻英俊学历更高更能说会道的后起之秀占据了，已经失去的阵地再想重新夺回来，几乎不可能。好在他有证券从业资格证书，在一般证券公司混个一般的职位不成问题。如今，他就在鹏城证券的投资银行部找了份工作。

其实做投行的工作也不错，假如赵一维没有经历过电视股评的风光，或许感觉很好，但习惯了聚光灯下的潇洒，再回到默默无闻，心情总是兴奋不起来。

最让赵一维头疼的还不是自己的工作，而是韩雪纯的病。不知道是劲风公司得而复失经历上天入地两重天的缘故，还是刘劲龙那一拳实在太重，确实留下后遗症，总之，生了贝贝之后，韩雪纯得了严重的产后抑郁症，原本活蹦乱跳的她，如今最大的愿望就是自杀，并且有几次差点抱着小贝贝一起从楼上跳下去，害得赵一维不得不在几十层的高楼上安装钢绳拉网。

韩雪纯自然是不能上班了。以前的积蓄换成了这套高层单元。一家三口的生活压力全部落在赵一维一个人的肩上。

赵一维很后悔插手劲风科技那段经历，真正体味了什么叫人财两空。假如生活可以重新开始，他宁愿像王文轩那样踏踏实实地做小生意过一种平淡安逸的生活，也绝对不会为了追逐财富而不择手段。财富是为人的幸福生活服务的，假如为了追逐财富，而失去原本幸福的生活，真是得不偿失。想着以前在克拉玛依，虽不富有，但那时候有理想有追求，并且不愁吃不愁穿，其实未必不比现在幸福。可是，赵一维的认识晚了，天下并没有后悔药，生活却还要一天一天地继续，只能在悔恨中慢慢耗日子了。

赵一维现在已经完全没有脸面见刘劲龙，但他与和事佬王文轩尚有联系，十分郁闷的时候，赵一维偶然找王文轩喝喝酒。但地点肯定不是在王文轩的湘江餐馆，而是另外找个清静的地方两个人推杯换盏。这倒不是他怕一不小心碰见刘劲龙，而是王文轩的老婆陈小清爱憎分明，对他横眉冷对，背后不准王文轩与赵一维交往，当面不给赵一维好脸色。

其实，王文轩与赵一维恢复联系还是刘劲龙的意思。刘劲龙对王文轩说："兄弟永远是兄弟，不管中间有多大的恩怨，始终是兄弟。"王文轩对此不理解，说："赵一维把事情做到这个份儿上了，还有什么兄弟情义可言？"刘劲龙说："你不要把我们当成结拜兄弟，而当成是一个父母生的亲兄弟，就好理解了。"王文轩顺着刘劲龙的思路思考，想着如果赵一维不是他们在深圳认识的结拜兄弟，而真是一个父母生的亲兄弟，那么，即使他犯了再大的错误，做了再不仗义的事情，最终，自己不是还得接纳他吗？

关于他偶然和赵一维在一起喝酒的事情，王文轩最终还是向陈小清坦白了，因为如果不坦白，就没办法向陈小清解释清楚。深圳的女孩不仅多，而且胆大，陈小清吸取姐姐陈小玫的教训，对王文轩看得很紧，如果王文轩去和赵一维喝酒，却不对陈小清说实话，肯定被陈小清怀疑他是见什么女人了。两害相权取其轻，王文轩不得不把自己偶尔与赵一维喝酒的真相告诉陈小清，并且把刘劲龙说的话学给陈小清听。陈小清听完，半天没有作声，最后问：“你知道刘劲龙的事业为什么能做大吗？”

王文轩不清楚陈小清提出这个问题是什么意思，所以一时回答不上来，逼得陈小清不得不自己给出答案。

陈小清说：“在人品。”

在人品？这还真是一句新鲜话。听上去像是大话，但仔细一想，可不是嘛。远的不说，就说最近收购湘沅冶炼厂的这件事情，如果不是相信刘劲龙的人品，周献林能主动出主意，绕开丁怀谷，另外成立一家公司，来完成“零收购”吗？如果不是相信刘劲龙的人品，那么保守的陈小清，能主动鼓动王文轩倾其所有，与周献林、刘劲龙、李德厚、周静怡几个人一起，作为“湘粤投资公司”的共同发起人吗？如果不是刘劲龙的个人人品和信誉，湘沅市人民政府能相信刚刚注册的“湘粤投资有限责任公司”并让它享受“零收购”和“债转股”等一系列优惠政策吗？所以，王文轩完全赞同夫人的观点，刘劲龙的成功确实是胜在人品。

为了显示自己比陈小清有深度，王文轩这时候没有直接表达对夫人的赞赏，而是说一句自认为比老婆更有水准的话。他说：“人性最终是要回归的。”

2

赵一维任职的鹏城证券主要业务分成三大块：第一是证券营业

282

部，第二是资产管理事业部，第三是投资银行事业部。一般的老百姓对证券营业部这块业务比较了解，知道他们就是靠交易费创收，为此，几乎所有的证券公司营业部都极力做两件事情，一是通过交易费返还、赠送礼品、提供所谓的"内部消息"等小恩小惠拼命地拉客户；二是通过各种所谓的讲座和现身说法鼓励客户买进卖出，只要交易量上去了，他们的交易费收入才能水涨船高。而对于所谓的资产管理，一般的老百姓可能就不是很了解了。他们甚至以为证券公司的"资产管理"和他们居住的小区"物业管理"差不多，其实这两者之间的差别大着呢。简单一点说，证券公司所谓的"资产管理"其实就是自己坐庄，但是说"坐庄"很难听，好像还违规，于是就说"资产管理"。至于赵一维所从事的投资银行业务，一般的老百姓甚至股民就更不了解了。怎么说呢，说白了，所谓的"投资银行"，并不是真的"负责投资的银行"，它其实是一种投资中介服务，在赵一维工作的鹏城证券，投资银行部的主要业务包括承销上市、兼并收购、资产重组等等。说起来简单，做起来复杂，主要是活不好接。除了人脉关系之外，还有错综复杂的利益链条，这样的业务不是谁想接就能接到的。赵一维因为接不到业务，所以只能跟在别人的项目后面打打杂，不仅收入有限，还被同事瞧不起，需要随时讨好别人，忍气吞声，有一种寄人篱下的感觉。这些情况，刘劲龙当然清楚，所以，"湘粤投资"注册完成后，该公司对湘沅有色及湘沅铁矿整体收购及收购之后申请上市的工作，刘劲龙打算给赵一维做。

因为韩雪纯的关系，刘劲龙始终没有和赵一维照面，所以，这次他同样没有出面，而是让王文轩这个和事佬出面。

赵一维不傻，他听王文轩这样一说，马上就想到是刘劲龙的主意，非常惭愧，甚至想推掉不做。可是又一想，如果不做，不仅辜负了刘劲龙的一片好心，而且机会也白白地给了别人。给别人说不定别人还要坑刘劲龙，给自己，至少他还会凭良心做事，不会坑害刘劲龙他们。

赵一维最后找到了一个折中方法。

他自己不直接做，而是把业务介绍给自己的一个同事做。表面上他和刘劲龙没有关系，但在公司内部，大家心知肚明，"业务量"肯定是算在他头上的。这样，他在鹏城证券业就可以抬起头做人了。

赵一维也学会了刘劲龙的做人方式，不白得兄弟的好处，作为回报，赵一维向王文轩建议：可以考虑让深圳劲风科技发展公司在创业板上市。

同样，这业务也不是他自己做，而是由他的同事出面做，他自己躲在幕后。

3

丁怀谷对刘劲龙整体收购湘沅有色金属冶炼厂和湘沅铁矿的事情坚决反对，但对于劲风科技在创业板上市的事情却很有兴趣，因为他知道，只要上市成功，公司的股票至少要达到三十元，自己的资产等于白白地翻了三十倍，傻瓜才不做。

赵一维委托了他们部门两个女同事出面。至于为什么委托女同事而不委托男同事，王文轩和陈小清私下里也分析过了，估计是赵一维对自己没有信心，担心如果让男同事出面，到时候他自己这个幕后主使控制不了局面，慢慢被边缘化甚至被排挤掉，下意识里，他是相信女人的野心会小一些，这样他自己就相对安全一些。果真能安全一些吗？陈小清认为不一定。别人不说，就说他赵一维自己的老婆韩雪纯，当初对刘劲龙下套子的时候，出手那么狠，谁敢保证女同事就不会犯上作乱呢。陈小清认为，女人要么没有野心，可一旦有野心，耍起手段来也未必输给男人。不过，她只是心里这么

284

想，嘴上没说，因为她自己就是女人，必须维护自己。

王文轩也看透了赵一维心里的小九九。一次两个人喝酒的时候，口无遮拦，王文轩对赵一维说："这业务是刘劲龙特别交代给你的，只要刘劲龙不甩你，你的那几个同事不管是男人还是女人，他们谁都甩不掉你。"

刚一说完，王文轩就意识到自己说漏嘴了，因为刘劲龙反复交代过王文轩，要他不要告诉赵一维真相，大家装糊涂，心知肚明却不说出来最好，谁知王文轩一喝酒，没有管住自己的嘴巴，说出来了。

赵一维有些伤自尊。他不理解，自己的学历比刘劲龙高，来深圳后的起点也不比刘劲龙低，怎么混到最后需要刘劲龙暗中关照的份儿上了呢？

恍惚之间，赵一维产生了与陈小清类似的想法：企业的发展最终仰仗企业文化，个人的成长最终成败在自己的人品。眼下社会虽然表面上物欲横流，人人追逐财富，甚至为此不择手段，但实际上，人人心中都没有放弃对公平正义和真善美的追求。表面大大咧咧没有城府的刘劲龙之所以成就一番事业，就在于他的本真暗合了人们隐藏于内心对公平正义不懈的追求。这么想着，赵一维就仿佛找到了生活的真谛。但他没有对王文轩说，而是一仰脖子，把杯中的酒全部干了，一如当年他们在粮食招待所的"三结义"。

"苍以情为首，义为商之先。"赵一维突然吟诵道。

王文轩没有接话，因为他没听懂，准确地说是不知道这句话的出处，所以只能以"干"掩饰。

晚上回家，韩雪纯已经睡了，但睡得不是很实。产后她总是这样，睡眠不好。可是，依偎在她旁边的女儿贝贝却睡得酣甜。赵一维俯下身子，先亲了女儿一口，然后认真端详着她，忽然，他有一个震惊的发现：这孩子怎么有点像刘劲龙？！

赵一维稍微离开一点距离，揉揉眼睛，再审视一遍，竟然越看越像刘劲龙！

　　是真的，还是心理作用？赵一维不敢确定。他不由得侧过头来看看旁边的韩雪纯，发现韩雪纯已经醒了。或许，她原本就没有睡着，因为她总是睡不着。此时，韩雪纯正瞪着大大的眼睛，目光呆滞，对着赵一维，说："刘劲龙，我对不起你。"

图书在版编目（CIP）数据

苍商／丁力著. －－北京：中国文史出版社，
2021.7

（中国专业作家作品典藏文库. 丁力卷）

ISBN 978 - 7 - 5205 - 2872 - 6

Ⅰ. ①苍… Ⅱ. ①丁… Ⅲ. ①长篇小说 - 中国 - 当代

Ⅳ. ①I247.5

中国版本图书馆 CIP 数据核字（2021）第 023805 号

责任编辑：薛媛媛

出版发行：**中国文史出版社**

社　　址：北京市海淀区西八里庄路 69 号院　　邮编：100142

电　　话：010 - 81136606　81136602　81136603（发行部）

传　　真：010 - 81136655

印　　装：北京新华印刷有限公司

经　　销：全国新华书店

开　　本：720×1020　1/16

印　　张：19　　　　　字数：245 千字

版　　次：2021 年 7 月第 1 版

印　　次：2021 年 7 月第 1 次印刷

定　　价：63.80 元